KB182643

성난 파도 다스리기

성난 파도 다스리기

소란한 마음을 고요하게 하는
365가지 삶의 지혜

덩 밍다오 지음

김희균 옮김

북플레저

차례

봄,
고요히 머물며 내면을 응시하는 시간

여름, 탐험과 경험으로 얻는 지혜

가을,
내면의 탐구 끝에 온전한 나를 만나는 과정

서문

마음의 성난 파도를 다스리며

오늘날 우리는 삶의 여러 분야에서 세상의 진리를 탐구하려 합니다. 미술 서적에서 철학 강의에 이르기까지, 인간이 지켜야 할 도리와 삶의 길에 대한 관심은 그 어느 때보다도 높아지고 있습니다. 하지만 우리가 흔히 접하는 고전 철학이나 명상 서적은 너무나도 오래전에 쓰여 현대인의 삶과는 거리감이 있습니다. 《도덕경》, 《주역》, 《장자》와 같은 고전은 깊은 통찰을 담고 있지만, 이를 우리의 일상에 자연스럽게 적용하는 데는 어려움이 따릅니다.

이 책은 그러한 간극을 메우고자 합니다. 전통적인 도가 사상의 서정적 신비를 현대의 언어와 실천적 관점으로 풀어냅니다. 이 책은 복잡한 이론이나 난해한 용어 대신 일상의 언어로 삶의 길을 탐구하고, 스스로 깨달음을 얻을 수 있도록 돕고자 합니다.

도道는 내면을 수양하고 바깥으로 드러나는 삶의 태도를 가다듬는 데 중점을 둡니다. 우리의 마음속에 이는 성난 파도를 다스리고, 내면의 고요함을 통해 세상의 풍파를 견디는 법을 알려줍니다. 이는 추상적인 개념이 아니라, 현재를 살아가는 우리가 일상에서 실천할 수 있는 지혜이기도 합니다.

이 책은 명상의 중요성을 강조하며 진부한 지식을 나열하기보다는, 지금 이 순간 당신 곁에 있는 진리를 직접 깨우치도록 이끕니다. 삶의 역경 속에서도 내면의 고요를 유지하며, 자기만의 길을 찾는 데 필요한 지혜와 실천법을 제공할 것입니다.

이제 이 책과 함께 마음의 성난 파도를 다스리고, 당신만의 길을 걸어가보세요. 그곳에서 발견될 도는, 당신의 삶을 새로운 시각과 평온으로 채워줄 것입니다.

일러두기

- 본 도서는 국립국어원 표기 규정 및 외래어표기법 규정을 적용했습니다.
- 한자 표기는 저자의 의도에 따라 원서 표기를 따랐습니다.
- 한자는 대법원 지정 자형 기준으로 작성하였으나, 폰트에 따라 다르게 표현될 수 있습니다.

겨울

삶의 의미를 찾아가는 여정

처음의 마음

1 始

시 처음、비로소、시작하다。

우리는 자신을 새롭게 할 준비를 시작하곤 합니다. 시작의 순간에는 늘 희망으로 가득 찹니다. 눈은 앞으로 펼쳐질 장엄한 새로운 여행길로 향하고, 가슴은 설렘으로 뛰지요. 하지만 그럴 때일수록 처음의 마음을 잊지 않는 것이 중요합니다.

모든 변화는 결심의 순간에서 출발합니다. 결심하기 위하여 우리는 결단을 내립니다. 작은 결단이 매일매일 우리의 일상을 촘촘히 채울 것입니다. 자신이 진정으로 원하는 것이 무엇인지 내면을 응시해보세요. 피상적인 것들을 멀리하고, 꾸밈없는 모습으로 인생의 고통과 마주하며 협상해보길 바랍니다. 스스로를 존중하고, 가장 깊은 삶의 의미를 깨닫기 위해 마음을 가다듬고 또 가다듬어야 합니다.

희망은 이루어질 것에 대한 약속입니다. 누군가 말하지 않았던가요. 간절히 바라면 바위라도 살아 움직일 것이라고요. 마찬가지입니다. 우리가 영혼의 외침에 자신을 맡긴다면 모든 것이 우리들의 희망에 응답해올 것입니다. 앞으로 펼쳐질 당신의 인생도 희망과 함께 나아가기를 바랍니다.

齋戒 2

단정한 몸과 마음을 위하여

계 경계하다, 재계하다.
재 재계하다, 정진하다.

새벽에 일어나 몸을 깨끗이 씻어냅니다. 어제의 잔재는 털어내고 마음속의 영혼을 맑게 가다듬기 위해 몸과 마음을 정갈히 하는 일종의 의식이랍니다. 깨끗하게 하는 것은 모든 행위의 출발로, 몸을 깨끗이 하고 단정히 가꾸면 삶의 충만한 기운과 맑은 에너지를 느낄 수 있을 것입니다.

이때 잠자는 동안의 미혹과 근심만 떨쳐내는 것에 그치는 것이 아니라, 깨어 있는 동안 붙들고 있던 근심과 걱정도 함께 털어내야 합니다. 삶의 모든 것을 있는 그대로 받아들이지 않고, 지나치게 특별한 의미만을 부여하려 한다면 우리의 삶도 헛된 꿈과 다를 바 없습니다.

몸을 깨끗하게 하고 나면 우리는 경건한 마음으로 자신의 내면을 들여다볼 수 있습니다. 마음속에 켜켜이 쌓인 피로와 불순함을 털어내고, 고된 짐을 내려놓아야만 비로소 우리는 자신의 마음에 다다를 준비를 할 수 있습니다. 새로운 하루를 시작하기 위해 단정한 몸과 마음을 가꾸는 이 작은 실천은 우리를 더 깊은 평온으로 이끌어줄 것입니다.

하나로 모여 집중하는 힘

3

雯

문
구름 무늬.

몸과 마음을 다하여 노력하는 헌신의 자세를 가지고 있으면, 우리들의 결단은 놀라운 힘을 발휘하게 됩니다. 그 힘은 우리 앞을 가로막는 장애물을 줄이고, 구부러진 길을 곧게 하고, 목표를 방해하려 드는 어떠한 것도 물리칠 수 있게 만듭니다.

이러한 헌신은 우리가 목표를 향해 나아갈 때 흔들림 없이 꿋꿋하게 자신을 지켜주는 힘이 되기도 합니다. 육체와 마음, 정신을 원하는 일에 전적으로 집중해보세요. 헌신은 내면의 모든 요소를 한곳으로 모으는 원동력이 됩니다.

우리가 자신의 행로를 똑바로 바라보고, 마음과 하나가 된다면 바깥세상과 우리 내부의 단절은 사라지게 될 것입니다. 그제야 멀리 있다고 느껴지던 것도, 닫혀 있다고 생각되던 것도 우리와 가까워질 것입니다.

구름이 하나로 모여 하늘에 아름다운 무늬를 만들 듯, 헌신의 자세로 삶의 아름다운 무늬를 만들어보세요. 그 힘이 당신의 삶을 밝히고, 목표에 한 발 더 가까이 다가가게 만들어줄 것입니다.

內省 **4**

마음을 돌이켜보다

성 살피다、깨닫다、명심하다。
내 안、속。

물 위에 어리는 달빛을 보며 홀로 고요히 앉아 있습니다. 고요한 물에 어리는 달빛의 형상은 완전한 모습을 띠고 있더군요. 우리도 그처럼 고요히 있을 때 우리 마음의 진실을 드러낼 수 있습니다. 그러나 우리가 일상에 연연해서 미친 듯이 행동하고, 자연의 질서에 개입하려 들고, 자기중심적인 사고에 매몰되면 우리를 비추는 거울은 사나운 물결처럼 일어납니다. 그런 물결에는 삶의 올바른 방향이 비치지 않습니다.

자기를 고요히 하는 방법은 무엇일까요. 참으로 고요한 마음이란, 마음을 편안히 하고 혼자 있는 순간에 생겨납니다. 물은 달빛을 반사시키려고 노력하지 않습니다. 물이 수면을 잔잔하게 유지하는 것처럼 마음도 자신을 향하면 성난 물결도 가라앉게 됩니다. 흙탕물도 가만히 두면 깨끗해지는 것처럼 마음도 고요하게 두면 깨끗해집니다.

침묵의 소리

5 聲

성 소리。

동굴 속은 외부의 소리가 바위와 땅에 의해서 차단됩니다. 반면에 그 안에서는 심장의 박동 소리나 숨소리는 더 크고 또렷하게 들리게 되죠. 마찬가지로 고요한 명상 상태에서는 일상의 소란에서 벗어나 우리 삶의 섬세하고 가느다란 소리들을 들을 수 있습니다.

이 가냘픈 소리는 귀가 아닌 영혼으로 들으려 할 때 비로소 우리에게 다가옵니다. 그 소리가 울리는 세계로 들어가는 순간, 우리는 가장 순수하고 싶은 세계와 만납니다.

가장 깊고 강렬한 소리는 바로 침묵입니다. 침묵을 생명과 떨림이 없는 상태라고 여긴다면 모순처럼 들릴지도 모릅니다. 그러나 명상가에게는 소리가 없는 상태 역시 하나의 소리입니다. 소리와 침묵이 어우러질 때 명상의 힘이 생겨나는 것이지요. 침묵의 소리 속에서 진정한 내면의 울림과 만날 수 있습니다.

6 당신은 이미 충분히 준비되어 있다

사물은 영원히 그대로 머물지 않습니다. 겨울바람이 무언가를 파괴하는 순간에도 자연은 새로운 생명을 위한 준비를 멈추지 않습니다. 모든 것이 사라지는 듯 보일지라도, 그 과정은 새로운 것들이 생겨날 기회를 제공하고, 또 다른 순환의 시작을 열어줍니다.

고통과 진통 속에서 새로운 것이 성장합니다. 싹이 발아하여 땅을 뚫고 힘차게 솟아오르는 순간, 오래도록 준비해온 생명의 절정을 보여줍니다. 모든 일이 갑작스럽게 일어난 것처럼 보여도 실제로는 보이지 않는 미묘한 순환의 결과인 것이지요.

씨앗 속에는 성장을 위한 완벽한 구조가 내재되어 있습니다. 그 구조는 거대한 나무와 다를 바 없습니다. 시간이 흐르고 적절한 환경이 더해지겠지만 그 조건들이 씨앗 자체의 본질에 무언가를 더하는 것은 아닙니다. 씨앗 속에는 이미 모든 가능성이 담겨 있습니다.

당신의 삶 역시 마찬가지입니다. 지금 필요한 것은 단지 약간의 시간과 인내일 뿐입니다. 모든 것은 당신 안에서 자라고 있으며, 순환의 법칙에 따라 당신을 새로운 가능성으로 이끌 것입니다.

행복도 불행도 인내가 필요하다

7 韌

인 질기다。

겨울이면 나무는 잎을 떨굽니다. 어떤 것은 폭풍우에 쓰러지지만 대부분은 꿋꿋이 살아남습니다. 나무는 비와 눈과 추위와 바람을 받아들이며 견뎌냅니다. 빗물을 받아 윤기를 더하기도 하고, 고드름을 달아 반짝이기도 하고, 사정없이 쏟아지는 눈을 관처럼 이고 서 있기도 합니다. 대지가 흰 눈에 묻혀 찬란히 빛날 때에도 그들은 그저 무심히 서 있을 뿐입니다. 그리고 묵묵히 기다립니다. 지금은 잠자고 있는 듯이 보이지만 그들 안에서는 아무도 눈치채지 못하는 사이에 새 생명이 움트고 있는 것이지요.

자연의 본성은 인내입니다. 나무가 생명의 변화와 쇠퇴를 견뎌내는 힘은 모두 인내에서 나옵니다. 그렇기 때문에 행운이나 불행도 그들의 본성을 바꾸지 못합니다. 우리도 그래야 합니다. 나무처럼 묵묵히 행복도 불행도 모두 견뎌내보세요. 인내는 우리를 지키고 나아가게 하는 가장 큰 힘입니다. 어떤 일이 닥쳐도 우리는 항상 우리 자신을 지켜야 하니까요.

8 계절의 순환에 따른 일

나무꾼은 일 년 내내 일을 합니다. 눈이 올 때도 나무꾼은 나무를 베는 일을 멈추지 않습니다. 일을 하지 않으면 가족들이 따뜻하게 겨울을 날 수 없고 어쩌면 식솔들이 살아남을 수 없을지도 모르니까요. 그의 노동은 계절과 조화를 이루고 있습니다. 나무꾼은 추위가 오기 전에 땔나무를 저장해두려고 부지런히 일했습니다. 그 덕에 지금은 한숨 돌릴 수 있는 여유를 얻었습니다. 지난 계절에 꾸준히 일했기 때문에 지금은 편안한 것이지요.

이제 그는 받침대 위에 나무를 옮겨다 놓고 도끼를 듭니다. 나무를 쪼갤 때에는 결대로 쪼개야 하고, 도끼의 힘을 제대로 이용해야 합니다. 결대로 쪼개지 않거나 도끼를 휘두르는 데 무리한 힘을 가하면 그의 노동은 헛수고가 됩니다.

우리도 나무꾼처럼 계절의 순환에 따라 움직이고 일을 해야만 결실을 얻을 수 있습니다. 때와 방법은 다를지라도, 자연의 흐름을 따른다면 창조적인 결과를 만들어낼 수 있습니다. 자연과 함께 일할 때 안정과 편안함, 노력의 큰 결실을 얻게 됩니다.

낙관적인 자세

9 樂觀

관 보다、생각。
낙 즐기다。

때때로 겨울에는 모든 것이 죽거나 잠든 것처럼 보입니다. 눈비가 그치지 않고 밤은 길기만 하죠. 그러나 언젠가는 하늘이 눈부시게 푸르러지고, 따뜻한 기운이 대기를 가득 채울 것입니다. 땅 위로는 아지랑이가 피어오르고 이끼와 진흙, 물의 향기가 공기 속에 부풀어 퍼지겠지요. 정원사들은 아직 앙상한 가지와 말라버린 뿌리뿐인 나무를 다듬고 있습니다. 그들은 언제나 낙관적인 자세를 취합니다. 언젠가는 추위가 끝난다는 것을 알고 있기 때문에요.

어른들의 세계에서는 책임이라는 것을 끔찍하게 생각하는 경우가 있습니다. 그러나 생각해보면 왜 우리는 추운 겨울에 꽁꽁 얼어붙은 땅을 파야 할까요. 우리는 의무감에 사로잡혀 행동하고 우리에게 주어진 운명을 거스르고 싶을 때가 있습니다. 그러나 적절한 시기에 맞춰 즐기며 일한다면, 그 과정에서 기쁨을 발견할 수 있습니다. 적당한 때에 시작하는 일이 나중에 가면 결과도 좋고 흡족하기도 한 것이죠.

인생은 때론 힘겨운 겨울을 보내야 하지만, 그 속에서도 낙관적인 마음을 가진다면 우리는 즐겁게 인생을 살아갈 수 있습니다.

逆 10

순조롭지 않은 삶이라도

역 거스르다、어긋나다、불행。

아무 소리도 나지 않는 깜깜한 밤, 갑자기 불이 나 모든 것이 파괴되었습니다. 재난은 막아낼 수도, 되돌릴 수도 없습니다. 재난은 우리의 삶과 생각을 송두리째 흔들게 됩니다. 때로는 분노에 휩싸이지만, 그래 봤자 소용이 없습니다. 끔찍한 재난이 나에게 앙심을 품었다고 말할 수도 없고, 우리의 일상을 뿌리째 뒤흔들어놓고 앞으로의 계획을 좌초시켰다고 말할 수도 없는 노릇입니다.

재난은 본질적으로 자연스러운 것입니다. 그것은 신의 저주도, 형벌도 아니라 대개 힘과 힘의 상호작용의 결과일 뿐입니다. 땅과 땅이 마주쳐 일어나는 지진이 그렇고, 비와 바람이 부딪쳐 일어나는 태풍이 그렇습니다. 심지어 우연한 화재도 불꽃이 튀기면서 시작됩니다. 그러나 재난을 마주할 때 우리는 종종 왜 나한테만 이러느냐고 묻고 싶어집니다.

재난은 삶을 심하게 변화시킬 수 있겠지만, 결국 지나가게 마련입니다. 중요한 것은 재난 속에서 삶의 확신을 잃지 않고, 삶의 목표를 더욱 굳건하게 지키는 것입니다. 한 줌 재가 될지, 불사조처럼 새롭게 날아오를지는 오직 우리 자신에게 달려 있습니다.

불은 언제가 잦아들기 마련이다

11

回歸

귀 돌아가다.
회 돌아오다.

아무리 심각한 상황이라도 언젠가는 변하기 마련입니다. 고통이 영원히 계속되지는 않습니다. 아무리 큰 숲에 불이 나도 결국 꺼질 것이며, 사나운 파도도 시간이 지나면 결국에는 잠잠해질 것입니다. 자연현상은 반대되는 힘을 찾아내 스스로 균형을 이루기 마련입니다. 이렇게 균형을 이루는 과정이야말로 치유의 핵심입니다.

이러한 과정에는 시간이 필요합니다. 대단치 않은 사건은 금세 진정될 것이고 중요한 사건들은 여러 날 혹은 여러 해 동안 계속되다가 진정될 것입니다.

사실 인생의 여정에는 늘 사소한 불균형 상태가 존재하기 마련이고, 인생을 변화시키는 힘도 바로 그러한 불균형에서 나옵니다. 모든 것이 완전하고 모든 것이 균형을 이룬 상태는 오히려 정체나 다름없습니다. 무릇 삶이란 파괴와 치유의 연속이고, 그 과정은 우리의 여정이 끝날 때까지 계속됩니다.

그러니 아무리 심각한 상황이라도 참고 견뎌보세요. 질병도, 재난도, 분노도 언젠가는 잦아들고 마는 법입니다.

形 **12**

원하는 삶의 모양새를 만들자

형 형상, 그릇, 나타내다.

도공이 도기를 만들고 있습니다. 진흙 덩어리를 말아 대강의 형태를 만든 다음 물레에 얹어 돌립니다. 처음에는 아무런 형태가 없던 흙을 조심스럽게 다듬어가며 마침내 매끈한 원통으로 빚어냅니다. 형태가 만들어지면서 선택의 여지는 줄어들고, 부드럽던 흙이 점점 단단해지기 시작합니다.

여러 날 뒤, 도공은 굳은 흙덩어리 표면에 섬세한 장식을 더하고 유약을 발라 색을 입힙니다. 이렇게 완성한 도기를 마지막 단계로 가마에 넣고 구우면 비로소 모든 과정이 끝납니다.

우리 인생에서 일어나는 일도 이와 다르지 않습니다. 우리가 원하는 모양이 무엇인지 주의를 기울여야 합니다. 모양이 완성되어 갈수록 점점 단단해지고 확실해집니다. 우리의 선택의 기회도 줄어들고, 급기야 완성의 순간에는 모든 것이 멈춥니다. 원하는 삶의 모양새를 빚는 데 필요한 시간과 노력을 아끼지 마세요.

몰입의 진정한 의미

13 恒

항 항상.

스펀지에 빨려 들어간 물이 스펀지에 그대로 머물러 있다고 생각하듯이 몰입을 이처럼 정지된 상태라고 생각하곤 합니다. 그러나 진정한 몰입은 그런 것이 아닙니다. 몰입이란 스스로를 흐르게 하여 주저함이나 갈등이 전혀 없는 완전한 일체의 상태를 말합니다. 우리는 이러한 과정에서 멀찌감치 떨어져 있습니다. 사회, 계획, 사소한 감정, 심지어는 사랑을 갈구하거나 우정을 나눌 때에도 자신만의 고집을 내려놓지 못합니다. 적절하지 않은 순간에도 자기 주장을 고집하여 스스로를 고립시키고 맙니다. 결국 정지된 상태의 원인은 외부에서 온 것이 아니라, 스스로 만들어낸 것이지요.

그러는 사이 자연의 흐름은 지속됩니다. 해가 뜨고 달이 지듯 자연의 운행은 명백하고 흔들림 없이 지속됩니다. 우리는 자연의 흐름에 맡기어 스스로를 흐르게 할 필요가 있습니다. 몰입은 자유롭게 자신이 자연의 흐름에 녹아들 때 비로소 이루어집니다. 모든 것은 자연의 섭리에 따라 흘러가며, 우리가 그 흐름에 따르고 몰입할 때 무릇 모든 것이 조화를 이루게 됩니다.

待機 14

마음을 다스리는 법

기틀, 기회, 때。
대기다리다, 대비하다。

사람들은 종종 어떻게 하면 마음을 다스릴 수 있는지 묻곤 합니다. 그 답은 의외로 쉽습니다. 왜가리가 물에 서 있는 모습을 떠올려보세요. 왜가리는 움직여야 할 때는 움직이고, 움직이지 않아야 할 때는 가만히 서 있습니다.

왜가리의 평정은 단순히 멍하니 서 있는 것이 아니라, 깊이 지켜보고 사색하는 자세에서 비롯됩니다. 흐르는 물 가운데서도 평온하게 사물을 응시하며 느끼는 것이지요. 적절히 찾아오는 순간에 주저하거나 머뭇거리지 않고 그 기회를 포착합니다. 그러고는 자신과 환경을 흐트러뜨리지 않고 다시 평정의 세계로 되돌아갑니다.

인생은 두 가지 요소에 좌우됩니다. 하나는 자리를 잡는 것이고, 또 하나는 기회를 포착하는 것입니다. 정확한 시기에 정확한 자리에 있지 않으면, 우리는 인생에서 결실을 맺지 못합니다. 기회가 왔을 때 즉각적으로 그것을 포착할 수 있도록 준비를 갖추어야 합니다. 평정 속에서 흐름을 읽고, 기회의 순간을 자신의 것으로 만드는 법을 배우는 것이야말로 마음을 다스리는 길입니다.

인생이라는 흐름

15 持續

속 이어주다、계속하다。지 가지다、버티다、돕다。

우리는 매일 새로운 문제에 부닥뜨리게 됩니다. 과거를 추스르고 현재와 맞서고 미래를 계획해야 하죠.

옛날이 좋았다고 믿는 사람은 가끔 현실에 무감각할 수가 있습니다. 반대로 현실에 지나치게 민감한 사람은 원인과 결과에 대한 통찰력을 잃어버리기 쉽습니다. 또 항상 미래를 보고 사는 사람은 현재의 가치와 의미를 맹목적으로 부정하기 쉽지요. 과거, 현재, 미래에 대해서 생각한다는 것은 우리에게 모두 필요한 기술입니다. 궁극적으로 그것들 사이에는 균형과 조화가 필요하기 때문입니다.

우리는 과거가 남겨준 것들을 이해하고, 현재의 풍부하고 만족스런 경험들을 존중하며, 매일매일 미래를 향한 열정을 비축해두어야 합니다. 강물에 뚜렷이 구분되는 부분들이 없는 것처럼 우리도 인생이라는 흐름을 바라볼 때 그 모든 시간을 한꺼번에 고려해보세요. 시간의 흐름을 하나로 바라볼 때 우리는 균형 잡힌 삶을 살 수 있을 것입니다.

16 영혼의 가르침

영혼과 진리에 관한 언어는 대개 우리가 익숙히 아는 것들을 신비화함으로써 만들어집니다. 가르침은 이런 비유를 거쳐 초심자에게 전달되지요. 사람들은 그 이야기들을 읽음으로써 깨달음을 얻게 됩니다.

그러나 이러한 이야기를 단순히 따라가는 것만으로는 충분하지 않습니다. 그저 단어가 가리키는 본질적인 진실을 찾아내기만 하면 됩니다. 마치 지도를 사서 그 지도를 존경하지 않고 그저 지도가 가리키는 방향만을 따라가듯이 정신적인 행로도 마찬가지입니다. 깨달음의 순간에는 가르침의 형식이나 내용은 중요하지 않습니다. 영혼의 가르침이란 우리가 공을 가지고 놀거나, 운전을 하거나, 누군가를 사랑하게 되는 것처럼 일상적이고 자연스러운 것입니다.

인생의 진리를 특별한 것으로 생각하면 할수록 그것은 점점 더 모호해지고 우리와는 상관없는 신화나 환상이 되어버리고 맙니다. 그러나 일단 깨달음을 얻게 되면, 그 진리는 더 이상 특별한 것이 아니라 우리가 알고 있는 것, 우리 생활의 일부분이 됩니다. 삶 속에서 자연스럽게 받아들이고 실천할 때, 우리는 영혼과 조화를 이루게 됩니다.

관계의 경험을 만들자

17 協力

협력 힘.
합하다.

동료들과 사귀면서 우리는 점점 통합적인 조직의 일부가 되어갑니다. 우리는 조심스럽게 서로에게 영향을 미치고, 서로에 의하여 우리 자신도 변화해갑니다. 협력이란 단순히 일하는 것을 넘어 지각, 경험, 기억을 나누고, 이끌고, 따르면서 서로의 힘을 합쳐가는 과정입니다.

다른 사람들에게 영향을 미치는 데는 통찰력이 필요합니다. 언제 행동할 것인가, 언제 가만히 기다릴 것인가, 언제 얘기를 하면 상대가 알아듣는가, 또 어느 때 저 사람이 들을 준비가 되어 있지 않은가 하는 것들을 꿰뚫어야 합니다.

물론 이를 위해서는 가족 관계에서부터 사회생활까지 많은 관계에 참여해보는 경험을 통해서 감각을 기르는 것이 중요합니다. 그것을 얻기까지는 좌절의 순간도 있을 것입니다. 그러니 성공의 기쁨을 누리면서도, 끊임없이 노력하는 자세가 중요합니다.

18 모든 것은 하나로 돌아간다

순수한 빛은 모든 색깔을 품고 있지만, 그 자체로는 아무 색도 드러내지 않습니다. 순수함이 사라질 때 비로소 숨어 있던 모든 색이 나타납니다. 인생 역시 마찬가지입니다. 순수한 빛이 모든 색을 가지고 있으면서도 아무런 색도 나타내지 않는 것처럼, 삶은 모든 존재가 잠재하고 있습니다. 그러다가 자연의 이치가 삶과 부딪칠 때에 수많은 것들이 드러나게 됩니다. 이 모든 것이 인생이라 말할 수 있을지도 모릅니다. 그러나 실제로 이 모든 것들이란 거대한 인생이 굴절되어 보이는 데 지나지 않습니다.

다양한 색깔의 빛은 다시 뭉치면 순수하고 밝은 빛을 되찾게 됩니다. 이것이 인생에서 항상 되돌아감을 강조하는 이유입니다. 진정한 진리란 삶의 모든 면을 통합하고 모든 특성들을 하나로 녹여내는 것입니다. 진정한 깨달음을 얻었을 때, 우리가 경험했던 모든 것은 오직 하나의 빛으로 귀결됩니다. 우리의 삶은 다양한 색으로 이루어져 있지만, 결국에는 다시 순수한 빛으로 되돌아가는 것이지요. 이것이 삶의 순환이고, 진정한 깨달음입니다.

삶을 살아가는 지혜와 용기

19 肇

조 비롯하다, 바로잡다.

만화경 같은 혼돈 속에서 세상을 살지 마세요. 이러한 소용돌이 속에서 스스로를 잃지 않도록 지혜와 용기로 자신을 보호해야 합니다. 세계는 복잡하고 혼란스러운 요소들로 가득 찬 폭풍이지만, 우리는 그 소용돌이 속에서 우리 자신을 잃어버리지 않도록 노력해야 합니다. 폭풍의 중심에는 깨달음의 원천이 존재합니다. 그 중심에 몰입하면서도 그것에 대한 집착과 자각을 내려놓으면 진정한 평온을 얻을 수 있습니다. 올바른 방식으로 수행하고 자신을 성찰해야 하는 이유입니다.

지혜와 용기, 시간과 인내가 결합되었을 때 비로소 마음은 완성의 길로 나아갑니다. 모든 잡념과 머뭇거림을 태워내고 마음을 깨끗하게 할 때 비로소 내면의 자유를 만날 수 있습니다. 처음부터 파괴적이고 산만하고, 원한에 가득 찬 수행을 하고 있다면, 그것은 잘못된 것입니다. 깨달음으로 가는 여정은 지혜와 용기를 가지고 나아가야 할 깊고도 섬세한 길입니다. 그 길 위에서 우리는 흔들림 없이 중심을 바로잡아야 합니다.

適 20

외부의 유혹에서 벗어나는 법

적 저항하다。

어떤 지도자는 지지자를 얻기 위하여 두려움을 조장하기도 위협을 가하기도 합니다. 죽음이라는 공포를 이용해 선행을 강요하며, 천국의 약속으로 사람들을 매혹하기도 합니다. 또 어떤 지도자는 거창한 약속으로 사람들을 꾀어냅니다. 당신이 상실감에 젖어 있으면 그들은 성공을 보장해줄 것이고, 그대가 외로워하면 감싸줄 것입니다.

그러나 만약 우리가 죽음을 두려워하지 않고, 삶의 매 순간 행복과 충만함을 느낀다면, 저들이 우리에게 무엇을 위협하고, 무엇을 약속할 수 있을까요. 진정한 영혼은 누군가가 나눠줄 수 있는 것이 아니라, 일상생활을 구성하는 한 부분이자 우리의 존재 자체에서 나오는 것입니다.

진정한 영혼은 자유입니다. 그것은 실체를 기만하고 다른 이름으로 미혹함으로써 얻어지는 것이 아니지요. 우리가 죽음의 공포로부터 자유롭고, 항상 건강하며, 사는 동안 깨달음의 길을 행복하게 가고 있다면, 당신을 유혹하는 사람들은 발붙일 곳조차 없을 것입니다.

우리의 내면이 충만할 때, 그 어떤 외부의 유혹도 우리를 흔들 수는 없습니다.

내면으로 걸어가는 하나의 길

21

技

기
재주, 재능.

어느 방랑자가 자기에게 기술을 가르쳐줄 스승을 찾아다녔습니다. 그가 원한 기술은 치터Zither, 체스, 독서, 그림, 검술이었습니다. 치터는 그에게 음악으로 영혼을 표현하는 법을, 체스는 전략과 대응의 지혜를 알려주었습니다. 독서는 지식을 쌓고, 그림은 아름다움에 대한 감각을, 검술은 몸을 단련하고 자기 자신을 방어할 수 있는 수단이 되었습니다.

누군가 그에게 물었습니다. 그 모든 기술을 다 잃어버리면 어떻게 하겠느냐고. 처음에 그는 기술을 잃는다는 사실에 두려움을 느꼈지만, 곧 소중한 깨달음을 얻었습니다. 치터는 연주자 없이는 저절로 연주되지 않고, 체스는 체스 플레이어 없이는 소용이 없고, 책은 읽는 이가 필요합니다. 붓과 먹이 스스로 움직여서 그림을 그릴 수 없으며, 검도 휘두를 사람이 없다면 아무짝에도 쓸모없다는 사실을 말입니다. 그는 단지 기술을 얻으려는 게 아니었습니다. 결국 그 기술은 내면으로 들어가기 위한 길이었던 것이지요. 그는 비로소 알게 되었습니다. 기술이 중요한 것이 아니라, 그것을 통해 자신을 깨닫고 성장하는 과정이 진정한 수양임을요.

會心 22

마음이 통하는 의사소통

심 마음, 뜻, 생각.
회 모이다, 맞다, 부합하다.

몸짓, 사물, 말, 의사를 전달하는 상징들. 우리는 이 모든 것을 '객체客體'라고 부릅니다. 마음과 마음은 직접적으로 소통할 수 없습니다. 그래서 몸짓, 기호, 말, 글을 통해 이루어지는 소통은 항상 오해의 여지를 남깁니다. 흔히 같은 사건을 놓고도 그것을 본 여러 사람들의 말이 다른 이유도 여기에 있습니다.

도가에서는 이 세계의 절대적인 진리는 알 수 없다고 주장합니다. 다만 각기 진리의 일부분을 감지하고 있을 뿐입니다. 어떤 사람은 이것을 '시'라고 부르고 어떤 사람은 '예술'이라고 부릅니다. 모든 의사소통이 상대적이라는 사실은 여전히 변하지 않는 것이지요. 깨달음을 얻는 사람들은 다들 현실적입니다. 그들은 언어가 본질적으로 불완전하고, 그래서 본질이나 절대적인 진리를 온전히 담아내지 못한다는 것을 인정합니다. 기호는 실체 그 자체가 아니기 때문입니다. 모든 언어는 단지 그것을 담으려는 것일 뿐, 그럼에도 우리는 서로 이해하려고 합니다. 결국 우리는 조화와 통찰에 이르는 길을 찾아가는 존재입니다.

새로움이 필요한 시간

23 蘊

온 쌓다。

언덕 너머 도시 가장자리에 비어 있는 땅이 있습니다. 얼핏 보기엔 그저 놀고 있는 땅처럼 보이지만, 그 안에는 풍요의 비밀을 감추고 있죠. 도시에서는 창문과 문, 각 건물의 층층마다 살아가는 무수한 생명들을 만날 수 있습니다. 그곳에서 우리는 찬란한 문명을 경험합니다. 그러나 아무리 도시의 삶이 즐겁다 하더라도 자연으로 돌아가고자 하는 욕구는 항상 가지고 있어야 합니다.

시골은 사람들에게 자유를 선물합니다. 그곳에서 우리는 새로운 가능성을 발견하고, 사회적인 구속 없이 어디로든 발걸음을 옮길 수 있습니다.

우리에게도 쉼이 필요합니다. 당장 도시를 떠나지는 못하더라도, 매일 조금씩 쉬면서 자신에게로 돌아가는 시간을 가져야 합니다. 들판이나 언덕을 거닐 수 있는 시간이 있다면 물론 더 좋을 테지만요. 중요한 건, 새로워지지 않고는 우리의 생산적인 힘을 유지할 수 없다는 사실입니다. 잠시 쉼을 가지며 나를 되찾는 시간을 통해 새로운 나를 만나볼 수 있습니다.

24 해맑은 웃음을 잃지 않기를

세상 어디에서든, 어떤 언어를 사용하든, 아이들의 웃음소리는 언제나 생기발랄합니다. 어른들의 웃음이 때로 불안정하고 억지스럽다면, 아이들의 웃음은 단순하고 순수합니다.

어른들은 복잡한 문제들에 둘러싸여 있고, 일상의 근심으로 가득하며, 책임감에 억눌려 있습니다. 지나간 어린 시절을 생각하며 그리움에 한숨을 짓곤 합니다. 하지만 다시 어린 시절로 돌아갈 수는 없더라도, 어린아이와 같은 낙천적인 자세는 가질 수 있습니다.

우리는 종종 아이들이 빨리 커서 어른이 되기를 바랍니다. 하지만 진정으로 아이들을 위한다면, 한 해 한 해 마음껏 삶을 누리게 하는 것이 중요합니다. 나이에 어울리는 배움과 경험을 쌓게 하고, 맘껏 뛰어놀게 해야 합니다. 아이들이 어린 시절의 기쁨을 충분히 누린 후 자연스럽게 어른이 될 수 있도록 도와주어야 합니다. 그 과정에서 아이들의 해맑은 웃음은 우리 모두에게 지속적인 희망과 즐거움을 선물할 것입니다. 아이들의 웃음소리가 끊임없이 울려 퍼지는 세상이야말로 모두가 꿈꾸는 행복한 세상입니다.

평범하고 서툴지라도

25

拙

졸 서툴다。

옹이가 많은 고목은 결이 많고 너무 휘어서 목수의 눈에 띄지 않지만, 그 덕분에 오래 살아남습니다. 나무꾼은 곧고 단단하고 향내 나는 나무를 좋아합니다. 가구로 쓸 수 없거나, 물을 많이 먹어서 땔나무로도 쓸 수 없는 나무는 그냥 내버려둡니다. 쓸모 있는 나무는 잘리고 쓸모없는 나무는 오래 살아남는 것이지요.

사람도 마찬가지입니다. 남의 눈에 띄지 않는 평범한 사람은 다소 외로울지는 몰라도, 자신만의 평온한 삶을 지켜나갈 수 있습니다. 우리가 그런 평범한 사람 중 하나라면 어떨까요. 남들이 주목하지 않는다고 해서 스스로를 가치 없게 여겨서는 안 될 것입니다. 다른 사람의 평가가 우리의 가치를 재는 기준이 될 수는 없으니까요. 오히려 남의 시선을 의식하지 않고 평온하게 살아갈 수 있습니다.

자신을 쓸모없는 사람이라며 낙담할 필요는 없습니다. 오히려 자유를 누릴 수 있는 기회이니까요. 타인의 간섭 없이, 증명하려 애쓰지 않고도 스스로의 삶을 살아갈 수 있습니다. 평범하고 서툴지라도, 온전히 자신만의 길을 걸어가기를 바랍니다.

26 눈에 보이지 않는 진실

눈에 보이지 않는 내면을 들여다보는 명상이나 이상을 꿈꾸는 일이 때로는 불필요하게 느껴질 수도 있습니다. 우리는 만질 수 있고, 과학적으로 증명되며, 실제적인 것들만 받아들이도록 교육받아 왔기 때문입니다. 이런 환경에서 추상적이고 비물질적인 것을 탐구하는 행위는 의미가 없다고 느껴지는 것이지요.

우리는 단순한 상상을 경배하는 것의 효용을 의심하고, 그런 사고를 통해서 변화가 일어날 수 있다는 사실에 혼란스러워합니다. 그러나 명상은 분명히 우리의 사고와 감정에 영향을 미칩니다. 어떤 현자가 신이 없다고 한다면, 그것은 모든 사물을 이해하는 열쇠가 신에게 있는 것이 아니라, 우리 마음속에 있다는 것을 뜻합니다. 눈에 보이는 기도는 결국 내면으로 눈을 돌리기 위한 도구입니다. 우리의 구원과 해답은 우리 자신의 깊은 곳에 존재합니다.

따라서 눈에 보이지 않는 진실을 찾는 여정은 자신을 더 깊이 이해하고, 내면의 평화를 찾는 데 필요한 행로입니다.

모임이 주는 즐거움과 의미

27 宴

연 잔치, 즐기다。

모임을 통해 느끼는 즐거움은 단순한 유희를 넘어, 모임 자체와 구성원 모두에게 중요한 가치를 지닙니다. 모임이 강화된다는 것은 단지 개인의 존재감이 커지는 것이 아니라, 소통하고 연결할 수 있는 틀이 단단해진다는 뜻입니다.

바람직한 모임을 만들기 위해서는 구성원들이 조직하고, 일하며, 적극적으로 참여하는 태도를 가져야 합니다. 이 과정에서 몸과 마음은 생기를 되찾고, 소속감을 느끼고, 혼자서는 이룰 수 없는 무언가를 이루었다는 성취를 맛볼 수 있습니다.

구성원들의 이기적이고 냉소적인 태도가 얼마나 잘 다스려지느냐에 따라 모임의 분위기가 좌우됩니다. 이런 태도를 완전히 불식시키는 것은 불가능하지만, 개인의 이기심을 줄여가며 조화로운 마음으로 임하는 노력이 중요합니다.

완벽히 혼연일체를 이루는 모임이란 없을지라도, 공동체를 위한 목적을 분명히 하고 서로를 배려한다면, 즐거운 화합을 이룰 수 있습니다. 나아가 더 큰 연대감을 경험하며, 진정한 모임의 의미를 즐길 수 있을 것입니다.

傳承 **28**

인생 최고의 스승을 만나다

승 잇다、받들다。
전 전하다、알리다。

우리는 신뢰와 기대를 가지고 부모나 스승, 지도자를 존경합니다. 그들은 우리를 지도하고, 교육하며, 불확실한 상황에서 올바른 판단을 내리도록 도와줍니다.

그러나 그들도 실수를 할 수 있습니다. 어떻게 인간이 항상 옳을 수 있을까요. 때로는 적절하지 못한 채찍 한 번으로 혼란이 야기되고, 마음의 상처를 입고, 더 큰 문제로 이어질 수도 있습니다. 특히 감수성이 예민한 어린아이에게 심한 말을 함으로써 몇 년 동안 많은 문제를 일으킬 수도 있습니다. 그렇기에 부모에게도 조언자가, 지도자에게도 스승이 필요합니다. 그래야 힘을 가진 자의 실수를 막을 수 있습니다. 과거에는 왕에게도 지혜로운 충고자가 있었던 것처럼요.

경험은 인생에서 최고의 스승이 될 수 있습니다. 끊임없이 배우고 변화하는 상황에 맞춰 자기를 항상 검증하는 것도 그 때문입니다. 이러한 경험과 배움의 과정에서 우리는 진정으로 인생 최고의 스승을 만나게 될 것입니다. 외부의 누군가일 수도 있고, 자신의 내면에서 발견하는 깨달음일 수도 있습니다.

마음의 상처

29 痕

흔 흔적, 흉터.

살아가며 우리는 다양한 상처를 입게 됩니다. 물리적인 상처뿐만 아니라 창피함이나 실패, 불운으로 인한 마음의 상처도 있을 것입니다. 이런 상처를 말끔히 치료하지 않고 방치하면 그 흔적으로 평생 괴로워하는 수도 있습니다.

아무런 잘못이 없는데도 생긴 상처는 우리의 정신적 성장을 방해할 수 있습니다. 불행히도 남으로부터 받은 상처는 잊기 어렵습니다. 상처를 치유하는 유일한 방법은 자기 자신을 수양하는 것입니다. 의사나 성직자가 모든 것을 해결해줄 수는 없습니다. 내면의 깊은 상처는 결국 자신이 돌보고 스스로 치유해야 합니다.

치유의 방법은 여러 가지입니다. 멀리 여행을 간다거나 개인적인 두려움을 없애려고 노력한다거나…. 그러나 중요한 것은 가능하면 새로운 문제를 만들지 않으려고 노력하는 것입니다. 그렇게 하지 않으면 상처가 하나둘 쌓여 결국 마음속에 무거운 짐으로 남을 테니까요. 자신을 돌보는 과정은 결코 쉽지 않지만, 상처를 직면하고 치유의 여정을 통한다면 더욱 단단해진 자신을 만날 수 있게 될 것입니다.

逗 30

사랑의 본질

두 머물다、피하다。

사랑은 결코 수단이 되어서는 안 됩니다. 사랑을 조작하거나, 남용하거나, 이기심을 채우는 방편으로 여기는 순간, 사랑의 본질은 왜곡되고 맙니다. 사랑은 강요할 수도, 억지로 이룰 수도 없는 자연스러운 감정입니다.

사랑이야말로 우리 내면 깊숙한 곳에 있는 인성의 성스러운 반영입니다. 단순한 감정을 넘어, 사람과 사람 사이의 가장 신비하고 심오한 관계이니까요. 사랑은 우리 삶에 의미를 만들고, 우리의 삶을 풍요롭게 만듭니다.

우리가 사랑에 무엇을 쏟아붓느냐에 따라 무엇을 얻을지가 결정됩니다. 억지로 꾸며내는 사랑이 아닌, 그대로의 소중함을 표현해보세요. 사랑은 그 자체로 삶의 행복을 만드는 힘이 있으니까요.

마음 중심의 궤도

31

軌

궤 바큇자국、궤도。

우리 각자는 남들과 다른 여러 특성을 가지고 있습니다. 이러한 특성은 각자의 개성을 만들고, 삶의 형식과 모양을 결정짓기도 합니다. 하지만 각자의 특성을 이해하지 못하면 혼란을 겪게 됩니다. 자신을 구성하는 어떤 요소도 부정하지 마세요. 나를 이루는 요소들이 다 소중하며, 단지 각자의 자리에 바르게 놓이기만 하면 되는 것입니다.

문제는 하나의 특성이 일방적으로 모든 것을 지배할 때 발생합니다. 즉, 균형이 깨지는 것이지요. 우리의 다양한 면모가 끊임없이 상호작용을 할 때 비로소 균형이 유지됩니다. 감정, 본능, 감성이 일정한 궤도로 계속적으로 순환하는 질서를 만들어야 합니다. 모든 것이 자기 자리를 지키고 있으면, 지나침으로 인한 피해를 없앨 수 있을 것입니다.

태양이 태양계의 중심을 이루는 것처럼, 지혜로운 마음이 우리의 여러 특성들의 중심이 되어야 합니다. 마음이 굳건하게 자리를 잡고 삶의 다른 요소들이 그에 맞춰 조화롭게 움직인다면, 흐트러짐이 있을 리 없습니다. 나를 이루는 모든 것들이 조화롭게 작동하도록 노력해보세요. 내면의 평화와 질서를 누릴 수 있을 것입니다.

遍在 32

보통의 삶에서 깨닫는 진리

재 있다、 존재하다。
편 두루。

인생의 진리를 따르는 일은 개인을 넘어 모든 상황과 문화, 민족에 적용될 수 있는 위대한 일입니다. 진리를 진지하게 탐구하려는 사람에게 시간이나 장소, 문화가 걸림돌이 되어서는 안 됩니다. 진리는 이미 우리 곁에 존재하고 있으니, 우리가 인식하고 받아들이기만 하면 됩니다.

진리와 이치는 결코 신비스러운 것이 아닙니다. 그저 여기, 우리 삶 속에 있을 뿐입니다. 이를 일깨워준 선구자는 항상 이것을 강조해왔습니다. 그들은 독서를 통해 깊이 사유하고, 극장에 가서 감성을 확장하거나, 명상을 통해 내면의 평화를 찾고, 마음을 비워내는 일까지 삶의 모든 경험이 진리를 탐구하는 과정이라 말합니다.

삶에 스며든 세상의 이치를 이해하고 깨우친다면, 인생의 진정한 의미를 알 수 있게 됩니다. 깨달음을 얻은 자는 모든 생각과 행동이 조화를 이루며 하나의 삶으로 이어집니다.

어두운 마음과의 싸움

33 禦

어막다, 방어하다.

우리 주변 어디에서든 어두운 마음이 생기곤 합니다. 탐욕스럽고, 공격적이고, 잔혹하고, 냉소적인 태도는 사무실, 학교, 거리 등 당신이 있는 곳 어디서든 찾아올 수 있으며, 때로는 우리 자신도 모르게 마음속에 스며들기도 합니다. 이러한 부정적인 마음은 거리낌이 없습니다. 그러기에 우리는 늘 만반의 준비를 갖추고 있어야 합니다.

악한 마음으로 맞서라는 뜻이 아닙니다. 오히려 어떤 상황에서든 슬기롭게 대응할 수 있는 방법을 갖추라는 것입니다. 음모나 모욕, 공격적인 행동이 닥쳐왔을 때 그것에 휘말리지 않고 중심을 지킬 수 있는 태도가 중요합니다.

싸움의 끝을 예측할 수 없듯이, 어두운 마음과의 싸움도 단순한 승패로 끝나지 않을 수 있습니다. 하지만 준비된 마음은 자신을 보호하며, 부정적인 마음에서 벗어날 힘을 만들어 냅니다. 결국 어두운 마음에서 승리하는 길은, 상황에 흔들리지 않는 자신감에서 시작됩니다.

就 **34**

나아가는 용기

취 나아가다, 이루다.

인생에는 끊임없이 새로운 기회가 있습니다. 하지만 그 기회를 향해 손을 뻗지 않으면 소중한 것을 얻을 수 있는 기회는 사라지게 됩니다. 호랑이의 경우도 마찬가지입니다. 호랑이는 먹이를 발견하더라도 사냥할 마음이 없으면 그냥 보내줍니다. 이것은 실패가 아닙니다. 먹이를 놓아주어야 할 때를 아는 것이지요. 반면 행동해야 할 순간에는 주저하지 않고 용감하게 움직입니다.

이와 달리, 많은 사람은 기회가 왔음에도 반응이 느리거나 무기력해서 기회를 놓쳐버립니다. 행동해야 할 때 머뭇거리는 것은 게으름과 다를 바 없습니다.

기회가 찾아왔을 때 우리는 기회를 잡아야 합니다. 그 상황을 바꾸든지, 돌파하든지, 자신의 뜻을 관철시키거나, 모르는 척 그냥 내버려두든지 등 어떻게든 해야 합니다. 중요한 것은 어떤 형태로든 행동하는 것입니다. 삶에 관하여 냉담할 이유가 없습니다. 적극적으로 참여하고 나아갈 때, 우리는 비로소 행복과 성공을 얻을 뿐 아니라 삶의 깊은 의미를 깨닫게 됩니다. 기회는 언제나 우리 곁에 있으니, 준비하고 용기 내기를 바랍니다.

바람의 힘을 빌려

35 統馭

어 말을 부리다。
통 거느리다、통솔하다。

연은 바람의 힘을 이용하여 자유롭게 날아다닙니다. 바람에 따라 춤을 추듯 회전하고, 위로 치솟기도 하며, 때로는 바람이 너무 세서 땅으로 곤두박질치기도 합니다.

연은 자연의 흐름에 순응하는 법, 즉 자연의 힘을 따르는 모습을 보여줍니다. 자연이 움직이는 방식에 적응하고, 자연에서 힘을 얻는 방법을 찾고자 하는 것입니다. 그렇다고 자연을 바꾸거나 조작하는 것을 의미하는 것은 아닙니다. 우리가 원하는 곳으로 바람이 불지 않는다고 해서 바람의 방향을 바꿀 수는 없습니다. 다만 바람의 힘을 빌려보세요. 바람이 주는 힘을 빌려 그 에너지와 함께 나아갈 수 있는 방법을 찾는 것이 진정한 지혜입니다.

바람을 바꾸려고 애쓰지 마세요. 그 대신 바람을 느끼고, 그 힘에 몸을 맡겨 함께 날아보세요.

優勢 **36**

높은 곳에서 멀리 보다

세 형세、기세。

우 넉넉하다、뛰어나다、낫다。

저 멀리 산등성이 너머로부터 구름이 몰려옵니다. 모든 사건은 그렇게 멀리서부터 닥쳐오기 마련입니다. 높은 데 서 있으면 미래를 예견하기 쉽습니다.

폭풍우는 갑자기 몰아치지 않습니다. 몇 시간씩, 때로는 며칠 동안 세력을 키워 다가옵니다. 인생의 크고 작은 사건도 갑자기 나타나지 않습니다. 멀리서부터 천천히 모습을 드러냅니다. 높은 곳에서 세상을 바라보면, 자연의 움직임뿐만 아니라 우리 삶에서 일어나는 일들도 미리 짐작할 수 있습니다.

세상의 진리를 깨우친 사람들은 마치 미래를 예언하는 마법사처럼 보일 때가 있습니다. 하지만 그들은 단지 멀리 바라보는 지혜를 가졌을 뿐입니다. 마음의 시야를 높여보세요. 삶의 사건들이 어떻게 흘러가는지 더 명확하게 보일 것입니다.

너무 높이 나는 새의 노래는 화음이 맞지 않는다

37 失調

조 고르다, 어울리다, 가락。
실 잃다, 틀어지다。

때로 우리는 주위 환경과 조화를 이루지 못한다고 느낄 때가 있습니다. 일이 뜻대로 풀리지 않아 혼란스럽고 의기소침해지기도 하지요. 이런 기분은 종일 계속되기도 하고 때로는 몇 주씩 지속될 때도 있습니다. 그럴 때에는 마음이 흐트러져 자신과 조화를 이룰 수가 없습니다.

그러나 외적인 이유로 고난이 깃드는 경우도 있습니다. 우리의 아둔함으로 인하여 내면을 자세히 헤아리지 못할 때도 있습니다. 이런 불협화음 속에서 우리는 길을 잃고 방황하게 됩니다.

인내를 가지고 노력하면 이런 시간에서 벗어날 수 있습니다. 정체된 상태를 벗어날 기회는 종종 스스로 찾아오기도 합니다. 그 기회를 기다리거나 혹은 직접 행동에 나서서 균형을 회복하기 위해 노력해야 합니다.

조화를 회복하면 마음속 깊은 곳에서 안도감이 찾아옵니다. 우리는 다시 궤도를 되찾아 삶의 목표를 향하여 나아가게 됩니다. 이 과정은 단순한 위기를 극복하는 데 그치지 않고, 미래를 더 잘 대비할 수 있는 힘을 키워줍니다.

調適 38

적응과 조화를 이루는 삶

적 맞다, 알맞다.
조 고르다, 어울리다.

하늘은 어디서나 지평선과 만납니다. 지평선 위로 구름이 흘러가고, 밤이 오고, 산과 나무, 빌딩이 들어서도 하늘과 지평선은 언제나 그대로입니다.

풍경이 앞에 있고, 하늘이 그 뒤를 자연스럽게 감싸고 있다면 그 둘은 완벽한 조화를 이룹니다. 하늘이 모든 것을 포용할 수 있는 이유는 배경으로서의 자리를 기꺼이 받아들이기 때문입니다.

삶도 마찬가지입니다. 우리가 가진 태도가 삶과 배경을 이룰 때, 우리 또한 인생과 완전한 일치를 이룰 수 있습니다. 적응의 태도는 수동성을 의미하는 것이 아니라 조화를 의미합니다.

우리는 어떤 환경에 놓이든, 상황이 좋든 나쁘든 간에 우리 자신이 그 상황에 정확히 적응하는 능동적인 태도를 보여야 합니다. 우리를 둘러싸고 있는 상황을 정확히 인식하고 집중하며 자신의 자리를 찾아가야 합니다. 어떤 상황에서도 조화와 적응의 태도를 잃지 마세요.

쓸데없는 근심을 다스리는 법

39 困

곤 곤하다、괴롭다。

널리 퍼져 있는 근심이 문제입니다. 근심은 정신의 황폐화를 가늠하는 기준이 됩니다. 근심은 아무 데도 쓸모가 없습니다. 감정에 눌어붙은 악성종양과도 같지요. 근심은 우리를 억압하고 몸과 마음을 갉아먹습니다.

그러나 근심에서 벗어나는 것은 말처럼 쉽지 않습니다. 걱정하지 말라는 말은 아무런 도움이 되지 않습니다. 오히려 그러한 말 때문에 더 걱정하게 될 테니까요. 오히려 이럴 때일수록 자신의 길을 계속 가면서 할 수 있는 일을 모색하는 것이 더 좋은 방법입니다.

어떠한 문제든 자신의 힘으로 해결할 수 있다면, 그다음에는 거기에 대해서 더 이상 신경 쓰지 말아야 합니다. 다른 사람들에게 일일이 얘기하지 말고 당신의 길을 계속 가길 바랍니다. 행동으로 옮기고 난 후에는 근심이 사라질 것입니다. 근심은 생각 속에서만 존재하며, 행동으로 옮길 때 비로소 힘을 잃습니다.

潛覺 **40**

마음속의 싸움터

각 깨닫다、나타나다。
잠 자맥질하다、가라앉히다、숨기다。

과거에 겪은 고통과 갈등은 놀랄 만큼 격렬하게 되살아나 우리를 괴롭힙니다. 우리 안에 숨어 있는 갈등과 문제는 몰아내기 쉽지 않습니다. 우리가 명상을 계속하고, 끊임없이 노력하여 새로운 관계를 맺는다고 하더라도, 과거에 입은 상처는 우리의 기억과 꿈속에서 되살아납니다. 이것은 다른 세계에서 온 악마도 아니고 전생의 업보도 아닙니다. 그저 단지 잠재의식 속에 있는 상처일 뿐입니다. 아무리 부지런히 깨달음에 가까워지더라도 매일매일 우리를 괴롭히는 고통이 있기 마련입니다. 지옥이 마음속에 있다고 말하는 것도 이 때문이죠.

우리 안에는 선과 악의 싸움터가 있습니다. 모든 것이 우리 마음속에 존재하는 것입니다. 과거의 고통과 상처들을 우리 마음속에서 극복해야 합니다. 극복할 수 있는 힘 또한 마음속에 있으니까요.

모래 위에 새겨진 결정

41

折

절 꺾다, 결단하다.

바닷가에 가면 상쾌한 공기 속에서 파도 소리를 들으며 발 밑에 사각거리는 모래의 감촉을 느낄 수 있습니다. 바다와 육지 사이의 이 좁은 공간은 바로 지혜로운 마음을 이해하는 열쇠와도 같습니다. 바닷가 모래사장에 모래와 물 사이의 역동적인 균형이 있는 것처럼 우리 마음에도 평온과 활기 사이의 균형이 있습니다. 모래가 계속적으로 물에 씻겨나가는 것처럼 마음에 남은 찌꺼기도 계속 씻어내야 합니다.

우리는 종종 과거에 대한 회한과 집착, 의심들을 현재까지 끌고 다니기도 합니다. 이것이 우리 마음에 갈등을 불러일으킵니다. 이러한 일이 일어나지 않도록 무엇을 할 때는 앙금을 남기지 말아야 합니다. 완벽을 기한다는 것이 어려울지 모릅니다. 그러나 완전하게 살려고 노력하는 것이야말로 성공의 비결입니다. 매일매일 생기는 문제를 만족스럽게 해결함으로써 우리는 파도에 끊임없이 씻겨나가는 바닷가 모래사장처럼 완벽한 순수順修를 얻을 수 있습니다.

漫步 42

한가히 거니는 걸음

보 걸음, 걷다.
만 질편하다.

정신적인 수행은 '길을 간다'는 것으로 종종 비유됩니다. 말 그대로 가끔 아무 생각 없이 걷는 것은 아주 좋은 수양이 됩니다. 숲속을 걷거나 산을 오를 때는 몸과 마음과 영혼이 완전히 하나가 됩니다. 걸으면서 다리가 튼튼해지고, 기가 살아나고, 피가 잘 돌고, 마음의 안정을 얻게 되죠.

복잡한 세상에서 벗어나 자연의 소리에 귀를 기울여보세요. 옹이 진 나무줄기, 제비의 날갯짓이 있고, 높은 하늘에서는 매가 맴을 돕니다. 흐르는 물에 나뭇잎이 비치고, 빈 가지에서 새순이 돋아나며, 쪼개지고 부서지고 닳아빠진 잿빛 돌들이 구릅니다. 잎은 떨어지고, 하늘에는 외로운 구름이 한 자락 흐르고, 오얏나무 가지가 낄낄대며 웃습니다. 오솔길 옆에는 둥근 돌무더기가 쌓여 있기도 합니다.

무엇을 보든 거기에는 여러 가지 의미들이 숨어 있습니다. 우리는 그 풍경들이 전하는 말을 듣기 위하여 가슴을 열기만 하면 되는 것이지요.

인내의 준비

43 毅力

의 굳세다、강인하다。
력 있는 힘을 다하다。

잘 수선한 그물이 없으면 어부들이 배를 타고 나가봤자 아무런 소용이 없습니다. 어부들은 바다에 나갈 준비를 하는 데 많은 정성을 기울입니다. 그물을 말끔히 수선하고, 배를 수리하고, 물의 흐름을 섬세히 살핀 뒤에야 비로소 출항합니다. 만반의 준비가 끝나면 마치 보이지 않는 길을 따라 끌려오듯이 고기들이 잡힙니다.

우리 삶에도, 때때로 특별히 신나는 일이 없을 때에도, 목표가 멀게만 느껴질 때가 있습니다. 이때 어부처럼 참고 기다리는 자세가 중요합니다. 일상이 고되고, 따분하며, 목표는 까마득하게 보일지도 모릅니다. 그래도 참을성 있게 차근차근 준비해보세요. 인내의 자세는 목표를 향하여 한 걸음 한 걸음 다가가게 하고, 어렵고 무서운 순간에도 믿음을 잃지 않도록 해줄 것입니다.

인내의 열매를 맛보려면 성숙과 경험이 필요합니다. 상황이 좋지 않을 때도 흔들리지 않고 자신의 기반을 다지는 것이 중요합니다. 작은 일도 소홀히 하지 말고, 좋을 때나 나쁠 때나 계획대로 한 발 한 발 나아가면, 언젠가는 고기들이 그물에 걸려들 듯이 목표를 성공적으로 달성할 것입니다.

展 **44**

유연함이 주는 건강과 행복

전 펴다、늘이다。

인생에는 '펼침'이 중요합니다. 육체적으로 몸을 쭉 펴는 행위는 몸 구석구석에 힘을 전달합니다. 우선 관절과 힘줄을 쭉 펴서 운동할 때 다치지 않게 주의하세요. 그다음에 준비운동 삼아 몸을 펴보세요. 우선 발이나 등의 큰 근육을 먼저 펴고, 손가락 같은 작고 섬세한 근육을 풀어줍니다. 크게 심호흡하면서 서서히 몸 전체를 펴줍니다.

신체적인 것뿐 아니라, 마음의 성장 과정에서도 확장과 유연성을 기르는 것은 중요한 일입니다. 어린나무는 부드럽고 잘 휘어지기 마련이지만, 늙은 나무는 굳어서 딱딱해져 부러지기가 쉽습니다. 부드러움은 생명에 가깝고, 단단함은 죽음에 가까워지는 것이지요. 단단함 대신 부드러움을 선택하세요. 그 선택이 당신을 더 강하고 생명력 있게 만들어줄 것입니다. 지금 바로 몸을 쭉 펴고, 마음의 공간을 넓히는 연습을 시작해보세요.

몸의 순환을 돕기 위한 숨 고르기

45 調息

식 쉬다, 호흡하다.
조 고르다, 조절하다, 길들이다.

기氣는 배꼽 아래 단전에서 시작하여 척추를 타고 머리끝까지 올라갔다가 다시 단전으로 되돌아오는 순환적인 에너지 흐름입니다. 자기 수양이란 정신적인 목적 달성을 위해서 기를 모으는 일입니다. 그러므로 도가에서 얘기하는 깨달음이란 육체와 정신의 조화를 이루는 종합적인 행위입니다.

수행과 명상을 통해서 기를 모으는 방법은 다음과 같습니다. 기는 회음에서 시작해서 척추를 타고 올라갑니다. 그렇게 올라가면서 신장과 혈관에 힘을 공급합니다. 기의 흐름이 머리 밑에 이르면 뇌의 아랫부분과 신경계가 자극을 받습니다. 정수리에 이르면 기의 흐름이 잠재의식을 열게 됩니다. 아래로 내려오면서 눈을 비롯한 감각기관과 심장에 기를 공급하고, 폭포처럼 단전에 내려와 본래의 순수한 상태로 되돌아갑니다. 그리고 단전에서 다시 새로운 순환을 준비합니다.

모든 존재가 거대한 물질의 상태에서 미묘한 의식의 흐름 사이를 계속 순환하듯이, 정신 수양을 위해 몸과 마음과 영혼의 모든 부분을 이용합니다.

組織 **46**

일정한 질서를 만든다

직 짜다, 베틀, 직물.
조 꿰매다, 조직하다.

매일매일 계획을 세웁니다. 목표를 세우고 할 일을 하면 하루하루를 낭비하지 않고 알차게 보낼 수 있지요. 작은 실천들이 삶의 질서를 만들고, 삶의 방향성을 잡아주게 됩니다.

자연의 운행처럼, 우리도 조화로운 체계를 따라 계획을 세웁니다. 인생의 전체 윤곽을 그리고, 보이지 않는 체계를 하나씩 세워나가죠. 매일 궁극의 목표를 설정하고, 작은 단계를 구체적으로 이뤄나갑니다. 목표를 이루기 위해서는 확신을 가지고, 창의적인 사고로 새로운 방법을 모색합니다.

계획은 예기치 못한 상황에서도 즉각적으로 대응할 수 있도록 해줍니다. 혼란스러운 상황에서도 올바른 것을 분간해내고, 유연하게 대처하며, 새로운 질서를 만들어냅니다. 새로운 질서의 확립이야말로 하루 계획의 궁극적인 기술입니다.

강한 폭풍도 그 힘은 하루를 넘기지 못한다

47 無常

상 항상, 영원하다.
무 없다, 아니다.

폭풍이 불면 거대한 폭풍우가 육지를 덮칩니다. 잎이 떨어져 나가고, 가지가 부러지고, 심지어 단단한 화강암도 깎이게 됩니다. 그러나 그런 폭풍도 하루를 넘기는 일이 거의 없습니다. 엄청난 힘을 한꺼번에 풀어놓은 폭풍은 곧 잠잠해지게 되죠. 우리의 삶도 다를 바 없습니다.

폭풍처럼, 삶에서 닥치는 고난과 어려움도 거세 보이지만 결국 잠잠해지기 마련입니다. 하늘이 하는 일이 하루를 못 가듯이 사람이 하는 일도 마찬가지입니다. 영원히 계속되는 것은 없습니다. 영원하지 않는 것들에 매달리기보다, 순간을 있는 그대로 받아들이는 자세를 가져보세요.

영원한 것은 없습니다. 인간이 이루어놓은 일 중에 영원히 계속되는 일이 없다는 것은 아주 단순한 진리입니다. 사물과 일에 내재해 있는 일시적인 속성을 깨닫게 되면, 오히려 마음의 안정을 찾는 열쇠가 됩니다. 폭풍이 지나간 뒤 맑은 하늘을 맞이하듯, 고난 속에서도 새로운 희망과 깨달음을 얻기를 바랍니다.

48 인생의 공포로부터

인생을 따르는 데 있어 중요한 것 중 하나가 지식을 추구하는 것입니다. 정신적인 삶이 더딘 이유는 지식의 비밀을 가르쳐 주는 사람이 없어서가 아니라, 지식을 흘끗 보고 말기 때문에 삶에 쌓아두기가 어렵기 때문입니다. 지식을 얻기 위해서는 스스로의 힘으로 체득하고, 지식에 대한 두려움을 극복해야만 합니다.

마음 깊은 곳에는 우리가 완전한 개체로 서는 것을 방해하는 강렬한 공포가 있습니다. 공포는 우리를 괴롭히고 공격하고 추하게 만듭니다. 그래서 자신을 지키려고 미에 탐닉하고 물건을 모으고 사랑에 빠집니다. 때로는 절망적으로 우리 인생에서 영원한 어떤 것을 찾으려 합니다.

공포를 제거할 수 있는 유일한 방법은 지식입니다. 지식은 삶의 본질을 받아들이게 합니다. 그러나 진리를 맞이하는 것이 쉽지만은 않습니다. 거대한 진리 앞에서 공포에 압도되기도 하니까요. 명상과 자기 탐구를 통해 내면에 덮힌 공포의 베일을 걷어내고, 더 큰 진리를 수용할 준비를 해야 합니다. 지식을 통해 더 이상 공포에 얽매이지 않고 균형과 평온을 유지할 수 있는 강력한 도구를 만들기 바랍니다.

죽음은 시간의 적이다

49

終

종

끝, 마지막, 죽다.

죽음을 두고 우리는 많은 비유를 합니다. 죽음의 의미를 은폐하고, 죽은 후에 일어날 일에 관해 떠들지만 진짜로 죽음이 무엇인지는 알지 못합니다. 영혼의 세계에서 다시 태어나게 될 것이라고 추측하지만, 죽음 자체는 모호할 뿐입니다. 죽음의 세계에서 시간은 아무런 의미가 없습니다. 모든 물리적인 법칙은 무의미해집니다.

무엇이 죽는 걸까요? 어떤 것이 실제로 파괴되는 걸까요? 육체는 자연으로 되돌아가는 것일 뿐입니다. 그것은 변형이지 파괴가 아닙니다. 마음은 어떨까요. 기능을 멈추는 걸까요? 아니면 다른 존재로 변하는 것일까요? 우리는 확신하지 못합니다.

죽음이 존재를 구성하는 부분이 모두 파괴된다는 의미라면 사람은 죽는 것이 아닙니다. 죽는 것은 단지 정체성, 우리가 '누구'라고 여기던 그 사람의 여러 부분에 관한 인식이 죽어버리는 것이지요.

우리가 어떤 사람이 누구인지 확실히 깨닫고 있다면, 죽음은 우리를 더 이상 괴롭히지 못합니다. 시간도 말입니다.

相制 50

사람과 사물의 상호작용

제 절제하다、억제하다。
상 서로、돕다。

사물들은 우리가 그것에 관하여 반응하지 않는 한 아무런 의미가 없습니다. 가령 매일 지나다니는 길가에 있는 돌멩이도 우리가 보아주지 않으면 아무런 의미가 없는 것이지요. 그 돌멩이를 의미 있게 만드는 것은 거기에 부여한 의미입니다.

사물에 부여하는 의미는 사물처럼 형태가 있고 만질 수 있는 것이 아닙니다. 우리는 사물 자체와 사물을 보고 느끼는 감정을 혼동하기 쉽습니다. 예를 들어 어떤 집을 보고 멋있다고 느꼈을 때 느낌은 실제의 그 집과는 아무런 상관이 없습니다. 그것은 단지 우리가 그 집을 보고 떠올린 기억과 상념의 문제입니다.

실재하는 사물에 대한 우리의 지각은 극히 주관적입니다. 그래서 사상가들은 모든 사물을 실재하는 것으로 생각하지 말아야 한다고 합니다. 반면에 도가에서는 그럼에도 사물들과 상호작용하라고 말합니다. 사물들에 의미를 부여하고 그에 대해 반응하는 일에 시들해지면, 모든 것이 권태로워지고 마음속에서 이 세계가 더 이상 존재하지 않게 됩니다. 사물에 부여하는 의미가 극히 주관적이라는 것을 염두에 둔다면 우리는 사물과 훌륭한 상호작용을 이룰 수 있습니다.

피어나는 영혼의 순간

미 아름답다。

꽃들은 지옥으로 가는 길에서조차 위안이 될 수 있습니다. 꽃은 가냘프고 덧없지만 완전합니다. 꽃을 보면 보호해주고 싶고, 감상하고 싶고, 간직하고 싶은 마음이 생겨납니다.

추하고 험난한 세상에는 당신이 보호해주어야 할 연약한 것들이 있기 마련입니다. 잔인한 세상에서 꺼내어 아름다운 세상으로 옮겨놓고 싶은 것들 말이죠. 탐욕, 욕심은 너무나 추악하고, 음식은 너무나 진부한 반면에 꽃은 아름답습니다. 꽃을 바치는 것은 순수를 사랑하는 마음을 바치는 것과 같습니다.

꽃을 사랑하는 마음에는 자비와 동정과 배려의 마음이 들어 있습니다. 그런 마음씨야말로 아름다움이고 그것은 많을수록 좋습니다. 덧없이 흘러가는 이 세상에서 꽃이 주는 아름다움을 통해 잠시 멈춰서 내면의 여유를 찾을 수 있습니다. 꽃의 존재는 단순한 감상이 아니라, 매 순간을 소중히 여기며 아름다움을 느낄 여유를 만들어줍니다. 오늘, 잠시 꽃을 바라보며 마음에 작은 위안을 담아보는 것은 어떨까요.

52 소란을 멀리하는 은둔자가 되다

혼란스러운 세상 속에서 홀로 평온을 찾는다는 것은 큰 위안이 됩니다. 아등바등하고 소란한 삶이 아닌, 내면에서 고요한 목소리를 들어보세요. 다른 사람들이 어떻게 생각하느냐 하는 것은 아무런 문제가 되지 않습니다. 우리는 대부분의 사람들이 알지 못하는 내면의 목소리를 들으며 살아갑니다. 내부의 욕구를 깨닫고 그것과 단순한 본능을 구별할 줄 아는 힘을 기르는 것은 수양에서 아주 중요한 목표인 것이지요.

우리 내부에는 여러 가지 목소리와 특성, 욕망과 성향이 뒤섞여 있습니다. 존재의 상태에 도달하기 위해서는 그런 것들을 잘 분별하기 위하여 다른 소리들을 죽일 줄 알아야 합니다. 그리고 일단 내면의 소리에 이르게 되면 의심과 혼란은 사라지고 웅얼거리는 다른 소리들로부터 초연해질 수 있습니다.

자기 스스로를 완성시키는 것이 진리에 이르는 길입니다. 그러기 위해서는 끊임없이 자기를 수양해나가야 합니다. 물론 외로운 길입니다. 그렇기 때문에 깨달음에 이르기 위해서는 항상 모든 부름에 깨어 있어야 하고, 외로운 길을 갈 만큼 강해져야 합니다.

잠 못 이루는 밤, 일상의 균형을 되찾는 지혜

53 失恒

실항
잃항
다상
。。

잠 못 이루는 밤이 많아지면, 음식을 조절하고 마음의 평정을 되찾고 주위를 차근차근 다스려나가야 합니다. 기운이 없거나 잠을 못 이루거나 일이 안 되고 집중이 흐트러지면 자신에게서 멀어진 것입니다. 스스로에게 세 가지 질문을 던져보세요. 제대로 먹고 있는가? 마음가짐은 바른가? 주변이 평온한가?

생활이 뭔가 삐걱거린다는 생각이 들면 식습관을 점검해 보세요. 건강을 회복하면 많은 문제가 줄어듭니다. 물론 문제들이 완전히 해결되는 것은 아니지만 적어도 그것들에 대항할 수 있는 힘은 얻을 수 있습니다. 사사로운 이익이나 습관, 지나친 욕심으로 마음이 흔들리면 자신에게 이를 수 없습니다. 마음의 미혹을 다스리는 방법은 걱정과 스트레스로부터, 쓸데없는 지식과 욕망으로부터 마음을 보호하는 것입니다. 몸이 건강해야 명상을 통하여 마음을 다스릴 수 있습니다.

외부의 방해로부터 가능한 한 자신을 둘러싼 환경을 잘 다스려야 합니다. 집을 편안한 안식처로 만들고, 일하는 곳에 잘 적응해야 합니다. 균형을 잃은 순간에도 자신에게 돌아가는 연습을 통해 삶의 평온과 활력을 되찾기 바랍니다.

逆境 **54**

모든 일이 뜻대로 되지 않는다면

경 지경, 경우, 처지.
역 거스르다, 순조롭지 않다.

거대한 나무들에 둘러싸인 작은 묘목일수록 생존하기 위해서는 불굴의 의지가 필요합니다. 살면서 때로는 고난이 찾아오기도 합니다. 무시당하고, 아무도 당신의 말을 들어주지 않고, 위험 속에 갇혀 있는 상황이 발생하기도 하죠.

고난의 날에는 결단과 희망을 가지는 것이 중요합니다. 버틴다고 해서 상황이 좋아지지는 않습니다. 주의 깊게 사태를 관찰하고 과감하게 행동해야 합니다. 고난이란 시험에 불과하다는 것을 알게 되면 자신을 되돌아보는 기회로 삼아 평안함을 찾을 수 있을 것입니다. 고난으로 인하여 전보다 더 담대해질 수도 있습니다. 겁먹지 마세요. 모험이라면 가능한 기꺼이 받아들이고, 해야 하는 일이라면 위험에도 당당히 맞서야 합니다.

큰 나무들에 둘러싸이는 고난이 있지 않고서는 숲의 나무들이 빛을 향하여 커나갈 수 없습니다. 가지를 뻗기 위해서 나무는 내부의 모든 힘을 쏟아부어야 합니다. 사람도 마음을 키우기 위해서는 역경의 시간들이 필요합니다.

문제를 해결하는 단계

55

解

해 풀다, 깨닫다.

한 번에 모든 문제를 해결할 수는 없습니다. 하나하나 매듭을 풀어나가면서 단계적으로 문제를 정복해나가야 합니다. 문제를 해결하기 전에 우선 문제가 복잡하고 까다로운지, 얽혀 있는지를 알아야 합니다. 복잡한 문제는 엉킨 실타래를 풀듯이 인내를 가지고 대처할 필요가 있습니다. 문제를 까다롭게 만드는 장애물을 뛰어넘어야 합니다. 앞을 막아선 것들은 의지와 힘으로 부숴버리든지, 아니면 옮겨버리면서요. 그러나 무엇보다도 어려운 상황은 우리들 자신이 문제에 깊이 얽혀 있는 경우입니다. 그럴 경우에는 가능한 한 빨리 그 문제에 초연해지는 것이 중요합니다.

어떤 문제든 단번에 모든 것을 해결하려고 해서는 안 됩니다. 문제를 잘게 쪼개 다루기 쉬운 조각들로 만들어보세요. 문제가 복잡하거나 까다롭거나 얽혀 있으면 풀기 어렵지만, 잘게 쪼갤수록 훨씬 쉽게 문제에 대처할 수 있습니다. 아무리 복잡하고 어려운 문제라도 단계적으로 해결해나가다 보면 쉽게 느껴지는 순간이 찾아올 것입니다. 인생의 꼬인 매듭들이 한순간에 풀리는 그런 마법 같은 순간 말이죠.

56

깨달아 침묵하다

오랜 시간 명상하고 수양하다 보면 깨달음의 세계로 접어듭니다. 그곳은 특별한 지각의 세계입니다. 당신은 상상할 수도 없었던 경지를 경험하고, 출처를 알 수 없는 심오한 사상과 깨달음을 얻게 되고, 통찰력이 생겨 사물의 새로운 면들을 발견하게 될 것입니다.

그러나 당신이 경험한 것을 말하려 하면 사람들은 당신의 깨달음을 이해하지 못하고, 당신의 말을 믿지 않을지도 모릅니다. 깨달음의 길에서 더 멀리 정진할수록 일상적인 삶에서 멀어지게 됩니다. 당신은 진실을 발견하겠지만 사람들은 당신을 배척할지도 모릅니다. 세상에는 인생의 진리를 진정으로 이해할 수 있는 사람들이 많지 않습니다. 진리를 그저 하나의 도구로 생각합니다. 그런 사람들에게 경이로운 깨달음을 전하는 것은 아무런 반향도 없는 장광설을 늘어놓는 것과 같지요. 그래서 깨달은 자는 침묵하게 됩니다.

왜 깨달은 것을 굳이 늘어놓으려 하나요. 그냥 깨달음을 즐겨보세요. 당신의 내면은 깨달음의 기쁨으로 넘쳐흐르지 않나요. 언젠가 당신의 깨달음이 꼭 필요한 사람이 나타나면 그때 당신의 깨달음을 나누어주길 바랍니다.

인생의 맛을 느끼는 방법

57 嗜

기즐기다。

우리는 스스로 원해서 깨달음을 얻고자 합니다. 약속된 보상이 있는 것도 아니고, 있다 하더라도 그것은 가치로 따질 수 없습니다. 깨달음을 얻고자 하는 자는 그다지 인기가 없습니다. 현자들은 대부분 가난했으며 청렴의 베일 안에 묻혀 있습니다. 깨달음에서 얻을 수 있는 것은 건강한 육체와 생의 혼란에서 벗어나는 길, 죽음의 공포에서 해방되는 것입니다.

그러므로 세상의 이치를 따르기 위해서는 강해져야 합니다. 가난, 고독, 어둠으로 낙심하지 않는다면 당신의 온 생애를 붙들어줄 수 있는 흔들리지 않는 깨달음을 발견할 수 있을 것이고, 조금씩 보이지 않는 곳에서 보상을 얻게 될 것입니다. 하루아침에 부자가 되거나 권능을 얻게 되지는 않겠지만, 적어도 생계를 꾸려나가는 방편들은 찾을 수 있을 것입니다. 일단 인생의 맛을 알게 되면 모든 의심은 사라지고 가난과 외로움도 훨씬 줄어들 것입니다.

機會 58

허망하게 기회를 놓치지 않기 위해

회 모임、기회。
기 틀、계기、기회。

우울하고 고난스러운 시간은 영원히 지속되지 않습니다. 그렇다면 어떻게 더 나은 상황으로 변화시킬 수 있을까요? 아무리 어려운 상황이라도 우연이지만 작은 기회가 늘상 있는 법입니다. 그러한 기회를 재빨리 포착해서 과감하게 이용해야 합니다. 허망하게 그 기회를 놓쳐버리면 후회하게 될 것입니다.

진리를 따르는 것은 그림자와 같습니다. 어디로 가든 당신은 그림자와 함께 갑니다. 당신 앞에 그림자가 나타나면 그 형상만으로 당신은 그림자를 잡고 있는 셈입니다. 새를 잡는 것도 마찬가지입니다. 당신이 새를 억지로 잡으려 들면 반드시 놓치게 될 것입니다. 그러나 항상 새와 함께 있고, 새와 같은 속도로 움직이고, 새의 그림자와 겹치는 부분이 많을수록 새를 잡기는 훨씬 수월할 것입니다.

그러나 무엇을 할 때는 그림자를 남겨서는 안 됩니다. 당신이 해야 할 일은 주저하지 말고, 끝맺음을 확실히 하고, 찌꺼기를 남기지 마세요. 순간순간 족적을 남기지 않는 것, 그것이 당신에게 나쁜 상황을 만들지 않는 비결입니다.

경험, 지혜, 수양이 필요한 이유

59 源

원 근원.

모든 힘은 당신 자신 속에 내재되어 있습니다. 아무리 외부의 상황이 당신을 방해하려 들어도 진정한 힘은 내면에서 나오게 됩니다. 기의 원천은 누구에게나 잠재되어 있으며 누구나 열 수 있습니다. 그 순간 당신 중심으로부터 반짝거리는 샘물과도 같은 기가 솟아오릅니다.

기를 어떻게 다스리냐에 따라서 특별한 지식을 깨달을 수도 있고, 온전한 평정을 이룰 수도 있습니다. 그러나 기의 원천을 연다고 해서 그 사람이 꼭 통달한 사람이 되리라고 장담할 수는 없습니다. 기 자체가 중립적인 것이기 때문입니다.

기를 다스리는 데에는 경험과 지혜와 수양이 필요합니다. 명상을 통해서 힘과 기를 얻을 수 있습니다. 그러나 기를 어떤 방법으로 쓰느냐에 따라 선과 악처럼 극단적인 차이를 보일 수도 있습니다. 기의 원천을 찾아내면 무한한 희열을 맛볼 수 있지만, 기를 다스리는 데는 훨씬 신중한 책임감이 요구됩니다.

獨身

60

적절한 금욕의 삶

신 몸, 자신。
독 홀로。

기의 원천 중에서 어떤 것은 호르몬이나 영양소나 유전자처럼 화학적 성분으로 이루어져 있습니다. 우리가 정신적인 기를 가지고 있더라도 결국 원천은 그러한 물질들에 있는 것이지요. 도가에서는 이것을 정기精氣라고 부릅니다. 정기를 보존하려면 금욕 생활을 해야 합니다. 그러나 성性을 무조건 억압하라는 얘기는 아닙니다. 성욕 자체는 자연스럽고 막을 수 없는 것이기 때문입니다. 중요한 것은 성과 영성이 조화를 이루는 것입니다.

조화의 비결은 너무 탐닉하지도, 너무 억압하지도 않는 데 있습니다. 탐닉은 정기를 낭비하고, 억압은 가장 기본적인 육체의 욕구를 죽이는 것입니다. 적절한 수준을 유지함으로써 행복하고 정신적으로 풍요로운 삶을 누릴 수 있습니다.

슬픔이 씻겨 내려가기를

61 悲

슬픔에 빠졌을 때 그 쓰라림이 모든 것을 앗아갈 수 있습니다. 현자들은 인생을 한순간의 꿈이라고 말하지만 그 말로 어떻게 우리가 겪는 매서운 슬픔을 다스릴 수 있을까요. 중요한 것은 슬픔을 그냥 받아들이는 데 있습니다. 슬픔도 우리의 감정 중 하나입니다. 우리가 만약 깨달음을 얻고 인생을 한순간의 꿈으로 이해하게 되는 날, 슬픔도 금세 잊힐 것입니다.

비
슬픔。

인생에서 가장 견디기 힘든 순간은 남의 불행을 바라볼 때입니다. 거대한 운명의 사슬에 묶인 다른 사람의 슬픔을 지켜보는 것은 그런 고통을 직접 당하는 것보다 더 견디기 힘듭니다. 우리들 자신이 문제를 갖고 있으면 그나마 쉽습니다. 왜냐하면 선택의 여지가 남아 있다는 것을 스스로 알기 때문이죠. 그러나 다른 사람의 문제를 속수무책으로 보고만 있을 경우에는 마음이 더 아픕니다. 특히나 사랑하는 사람이 고통을 당할 때 그 슬픔은 견딜 수 없습니다.

슬픔이 닥쳤을 때 가장 좋은 방법은 슬픔에 빠져 괴로운 나날을 보내지 않는 것입니다. 친구들을 만나거나, 여행을 떠나거나, 아니면 다시 시작하는 자세를 다잡음으로써 주어진 상황을 변화시켜보세요.

釋 62

사물을 빛나게 하는 진리

석 풀다, 용서하다, 버리다.

세계는 그저 존재할 뿐입니다. 그러나 우리는 단순하게 그 사실을 받아들이지 못합니다. 감각으로부터 추출한 자료들을 가지고 재구성한 세계만 알려고 합니다. 그러므로 우리가 아는 세계란 스스로 해석하고 선택한 세계일 따름입니다.

우리는 이 세계의 참모습을 모릅니다. 모두 자기 자신의 시각으로 세계를 보기 때문에 모든 것이 다 상대적일 수밖에 없습니다. 우리가 각기 다른 시각을 가지고 있고, 감각에 의존해 사물들을 파악하는 한, 절대적인 진리는 있을 수 없습니다.

진리는 그런 해석의 메커니즘을 끊는 순간에 빛납니다. 우리가 만약 감각을 잠재우고 감각으로부터 얻어낸 자료들을 해석하는 마음에서 자유로울 수 있다면, 잠시 동안이지만 외부와 상호작용의 연쇄를 끊을 수 있습니다. 그때 우리는 중립적인 자세로 우리 내부로 몰입해 들어갈 수 있게 됩니다. 상호의존과 분별조차 필요하지 않은 완전한 무無의 상태에 들어서게 됩니다. 그런 상태를 무위無爲라고 하는데, 그것은 바로 모든 사물을 빛나게 하는 진리입니다.

오롯이
자신을 만나는 길

63 清晣

석 밝다。
청 맑다、깨끗하다。

처마 밑으로 떨어지는 빗소리는 자연이 부르는 시입니다. 우리는 그 소리를 설명하기 위하여 말을 하거나 글을 씁니다. 도가에서 말하는 지식은 시를 감상할 줄 아는 마음에 있습니다. 성인들이 시의 형식을 빌려 사상을 전한 것도 그 때문입니다. 직관적으로 깨달음을 얻는다는 데 있어서는 도와 시가 다를 바 없습니다. 진리를 만나는 것은 정신을 느끼는 것입니다. 그래서 식자識者의 말이 시인의 말과 다른 것처럼 수행자의 말도 학자의 말과 다릅니다.

처음 명상을 시작하는 초심자는 삶이 자연스럽게 흐르도록 내버려두어야 합니다. 그리고 자신의 경험을 표현함으로써 깨달음의 정도를 판별해야 합니다. 이렇게 하고 나면 이성적인 생각들이 중립화되거나 감소되고, 주지주의적인 자세들이 사라지고 진정한 자신만 남게 됩니다. 그때 우리는 비로소 타인의 말이나 이미지에 오염되지 않은, 맑은 나 자신과 만날 수 있습니다.

解脫 **64**

속박으로부터 벗어나는 자유

탈 벗다、벗어나다、탈출하다。
해 풀다、벗다。

푸른 하늘과 넓은 들판을 날면서 새는 자유롭게 지저귑니다. 당신의 생애에서도 그처럼 자유로운 느낌을 가질 수 있습니다. 하는 일마다 아무런 저항이 없는 운동처럼, 신비한 선율처럼 풀리는 것을 느낄 것입니다. 당신의 몸도 마찬가지입니다. 기가 솟아올라 점점 몸이 오싹거릴 정도의 전율을 느낄 것이고, 온 신경은 달아오를 것입니다. 짧은 새소리와 같이 현실의 광경을 오랫동안 가슴에 간직할 만큼 충만한 마음이 됩니다.

만약 깨달음을 얻는다면 인생의 흐름에 간섭하지도, 멈추지도 마세요. 당신이 개입하려 드는 순간, 홀로 남아 후회하게 될 것입니다. 인생이 흐르는 방향을 지시하려 들지 마세요. 삶은 자연스럽게 흐르게 하고 당신은 그저 따라가기만 하면 됩니다. 다른 근심은 모두 잊고 내면의 노래가 울리는 방향으로 따르기를 바랍니다.

자주 비틀거릴지라도

65 登

등 오르다, 높다.

정신 수양은 매일 거듭해야 하는 일입니다. 어느 날 많은 것을 얻었다고 해서 그다음 날 게을리해서는 안 됩니다. 깨달음이란 미묘한 것이어서 헛된 노력처럼 보이기도 하고, 매일 아침 일찍 일어나 똑같은 열정으로 수양을 하기가 힘들지도 모릅니다. 그러나 바로 그런 과정이 우리가 해야 할 일입니다.

좋은 스승을 만났거나, 타고난 재능이 있거나, 좋은 환경에 있을 경우에는 더 많은 노력을 매일매일의 수양에 기울여야 합니다. 아무도 한 번에 하늘까지 뛰어오를 수는 없습니다. 산사에 오르듯이 험한 길을 꾸준히 오르다 보면 언젠가 최고의 정신에 도달하게 됩니다. 계단은 많고 가파르기에 오르는 길은 오래 걸리지만, 길가에 늘어선 풍경들을 보면서 기쁜 마음으로 오르다 보면 정상에서 맞이할 경치는 최고로 아름다울 것입니다. 힘이 들어도 자신을 일으켜 세우며 계속 올라가길 바랍니다.

영적인 생애에서 성공은 커다란 사건에 의해서가 아닌, 날마다 헌신하는 자세에서 판가름이 납니다. 강철 같은 의지와 성실성이 우리의 성공적인 등정을 보장해줄 것입니다.

周天 66

인생 순환의 지혜

천 하늘, 천체의 운행。
주 두루, 둘레。

어스름과 땅거미를 보면서 우리는 하루가 지난 것을 압니다. 해가 뜨면 달이 지고 달이 뜨면 해가 지게 되죠. 그것이 바로 존재의 순환입니다. 그러한 순환 없이는 우주가 존재하지 않는 법입니다. 우리의 계획과 행위를 포함한 모든 사건 또한 순환을 따르게 됩니다.

인생의 순환에 대해서 깨닫고 우리가 어떤 지점에 서 있는지를 아는 것이 지혜입니다. 어떤 것을 지속시키고자 하면 그러한 행보를 떠받쳐줄 새로운 곡선을 그리면 됩니다. 그만두고 싶으면 곡선이 기울어 땅에 닿을 때까지 그저 기다리면 됩니다. 모든 것은 올라갔다가 다시 내려올 것이기 때문입니다.

사람들은 자주 자기가 얼마만큼 와 있는지에 대해 불확실한 느낌을 토로합니다. 그런 사람들에게는 단기와 장기의 구별이 중요합니다. 십 년을 작정하고 있는 사람은 매년 달라져야 하고, 일 년을 작정하고 있는 사람은 매일 뭔가 중요한 일들을 해야 합니다. 인생의 순환을 염두에 두고, 자신의 생애를 가늠하고, 선택한 단위에 따라 계획을 세워나가 보세요. 그러면 자신이 어디까지 와 있는지를 모른다고 해서 두려운 마음이 들지는 않을 것입니다.

다시 돌아와야 할 인생의 중심

67

返

반 돌이키다, 돌아오다.

제비는 멋대로 노닐면서 빠르게 날아다닙니다. 그러나 아무리 멀리 날아가더라도 다시 둥지로 되돌아옵니다. '귀환'이라는 개념은 우리 모두에게 중요합니다. 물론 일하고, 탐험을 하고, 여행하고, 인생에서 성공하는 것도 중요합니다. 그러나 우리가 아무리 많이 분투하고 아무리 멀리 떠났다 하더라도, 다시 돌아와야 할 인생의 중심은 있어야 합니다. 그것은 고향일 수도 있고 단지 마음속일 수도 있습니다.

도가에서는 우리들이 모두 돌아가야 할 마음의 중심이 있다고 믿습니다. 복잡한 생활에 부대끼고 잡념에 휩싸이다 보면 그 중심이 흐려집니다. 물론 배움은 꼭 필요한 것이지만 때로는 우리의 중심을 흐리게도 하죠. 그러므로 귀환은 사회생활에서 겪은 불필요한 문제들을 잊어버리고 단순해지는 과정일지도 모릅니다.

누구나 언젠가는 켜켜이 쌓인 때를 벗고, 때 묻지 않은 순수한 자아로 돌아가야 합니다. 그리로 돌아가는 시간이 오래 걸리고 그러기까지 많은 수양과 수행이 따르겠지만, 정작 원래의 자기로 돌아가지 않고는 깨달음과 함께 있다고 말할 수 없습니다.

運行

68

세상을 움직이는 힘의 지혜

행 다니다、행하다。
운 돌리다、움직이다。

운동 없이는 이 우주상에 아무것도 생성될 수 없습니다. 하늘의 운행이 바람과 비, 천둥과 번개를 일으킵니다. 땅의 운행이 밤과 낮을 만들고, 날씨의 순환이 계절과 식물의 생장을 낳습니다. 운동은 창조의 원동력이죠.

도가에서는 시작을 중시합니다. 그러나 무조건 밀고 나가는 것만으로는 충분하지 않습니다. 창조력이 있어야 합니다. 창조력은 문제를 해결하고 독창적인 전략을 짜내거나 시와 음악과 그림을 만들어내는 능력입니다. 어떤 경우에든 맹목적인 열광이 아니라 지적인 조화와 대위를 가지고 이치에 따라 움직여야 합니다. 창조력은 우리의 문화적인 토대 위에 억지로 무엇을 만들어내는 데서 나오는 것이 아닙니다. 그것은 오히려 삶을 따라 움직이면서 다른 사람들에게 고통이 아니라 생명을 불어넣는 것을 말합니다.

하늘과 땅을 생각해봅니다. 하늘과 땅은 단지 본성에 따라 운행하고 있을 뿐이며, 그에 따라서 굳이 만들어낸다거나 의도한다는 생각 없이 결과가 생기는 것입니다. 이것이 진정으로 힘들이지 않는 창조이며, 도가에서 말하는 최고의 기술입니다.

인생의 마지막 결론

69 耀輝

요휘 빛나다. 빛나다.

두 개의 불꽃이 만나면 다른 하나의 불보다 훨씬 더 찬란한 광휘를 발합니다. 다른 사람과 협동하면 혼자서 이룬 성과보다 더 큰 결실을 얻을 수 있습니다. 그때에는 조화를 바탕으로 행동과 발전을 위한 힘은 물론, 아이디어와 영감이 생기게 됩니다. 협동이 잘 이루어지면 불꽃이 불꽃을 삼키며 타올라 온 세상을 밝히는 것과 같은 놀라운 결과가 나옵니다.

때로 단 두 사람이 협동을 이루는 때가 있습니다. 만약 두 사람이 힘을 합친다면 둘의 개성을 살려 힘을 한 가지 목적에 투여하세요. 그러면 두 사람 모두에게 이익이 되면서 두 사람 모두 부쩍 성장하는 놀라운 결과가 나올 것입니다.

불이 불을 만든다는 것은 두 가지 불의 힘을 다 소진할 때까지는 계속 타오른다는 것을 의미합니다. 다른 사람과 같이 협력한다고 해서 자기가 가진 것을 포기하라는 뜻이 아닙니다. 협력은 동화가 아니라 통합입니다. 다른 사람과 협력하여 무슨 일을 이룰 때 각자 자기 길을 간다는 사실을 명심해야 합니다. 인생이란 여행에 있어서 궁극적인 진실과 그 마지막 결론은 우리들 모두 혼자 감당해야 할 부분입니다.

獨立

70

당당한 독립의 자세

독립
홀로。 서다。

독립은 아무도 필요하지 않고, 모든 것이 안정적이며 자기 삶을 혼자 감당할 수 있을 때 비로소 이루어집니다. 그러한 독립의 자세는 자족감에서 나옵니다.

옷과 집, 재산과 지위도 필요치 않습니다. 모든 것이 만족스러우며 벌거벗은 모습으로도 위풍당당합니다. 우리의 삶도 마찬가지입니다. 값비싼 옷이나 으리으리한 집도 필요치 않고, 화려한 경력이나 높은 지위도 필요치 않습니다. 우리가 원하는 바는 단순히 눈에 보이는 것과는 차원이 다릅니다.

당신은 당신의 어떤 성격이 거추장스럽다고 생각되나요. 무엇이 당신을 혼자 서지 못하게 하나요. 독립이 어렵다면 마음 수련에 더욱 정진하길 바랍니다. 수양을 통해서 혼자 설 수 있도록 노력해야 합니다. 살면서 다른 사람과 협력하지 말라는 뜻이 아닙니다. 스스로 먼저 자격을 갖춘 다음에 협력이 필요합니다. 그래야 어떤 집단에 매몰되지 않고 당당하게 혼자 설 수 있게 됩니다.

세상의 위협으로부터

71 聲色

색 빛, 여색。
성 소리, 음악。

항상 바깥으로 향하는 마음은 만족을 얻지 못합니다. 내면으로 열린 마음에 고요한 평화가 깃들기 마련입니다. 사람들은 지칠 줄 모르고 새로운 자극을 찾아 헤매죠. 유희를 갈망하고 좀 더 새롭고 자극적인 경험을 원합니다. 우리 자신을 유혹에 빠뜨리는 것은 어리석은 일입니다.

눈에 보이는 실재는 마음이 만들어낸 것입니다. 모든 현상은 주관적이고 상대적인 것이지요. 진정한 실재는 소용돌이치는 떠들썩한 바깥 세계로부터 한 발자국 물러섰을 때 드러납니다. 자기 내면을 응시하고 주관성의 때를 벗겨내는 지점에 실재가 존재합니다. 이 세상에 존재하는 것들은 진정으로 객관적인 것이 아닙니다. 오히려 진실의 핵심은 이 세상에 나타나지 않고 안으로 침잠해 있습니다.

우리가 그러한 핵심으로 들어서게 되면 마음이 자극적인 실재를 만들어내는 습관을 버릴 수 있습니다. 그렇게 되면 우리는 완전하고 충일한 것을 느끼는 정적의 세계로 진입하게 됩니다.

發現 **72**

발견하여 얻는 깨달음

현 나타나다、출현하다。
발 나타나다、드러내다。

사람들은 명상이 왜 필요한지 묻습니다. 마음속 가장 깊숙한 곳을 탐사해서 자기가 진정으로 깨닫고자 하는 무엇인가에 관한 해답을 얻는 데 정답은 없습니다. 심리적인 진단으로는 사람들이 자기 자신의 모든 부분들과 대면하게 할 수 없습니다. 오직 혼자서 깊이 명상함으로써 모든 것을 배울 수 있습니다. 발견은 그런 것입니다. 발견하기 위해서 우선 마음속으로 들어가는 것이 필요합니다.

명상이란 무릇 발견의 과정입니다. 인간이 어떻게 움직이는가를 천천히 탐구해가는 길입니다. 이 광막한 세상을 걷는 동안에 속세의 문제를 해결하고 영혼 속에 감춰진 보석들을 찾아낼 수 있습니다.

허무를 긍정으로 바라보기를

73

肯定

긍 즐기다, 옳다, 들어주다.
정 정하다, 머무르다.

계곡은 텅 비어 있어 마치 허공과 같습니다. 하지만 계곡은 생산적이고 긍정적인 공간입니다. 비어 있기 때문에 물이 들어차 식물이 자랄 수 있습니다. 햇빛이 따스하게 비치면 계곡은 사람들과 동물들에게 안락한 휴식처가 됩니다. 허공은 두려운 것이 아닙니다. 오히려 모든 가능성을 품고 있죠.

그곳을 들여다보고 소리를 질러보세요. 실제 목소리가 아니라 당신의 모든 존재로 말입니다. 당신의 소리가 깊고 간절하다면 반드시 메아리가 회답해 올 것입니다. 그것이 바로 우리가 존재하고 있다는 징표입니다. 그리고 우리가 올바른 길에 서 있다는 징표이기도 합니다. 그러한 징표는 우리가 삶을 누리고 탐구를 계속해 갈 수 있는 용기를 줍니다. 허공은 두려운 것이 아니라, 오히려 평생을 같이할 친구가 됩니다.

積 74

점진적인 수양의 과정

적 쌓다.

아주 경건한 사람이 살았습니다. 그의 아버지가 죽자 점쟁이가 아버지를 바닷가에 있는 동굴에 묻으라고 했습니다. 바닷물에 잠겨 있던 동굴이 백 년에 한 번씩 드러나는데, 그때 시신을 묻으면 후손들에게 복이 있을 거라고 했죠. 그는 이상하게 생각하면서도 점쟁이의 말대로 했습니다.

그 후, 그는 자기가 잘한 것인지 감을 잡을 수가 없었습니다. 고민 끝에 결국 다른 점쟁이에게 가서 물어보았습니다. 그랬더니 그 점쟁이는 그를 시기한 나머지 관을 들어내라고 충고했습니다. 그는 이번에도 점쟁이의 말대로 했습니다. 그런데 관을 꺼내서 관 뚜껑을 열어보니 놀랍게도 아버지의 뼈에 순금이 켜켜이 쌓여 있었습니다. 그는 깊이 후회하면서 관을 다시 동굴로 되돌려놓으려 했으나 이미 늦었습니다.

정신 수양도 조바심을 내며 중단해서는 안 됩니다. 진전이 없다고 실망하지 말고, 매일 조금씩 쌓여서 눈에 보일 때까지 참을성 있게 기다려야 합니다. 수양이란 원래가 흔들림 없이 점진적으로 나아가는 과정입니다. 성급하게 중단하면 오히려 안 하느니만 못한 결과가 나올 수도 있습니다.

인생의 항로를 조정하며

75 突破

파 깨뜨리다。
돌 부딪치다。

정신 수양이 축적 단계에 이르면 새롭게 다시 태어나는 경험을 하게 됩니다. 한편으로는 그런 수양의 결과로 안락함을 누릴 것이고, 다른 한편으로는 당신이 더 깨달아야 할 것들에 대한 가능성들을 보게 될 것입니다.

그 위대한 가능성에는 의무가 따릅니다. 새로운 깨달음을 따라 인생의 익숙한 경로를 벗어나게 되더라도, 자신이 어디에서 시작했는지, 얼마나 멀리 날아왔는지를 기억해야 합니다. 그 가능성은 갑작스럽게 오지 않습니다. 적절한 시기에, 준비된 이에게 찾아옵니다.

삶은 단지 날개를 펼치고 힘차게 날아오르는 것만으로 끝나지 않습니다. 비행 중에도 끊임없이 자신의 항로를 조정하며, 지혜롭게 방향을 설정할 수 있어야 합니다. 더 나은 방향으로 나아가는 지혜와 용기를 갖추는 것이 중요합니다. 당신의 길을 주도적으로 만들어나가길 바라며.

神聖 **76**

나에 대한 믿음과 보호막

성 성스럽다, 성인.
신 귀신, 정신, 혼.

몸은 다치거나 망가질 수 있지만, 마음은 그렇지 않습니다. 마음이 침범당하는 경우는 우리가 다른 사람의 영향을 스스로 허용할 때입니다. 부정적인 마음은 우리의 신체나 감정, 정신으로 침범하려고 기회를 노리고 있습니다. 그러나 그것은 대부분 기만과 환상을 통해 발생합니다. 그러므로 우리는 항상 자신의 영혼에 대한 믿음을 가지고 있어야 합니다.

스스로 생각한다는 원칙이 서 있는 한 부정적 사고는 우리를 속이지 못합니다. 종종 사람들은 다른 사람들이 자기 마음을 읽거나, 신이 자기의 행동을 낱낱이 내려다본다고 생각합니다. 그러나 어떠한 외부의 존재도 우리의 마음에 직접 접근할 수 없습니다. 마음의 문은 스스로의 의지에 의해 열리고 닫히기 때문입니다. 우리가 진정으로 마음의 문에 도달했을 때, 우리는 자기에 대해 깊이 깨달을 수 있습니다. 끊임없는 명상 속에서 사는 우리 스스로의 노력으로 가능한 것이지요. 자신의 마음과 영혼을 지키는 것은 스스로의 노력으로 이루어진 것입니다.

운명과 삶의 주체성

77 運命

명 목숨、분부、명령하다。

운 돌리다、움직이다。

운명은 우리 행위의 결과물일 뿐입니다. 작은 행동 하나하나가 우리를 구속할 사건의 족쇄를 만드는 것이지요.

그렇기에 과거와 현재, 미래를 어떻게 만들어나갈지, 시간은 어떻게 사용해야 할 것인가를 고민해야 합니다. 시간은 어떻게 활용할지에 따라 우리의 삶을 변화시킬 도구가 됩니다. 그러나 더 나아가보면, 시간에 대해 아예 잊는 것이 필요할 때도 있습니다. 과거, 현재, 미래를 마음에서 지워보세요. 과거는 현재를 얽매고, 미래는 불확실한 기대를 심어줍니다. 그 모든 구속으로부터 벗어나 오롯이 현재에 충실한 삶을 살아야 합니다. 그러다보면 언젠가 나와 행동이 하나가 됩니다. 운명을 뛰어넘어 삶의 진정한 주인이 되어보세요.

懼 78

두려움을 벗어던지다

구 두려워하다, 위협하다.

공포란 자신에 대한 느낌에서 비롯됩니다. 실재의 변경에서 서성거리면서 우리는 실재의 세계로 들어가면 자신이 와해되지 않을까 두려움을 느낍니다. 우리의 존재가 파괴될까 봐 겁을 냅니다. 그러나 우리는 자신에게서 왔습니다.

명상을 하다 보면 당신은 깨달음을 얻게 될 것입니다. 그때의 깨달음은 당신의 마음속에 있는 가장 경건한 부분으로 만나게 됩니다. 스스로에게서 정답을 찾으세요. 나는 나를 배반하지 않습니다.

때론 신에게 의탁함으로써 공포와 회한에서 벗어날 수 있을지도 모릅니다. 내적인 갈등도 사라질 테고요. 신은 당신을 이끌고 실재 자체의 바깥 세계로 나아가게 해줄 것입니다.

지금의 모습을 넘어, 더 나은 나와 하나가 되길 바랍니다. 그 경지에 이르면 공포는 아무 의미가 없습니다.

해와 달을 반으로 가른 날

79 春分

분 나누다、구별하다。
춘 봄。

춘분에는 밤과 낮의 길이가 정확하게 같습니다. 낮은 봄의 신호를 보내고 빛을 발하며 얼어붙은 대지에 생명을 일깨워줍니다. 물론 이날은 단지 한순간에 지나지 않을지도 모릅니다. 봄은 이미 오래전부터 돌아오고 있었으며, 이제 곧 여름이 오리라는 것도 우리는 압니다. 계절의 순환은 끊임없이 계속되니까요. 거기에는 시간이 멈춰 서는 일은 일어나지 않습니다. 모든 것은 움직이고 있으니까요. 자연은 생장에서부터 운동까지 스스로의 본성에 따라 움직이고 있습니다.

우리 모두 이날을 순수한 마음으로 즐겨봅니다. 봄을 축하하고 대지의 따뜻한 기운을 마시면서요. 땅이 서리에 덮여 있을지라도 운동과 성장은 우리들 주위에서 일어나고 있을 테니까요. 아름다움이 우리 눈을 물들이고 취하게 합니다. 끝도 없는 산과 시내를 떠돌 때 크게 숲의 숨결을 들이키고 자연의 일부가 되어 편안한 휴식을 취해봅니다. 누군가는 인생이 고통과 불행의 연속이라고 하고, 현인들은 인생의 덧없음을 이야기하지만, 이 순간만큼은 덧없는 것들의 매력에 취하여 다른 말들은 잠잠하게 만들어봅시다.

反 **80**

중용에 이르는 길

반 돌이키다、거스르다、뒤집다。

차면 비고, 부풀면 줄어들고, 올라가면 내려옵니다. 상반된 것에 관하여 얘기한다고 해서 적대적인 요소를 뜻하는 것은 아닙니다. 상반된 것이란 같은 실체의 다른 속성에 불과합니다. 머리가 두 개인 뱀처럼 상반된 것들은 같은 것의 다름입니다. 검정이 하양을 있게 하듯이 하나가 다른 하나를 규정하고 있습니다.

어떤 현상이 극에 이르면 상반된 것을 향하여 변해가기 마련입니다. 밤이 지나면 새벽이 오고, 추운 겨울이 지나면 찬란한 봄이 오듯이요. 어떤 것을 계속 기르고자 할 때도 마찬가지 원칙에 따라보세요. 절정에 이르지 않도록 함으로써 파괴를 막을 수 있습니다. 늙은 나뭇가지를 쳐낸다거나 새로운 가지를 접목시키는 것도 같은 이치입니다. 이제 막 싹을 틔우는 새로운 조건을 만듦으로써 영속성을 유지할 수 있습니다. 이것이 바로 중용의 지혜인 것이지요.

표류하는 인생

81

渡

도 건너다, 나루。

땅 위에서는 바다의 삶을 알지 못했습니다. 바다의 삶은 마음과 같습니다. 그저 떠돌 뿐 아무런 도움도 필요치 않고 목적도 없이 그냥 혼자서 흘러갈 뿐입니다. 항해하는 자는 두렵지 않습니다. 그가 곧 바다이니까요.

깨달음은 바다와 같습니다. 잴 수 없을 만큼 깊고, 들어오는 자를 모두 삼킬 만큼 거대합니다. 속도, 방향, 수학, 도표에 관한 지식으로 바다를 항해한다고 해도 우리는 그 광막함을 다 아우를 수 없습니다.

초심자는 바다를 탐사하려고 열정을 갖고 달려들지만 노련한 사람들은 그러지 않습니다. 그들은 바다를 그냥 받아들입니다. 바다 위를 떠다니는 것 외에는 다른 방법이 없다는 것을 알기 때문입니다. 바다를 있는 그대로 받아들이는 자는 살 것이요, 그렇지 못한 자는 죽음을 맞을 것입니다. 현자는 말합니다. 그들은 여기저기를 내키는 대로 떠다니면서 진리의 엄청난 힘에 자신을 온전히 의탁할 뿐이라고.

調

82

인생을 조율하는 법

조 고르다, 조절하다.

해는 하늘을 가로질러 새로운 계절로 갑니다. 봄기운이 나뭇잎을 깨웁니다. 이처럼 진리는 항상 가까이에 있습니다. 세상의 이치를 따를 준비가 되어 있지 않은 것은 우리 자신일지도 모릅니다.

우리 몸을 깨달음의 방향으로 향하게 하는 것이 중요합니다. 연주하기 전에 현을 조율해놓아야 아름다운 소리가 나오는 하프처럼, 우리도 우리 몸을 완전한 악기처럼 만들어야 합니다. 우리가 완전하지 않은데 어떻게 세상과 조화를 이룰 수 있을까요? 조율이 끝나면 우리는 온전함을 향하여 나아가게 됩니다. 어디로 이끌든 주저 없이 따를 수 있게 되는 것이지요. 연주자가 자기의 재능과 이해를 바탕으로 연주를 하더라도 오케스트라의 장중한 음악과 조화를 이루듯이, 진리를 따르는 자는 개인으로 남아 있으면서 우주와 조화를 이룰 수 있게 됩니다.

태양이 새롭게 떠오르면 봄이 옵니다. 바람은 따뜻해지고 온 세상이 기뻐합니다. 새로운 숨결이 만물 위로 불고, 흔들리는 잎도 봄의 선율에 맞춥니다. 꽃들처럼 머리를 돌려 태양을 바라봅니다.

미련 없이 떠나보내는 과정

83

너와 내가 처음 친구가 되었을 때 우리는 영원을 약속했지. 그러나 슬프게도 너는 떠나려 하는구나.

우리는 인생에서 친구를 만나 기뻐합니다. 그러나 이별의 시간이 허락도 없이 닥쳐오게 됩니다. 친구가 떠나려 할 때면 우리는 의심의 그늘에 싸이고 혼란에 빠집니다. 그러나 그들을 비난하지 마세요. 서로 다른 길을 가는 것뿐입니다. 동행할 수 있는 곳까지 함께 가고 헤어져야 할 때는 붙잡지 않고 놓아주어야 합니다.

하지만 어떻게 친구를 생각하면서 아무런 느낌도 없을 수 있을까요. 현자들이 말했다시피 결론은 간단합니다. 집착하지 않는 것입니다. 물론 감정도 우리의 일부입니다. 친구가 떠나는 이유를 논리적으로 이해할 수 있다고 해도, 감정까지 부정할 필요는 없습니다. 우리가 홀로 길을 가고 있는 동안은 말이죠. 그래도 떠나간 사람은 미련 없이 보내주세요. 당신을 위해.

睿 84

논리를 뛰어넘는 자각의 경지

예 밝다、슬기롭다。

말과 모호한 의미들에 취해 있는 학자들은 복잡한 논리의 그물을 짜려 듭니다. 그들은 단순한 행위를 알지 못합니다. 명상을 지식의 일환으로 추구하려는 사람들이 많습니다.

지知는 본질적으로 이원적입니다. 지성이라고 하는 것은 개념들 사이를 가르거나 새로운 연계점을 찾아내고 의미를 부여합니다. 이런 분석적인 사고는 도가에서는 그다지 쓸모가 없습니다. 도란 완전히 합리적인 것도, 계량적인 것도, 설명 가능한 것도 아니기 때문입니다. 도를 따르는 사람들 중에도 배운 사람들이 많지만, 그들은 그것이 자신에게 이르는 여러 가지 길 가운데 단지 하나일 뿐이라는 사실을 잘 알고 있습니다.

공부를 포기하라는 것은 멍청해져야 한다는 뜻이 아니라, 지를 뛰어넘는 높은 자각의 상태에 이르라는 뜻입니다. 우리는 공부를 해야 합니다. 그러나 경험과 명상이 없는 공부는 소용이 없습니다. 명상의 과정 속에서 직접적인 경험과 지를 통합시킬 때, 말이 필요 없는 실재의 자각으로 이르는 장벽을 뛰어넘을 수 있습니다. 사유와 경험을 통합시키는 것이 더 일찍 진리를 발견하는 길일 것입니다.

당신의 삶을 살아야 한다

85

回顧

고 돌아보다.
회 돌아오다.

가르침이 옳은지 그른지를 알려고 애쓰면서 스승 밑에서 십 년 동안 열심히 정진할 수도 있습니다. 그러나 당신은 당신의 삶을 살아야 합니다. 스승이 알려주는 절대적인 명제들이 많이 있습니다. 그러나 그것들을 의심 없이 받아들여서는 안 됩니다. 믿기 전에 먼저 당신 스스로 검증하고 확인해야 합니다. 스스로 그것이 옳은 것인지 주의를 기울여야 합니다.

어느 순간 인생에는 항상 새로운 문제와 고통이 기다리고 있다는 사실을 깨닫게 될 것입니다. 그렇다면 진리를 공부해봐야 소용이 없다는 뜻일까요? 아닙니다. 새로운 기술을 하나 더 얻었다는 의미일 뿐입니다. 앞으로 계속 나아가야 하고 자신의 삶을 끝까지 살아가야 합니다.

옛날에는 전적으로 몰입했던 가르침이 이제는 진부한 것으로 변해버렸다는 사실을 깨달을 때, 그 순간이 당신이 배운 모든 체계를 팽개치는 순간은 아닙니다. 오히려 당신이 배웠던 것을 이용할 순간이지요. 생각하는 바를 표현하고, 세계에서 실행하며, 다른 사람들을 위한 새로운 환경을 만들어가야 합니다. 그럴 때 당신의 기술이 진정으로 가치 있어지는 순간입니다.

感官 86

감각의 깨우침

관 벼슬, 마을。
감 느끼다, 감동하다。

소리, 맛, 냄새, 형상 등 감각에 의존하지 않고 생각할 수 있을까요? 우리의 마음은 기능하기 위해 어떤 기관에 의지할 수밖에 없습니다. 기억을 되짚어보면, 대부분의 기억은 감각적인 이미지로 떠오릅니다. 예를 들어, 시골 생활을 떠올리면 어떤 냄새가 자연스럽게 떠오르는 것처럼요.

어떤 사람들은 이러한 사고방식에 거부감을 느낄 수 있지만, 우리가 일상생활을 유지하기 위해서는 이런 감각을 기반으로 한 사고가 필요합니다. 그러나 깨달음의 세계에 들어서면 감각적인 이미지에 의존하는 사고로는 진정한 깨달음을 얻을 수 없다는 한계를 느끼게 됩니다.

명상을 할 때는 외부적의 형상에 의존하지 않는 의식의 차원을 경험합니다. 이러한 자각은 감각으로는 포착되지 않습니다. 이는 초의식, 선정禪定, 적멸, 깨달음의 단계로 설명할 수 있습니다. 중요한 것은 사물이나 행동의 이름이 아니라 그런 단계로 차츰차츰 나아가는 것입니다. 그 단계에 이르면 이름조차도 무의미해질 테니까요.

깨달음은 하나의 원천에서 나온다

87

統合

합 합하다, 모으다。
통 거느리다, 합치다, 모두。

명상 속에서 우리는 절대적인 진리를 찾습니다. 그 안에는 아름다움도, 추함도 존재하지 않습니다. 반면에 외부 세계의 모든 것들은 불완전합니다. 다 상대적이기 때문이죠. 절대적인 것을 추구하는 것이 가장 궁극적인 목적이지만, 그렇다고 영원히 명상의 자리에 있을 수는 없습니다. 밖으로 나가 삶을 탐험하는 것 또한 중요합니다. 그것은 세상의 모든 존재들의 속을 흐르는 의도와 본질을 알아가는 과정입니다.

관심 있는 모든 것을 유심히 살펴보세요. 원하는 기술을 모두 배우고, 호기심을 일으키는 것은 무엇이든 놓치지 마세요. 모호함은 떨쳐내고, 의문은 해결하길 바랍니다. 불확실한 것을 방치하면 그것이 수행의 걸림돌이 될 수 있습니다.

생활과 명상은 아무런 관계가 없다고 생각할지 모릅니다. 많은 스승이 정신적인 삶과 사회적인 삶을 분리해서 가르치려 할 테니까요. 그러나 시간이 흐르면, 결국에는 명상과 일상이 하나로 통합되는 지점에 이르게 될 것입니다. 그때는 정신적인 삶을 살고 있느냐 아니냐 하는 문제로 염려하지 않아도 됩니다. 결국 두 영역이 하나로 통합되었다는 사실을 깨달을 테니까요.

詮釋 88

왜곡에서 비롯된 오해

석 풀다, 설명하다。
전 설명하다。

말은 불완전하고 모든 세대는 자기식으로 해석하기 마련입니다. 특히 종교에서 모호한 표현이 자주 사용되기에 해석의 여지가 많습니다. 사람들은 어떤 가르침이 마음에 들지 않으면 그것을 곡해해서 받아들이곤 합니다. 수많은 학파와 종파가 생겨나고 경전이 많은 것은 이 때문입니다.

위대한 현인들이 이 세상에 없다는 사실이 본질적인 문제는 아닙니다. 설령 그들이 살아 있었다고 해도 우리의 잘못된 생각을 바로잡거나, 그들의 가르침을 바꾸려 돌아다니지는 않을 것입니다.

중요한 것은 우리의 잘못을 바로잡아주고 훈련시킬 수 있는 살아 있는 스승을 찾는 것입니다. 그러나 그로부터 우리가 배워야 할 것은 새로운 권위가 아닙니다. 당신의 목적은 오히려 홀로서기를 하는 데 있습니다. 가르침이란 단지 참고할 뿐, 모든 경험은 당신의 삶에서 나오기 때문이죠. 아무리 성스럽게 들리는 말이라도, 결국 그것은 말일 뿐이라는 것을 기억해야 합니다.

일상으로부터의 이탈

89 間斷

단 끊다.
간 사이, 잠시.

어느 순간 모든 것에 흥미를 잃고 명상에서 멀어지는 순간이 찾아올 수 있습니다. 그때는 모든 것이 그저 공허하게만 느껴지고, 깊은 통찰이나 우주의 숨결, 심지어 행복한 일도 사라져버립니다. 그 대신 의무와 형식, 엄격한 계율만이 남습니다. 사람들은 이런저런 의문을 품고, 과거의 깨달음을 기억해내려 애쓰고, 목표를 거듭 확인하지만, 여전히 영감을 되찾지 못할 때가 많습니다. 그럴 때는 어떻게 해야 할까요?

가끔 하루 정도 쉬는 것도 괜찮습니다. 스트레스가 심해서 짜증이 난다거나 아플 경우에는 아무 생각 없이 쉬는 것이 낫습니다. 그러나 당신이 뜻하는 바가 있어 맹세를 한 경우이거나, 스트레스가 게으름이나 무관심 때문이라면, 비록 무의미한 동작에 불과하다고 느끼더라도 일상을 계속해보세요. 형식적으로 느껴지는 행위도 꾸준히 이어가다 보면, 두 번 중 한 번 정도는 중요한 변화가 일어나기도 합니다. 반복되는 행동이 쌓이고 쌓여서 훗날 엄청한 힘이 될 수 있으니까요. 공허함 속에서도 꾸준히 이어가는 행위가 결국 깊은 깨달음으로 이어지는 밑거름이 될 것입니다.

長壽 **90**

삶을 알차게 살다

장 길다、크다、낫다。
수 목숨、수명、나이。

우리는 모두 영성을 발견하기를 원합니다. 사실 그것은 그렇게 어려운 일이 아닙니다. 좋은 스승을 만나서 십 년 정도만 수양을 하면 누구나 다 성공할 수 있을 것입니다. 훌륭한 음악가나 운동선수, 화가가 되는 것보다 짧은 시간이고 연금을 받기 위해 적립하는 시간보다도 짧습니다. 운이 좋으면 훌륭한 스승을 만나 시간을 더 단축할 수도 있죠.

그러나 영성을 발견한 뒤에는 어떻게 할 것인가요? 우리는 대개 영성을 얻는 것에만 치중하고 막상 그것을 지켜나가는 데는 소홀하기 쉽습니다. 깨달음의 발견도 중요하지만 그것이 전부는 아닙니다.

배고픈 사람은 음식만 생각하기 마련입니다. 마찬가지로 영적으로 빈곤한 사람은 오직 발견에만 관심을 둡니다. 배부른 자는 음식을 아무렇게나 버려둡니다. 깨달은 자는 그것을 제대로 간직하지 못합니다. 삶의 궁극적인 목적으로 깨달음에만 관심을 두어서는 안 되는 것이지요. 깨달음은 수단이지 목적이 아닙니다. 결국은 일상생활에서 구현되어야 합니다. 장수라는 말은 죽지 않고 영원히 살겠다는 뜻이 아니라, 주어진 삶 전부를 잘 살아야겠다는 의지의 표현이니까요.

죽음의 허무함

91

葬

장
장례。

죽은 사람은 무엇을 남길까요? 그들은 아무것도 남기지 않습니다. 오직 시체만 있을 뿐입니다. 아무리 가까운 사람이라도 결코 아름다워 보이지 않습니다. 장례식은 남아 있는 자들을 위한 것이기도 합니다. 우리가 죽음을 받아들이도록 하는 의식이죠. 장례식에서 흘리는 눈물이 죽은 사람을 애도하는 것이기도 하지만, 어떤 경우에는 산 사람의 두려움과 상실감을 표현하는 눈물일 때도 있습니다.

일생 동안 우리는 결합을 찾습니다. 부모님과 선생님을 기쁘게 해드리려고 애쓰고, 사회생활을 잘하려고 노력하며, 사랑하고 결혼하고, 음악이나 예술, 명상을 통하여 우주와 일체를 이루려고 노력합니다. 그러나 그러한 우리의 모든 시도는 완전하지 못합니다. 일체와 화합은 일시적인 상태에 지나지 않기 때문이지요. 그러므로 그것을 지속시키고 돈독하게 하기 위해서는 우리 자신의 결단이 중요합니다. 마음이 무너지면 우리가 원하는 관계는 더 이상 지속될 수 없는 것입니다.

죽음이 모든 문제를 해결해주는 것은 아닙니다. 그러니 죽음을 기다리지 마세요. 살아 있을 때 당신의 할 바를 다 하기를 바랍니다.

準 **92**

행복을 향한 갈망

준 정확하다。

나이를 먹을수록 시간이 점점 빨리 갑니다. 모든 움직임을 계산해보세요. 중요한 것은, 가능한 한 빨리 원하는 것을 이루는 것입니다. 그렇게 함으로써 하나를 이루고 다음 단계로 넘어갈 수 있습니다. 이런 식으로 계속되는 행위의 과정을 밟지 않으면 다양한 모든 영역에서 영혼의 만족을 얻을 수 없을 뿐 아니라, 만족의 실현도 이룰 수 없습니다.

어떤 사람들은 인간의 욕망이 끝이 없기 때문에 지나친 욕심을 부리지 말아야 한다고 주장합니다. 그러나 이것은 영적인 만족을 추구하는 데는 해당되지 않는 말입니다. 우리는 행복을 느끼기 위하여 하는 일에서 만족을 얻을 필요가 있습니다. 그런데 만약 중간에서 그만둔다면 수행 과정에서 만족을 얻을 수도 없고 깨달음에 이를 수도 없게 됩니다. 좌절과 불안과 위축만을 낳을 뿐입니다. 그러므로 행복을 좇으려거든 내적인 갈망을 이해하고 사냥꾼과도 같은 정확성으로 재빨리 갈망을 이루도록 해야 합니다.

봄

고요히 머물며 내면을 응시하는 시간

겸손함으로 힘을 기른다

93

自信

신 믿다、신임하다、맡기다。
자 스스로、저절로。

끊임없는 명상을 통해서 진리에 이를 수 있습니다. 경험이 쌓일수록 깨달음에 가까워지고 스스로의 앎에 대한 확신을 얻을 것입니다. 아는 바를 행할 때 진리의 지평이 넓어지고 느끼는 대로 행동하게 됩니다. 많이 행할수록 자신감은 더 커지는 것이지요.

깨달음은 엄청난 자신감을 낳습니다. 그리하여 우리는 더 큰 모험으로 뛰어들고, 보통 사람들이 상상하는 이상의 수행을 행할 정도로 용기백배해집니다. 그러나 우리가 완전히 숙련된 상태에 이르면, 한편으로는 기뻐할 일이지만 한편으로는 더욱 조심해야 합니다. 물론 우리가 분투하여 이르고자 하는 단계에 이르렀을 때 기뻐하는 것은 당연하지만, 어리석은 자들처럼 자신감에 찬 나머지 도저히 해낼 수 없는 것들을 도모하려 들어서는 안 되니까요. 자신감과 열정이 자칫 몰락을 낳는 수도 있습니다.

그러므로 많이 성취한 자일수록 더욱 신중하고 겸손해져야 합니다. 때가 올 때까지 자기에게서 나오는 광휘를 숨김으로써 가장 위험한 오만에서 자유로울 수 있습니다.

94 영혼의 울림이 시들해지더라도

하루하루의 마음 수련이 마음의 깨달음을 낳습니다. 수행하는 하루는 승리하는 생활이요, 게으른 하루는 패배하는 생활입니다. 자기 수행이야말로 정신생활의 핵심입니다. 통찰력과 능력을 얻는다 함은 거창한 말이나 드라마틱한 사건도 아니고, 우연히 찾아오는 깨달음도 아닙니다. 그것은 그저 끊임없는 마음 다짐의 결과입니다.

어떤 방법으로 수행을 해도 좋습니다. 다만 날을 거르지 말기를 바랍니다. 기도든, 명상이든, 훈련이든 매일매일 습관처럼 하는 것이 중요합니다. 하루도 거르지 않는다고 말할 수 있을 때, 당신은 진심으로 정신적인 수행을 쌓고 있는 것입니다.

이런 방법의 장점은 첫째, 어떤 날은 영혼의 울림이 없이 시들시들하게 지나갔다 하더라도, 계속해서 정진할 수 있는 힘을 줍니다. 수행했다는 것만으로도 이미 성공한 셈이니까요. 둘째, 확실한 믿음을 줍니다. 셋째, 계속해서 수행하면 만족을 얻을 수 있습니다.

그동안 수행을 쌓아온 날들을 돌아보세요. 명상을 통하여 편안함과 만족을 얻지 못한다면 어떻게 정신적인 길로 들어섰다고 자신 있게 말할 수 있을까요.

육체는 영혼이 거처하는 집이다

95

종종 육체는 신들의 사원으로 비유됩니다. 그렇기에 성스러운 일이 일어날 수 있도록 몸을 항상 깨끗하고 순수한 상태로 가꾸어야 합니다. 내면에서 존재의 심오한 물음들이 해답을 얻을 수 있도록, 육체와 마음을 경건하게 돌보는 것입니다.

도가에서는 신들이 자기 자신 안에 존재한다고 믿습니다. 그러므로 어디를 가든 신과 함께 있는 것이죠. 만약 여행 중에 쉼터를 찾게 된다면, 외부의 피난처가 아니라 자신의 내면의 문을 열어보라는 가르침이 있습니다. 그들은 스스로를 신의 거처라고 느끼게 되고, 내면의 신성과 함께 머물게 됩니다.

이 과정은 깨달음으로 나아가는 길을 훨씬 더 단순하게 열어줄 것입니다. 왜냐하면 마음을 미혹시키는 것이 없어서 신성한 도의 흐름이 간섭받지 않기 때문입니다. 육체를 성스러운 거처로 가꾸고, 내면의 신성에 귀 기울인다면, 우리는 지금 이 순간에도 깨달음과 가까워질 수 있을 것입니다.

堅貞 96

불변하는 내면의 세계

정 곧다, 바르다.
견 굳다, 굳세다.

우리가 어디에 있든 세상은 끊임없이 흐릅니다. 우리는 생명의 리듬을 느끼며 살아갑니다. 봄이 점점 다가오고, 잎사귀들이 따뜻한 봄기운을 기다리고 있는 순간에도 물새는 여전히 살아서 움직입니다. 모든 것은 변하고 모든 것은 쉬지 않고 움직입니다. 세계는 끊임없이 돌아가는 거대한 바퀴와 같습니다. 만물은 제시간에 맞춰 돌아왔다가 사라지게 됩니다.

그러나 계절의 순환에도 불구하고 아무런 움직임도 없이 꿋꿋하게 머물러 있는 바위처럼, 때로는 우리도 우리 내면을 응시하고 시간의 중심으로 몰입해 들어가야 할 때가 있습니다. 바로 봄이 오고 모든 것이 변하는 이때, 우리에겐 변하지 않는 내면의 바른 성정을 응시할 여유가 필요합니다.

바깥에서 무슨 일이 일어나건, 내면의 상태를 확인하며, 지속적인 충동을 편안하게 받아들일 수 있어야 합니다. 고요히 머물며 내면을 응시하는 시간은, 세상의 리듬 속에서 우리를 본질로 이끄는 깊은 순간이 될 것입니다.

새로운 시선과 용기의 힘

97 鼓勵

려 힘쓰다, 권면하다.
고 북, 두드리다, 격려하다.

한때 지겹던 일이 이제는 기쁨을 준다는 것을 압니다. 참고 견디는 것만큼 좋은 것은 없습니다. 마음을 들여다보는 일은 때로는 단조롭고 고된 일입니다. 가끔씩 따분한 일상에서 벗어나 새로운 풍경을 마주해보는 것은 어떨까요. 똑같은 일과에서 벗어나면 새로운 활력을 얻을 수 있습니다. 우리를 구속하던 것들이 오히려 안온하게 느껴질 것입니다. 감정을 다스리는 법을 배우고, 충동을 다스리려고 훈련을 하는 이유이기도 합니다. 여행은 우리를 둘러싼 일상적인 환경과 우리를 억압하던 것들에서 벗어나는 계기가 됩니다.

사람은 누구나 과거에 경험한 공포나 좌절, 금기들을 지닙니다. 시간이 지나 멀리서 되돌아볼 때 비로소 그것들을 제대로 평가하지만, 지금 이 순간의 공포나 소심함은 어떻게 극복할 수 있을까요. 바로 용기와 기상이 필요합니다. 이를 위해서 따듯하게 격려해주고 도와주는 친구가 필요합니다. 친구들은 우리에게 공포와 맞설 수 있는 지침을 줍니다. 친구들이 우리 대신 살아준다거나 우리 문제를 대신 해결해주는 것은 아니지만, 필요로 할 때 곁에 있어주는 것만으로도 말할 수 없이 큰 힘이 됩니다.

98

결국 누구나 홀로 걸어간다

각자의 길에서 서로가 아주 잠깐씩 만날 때 우리는 서로 우정을 나누게 됩니다. 그런 시간들은 더할 나위 없이 소중하죠. 우리는 서로가 좋은 길을 갈 수 있도록 도와야 합니다. 다른 사람으로부터 우정을 얻은 만큼, 나도 그들에게 나눠줘야 합니다. 이것은 가장 기본적인 예의입니다. 다른 사람에게 기대려 들거나 그들이 오래 같이 있어주기를 바라서는 안 됩니다. 서로를 구속함 없이 여정이 허락하는 데까지 같이 걸어가는 것이 진정한 친구입니다.

우정에 의무란 있을 수 없습니다. 남을 도울 때는 보상을 기대하지 말고 주저하지 말고 사심 없이 도와야 합니다. 배워야 할 것이 있으면 배우고 친구가 길을 가르쳐주거든 겸손하게 받아들여야 합니다. 지식은 소유하는 것이 아니라 나누는 것입니다.

만남 뒤에는 언제나 이별이 따릅니다. 영원한 것은 없습니다. 그래서 인생이 쓰리기도 합니다. 결국 각자의 길은 스스로 책임을 지고 걸어가야 합니다. 하지만 그 길에서 잠시나마 서로에게 힘이 되고, 나눔의 기쁨을 알게 해준 우정은, 우리 삶을 더욱 의미 있게 만들어줍니다.

제자리로 돌아오다

99 歸省

성 살피다, 깨닫다.
귀 돌아가다, 마치다.

긴 여행이 끝나 고향으로 돌아왔을 때 우리는 새로운 눈으로 고향을 보게 됩니다. 내가 없는 사이에 세상이 변한 것일까요. 그동안 많이 달라졌다는 사실을 경험하기도 합니다. 산은 언제나 그대로 변함이 없지만 산을 보는 우리 눈은 자꾸 변해 갑니다. 만약 자기의 주관적인 시각을 변하지 않는 영원한 것이라고, 환경에 따라 좌우되지 않는 것이라고 여기면, 문제는 영원히 해결될 수 없습니다. 그러나 모든 것이 상대적이라는 사실을 인정하면, 살아가면서 훨씬 더 높은 경지로 뛰어오를 수 있습니다.

우리는 부분적으로만 세상을 보고, 부분이 전부인 것처럼 세상을 대하기도 합니다. 마치 세상의 작은 일부를 전부로 착각하며 살아가기도 합니다. 우리가 다른 면을 보고 있다고 생각하는 것도 결국 우리의 좁은 시각 안에서 국한된 것이지요. 강처럼 흐르는 세계에서 우리는 작은 물고기와 같이 그 너비와 길이를 다 짐작할 수는 없습니다.

하지만 그 흐름을 있는 그대로 받아들이고, 새로운 눈으로 세상을 바라볼 때, 익숙했던 고향도, 세상의 흐름도 더 깊이 있는 의미로 다가오게 됩니다.

幻 100

상상으로 드러나는 것

환 변하다, 환상.

꿈을 꿀 때는 경험이 깊이 개입됩니다. 무서운 꿈을 꾸다가 깨어나서 떨거나 땀을 흘릴 때도 있습니다. 기분 좋은 꿈은 우리를 사로잡기도 하죠. 어떤 꿈들은 치료의 기능을 발휘하기도 합니다. 사실 어떤 경우든 꿈은 이 세상의 실재와는 아무런 상관이 없습니다.

상상도 정신 작용의 하나입니다. 우리의 생각을 그럴듯한 이미지로 바꾸어놓는데, 그것은 생각을 통해서 만들어낸 것입니다. 우리는 상상을 가지고 놀이를 하거나, 그것을 이용하여 창조적인 계획을 세울 수 있습니다.

상상과 꿈은 아주 유사한 정신 활동이지만 지각이 개입되는 정도는 다릅니다. 꿈에서는 합리성이나 의식이 완전히 봉쇄되어 있어서 방향과 통제 방식이 없습니다. 그러나 상상은 우리의 삶을 윤택하게 하고, 새롭게 하고, 창조적으로 만드는 강력한 도구입니다. 상상의 힘을 빌려서 우리는 전혀 꿈꿔보지 못한 것들을 드러나게 할 수도 있습니다. 이 도구를 잘 활용한다면, 우리는 더 깊이 사고하고, 창조적인 아이디어로 삶을 더욱 의미 있고 풍요롭게 만들어갈 수 있을 것입니다.

집중의 힘을 기르는 방법

101 意守

수 지키다, 기다리다.
의 뜻, 헤아리다.

집중된 정신은 위대한 일을 할 수 있는 강력한 힘이 됩니다. 그러나 우리들 대부분은 황량하고 끝이 없는 정신에 매몰되어 있습니다. 서로 다른 견해 속에서 헤매고, 편하고 확실한 것만 찾으려 합니다. 하지만 그래서는 안 됩니다. 모든 차원의 정신을 탐구해 통합된 전체를 찾아내야 합니다.

탐구의 가장 기본적인 방법은 정신적인 집중을 통한 것입니다. 먼저 하나의 측면을 선택하고 매일 집중하여 탐구를 시작합니다. 완전히 이해한 후에 다음 단계의 탐구를 시작합니다. 공부하는 것과 같습니다. 처음 어떤 주제에 대해 소개받을 때, 지식을 습득하기 위해 주의를 기울이는 것과 같이요. 이러한 집중은 흡수와 같습니다. 마치 병에 액체를 섞는 것과 같은데 일단 섞이면 서로 구별할 수 없습니다.

집중을 통하여 다양한 층위의 정신이 초의식적인 형태로 모이게 됩니다. 이러한 높은 집중에서 완전한 결합이 이루어지고, 우리는 이 모든 측면과 완전히 통합되는 기쁨을 느낍니다.

感知

102

마음의 눈을 뜨다

감 느끼다、감동하다、움직이다。
지 알다、나타내다。

눈을 뜨면 많은 것을 볼 수 있지만 정작 마음의 거울을 통하지 않고는 자신을 볼 수 없습니다. 내면을 들여다볼 때, 사물을 눈으로 보는 방식과 혼동하지 않는 것이 중요합니다. 우리가 외부를 관찰하듯 자신을 이해하려 한다면, 참된 내면의 발견은 어려울 것입니다. 내면은 눈이 아닌, 내부의 눈으로 보아야 합니다.

수 세기 동안 '내부의 눈', '마음의 눈', '제3의 눈'이라는 표현으로 내면을 들여다보는 방법을 이야기해왔습니다. 단순히 외부의 시각적 관찰을 넘어 내면적 통찰의 능력을 강조하는 것이지요. 명상을 할 때도 이런 내성內省의 방법을 터득해서 이용하는 것이 중요합니다. 생각하는 것과 보이는 것과 상상하는 것을 넘어서, 우리 안에서 잠자고 있는 마음의 눈을 떠야 합니다.

마음의 눈은 내면 깊은 곳에 자리 잡고 있습니다. 이 눈이 뜨이면 눈으로 볼 때의 감각을 초월한 경험을 하게 됩니다. 단순히 본다거나 관찰한다는 말은 부족할지도 모릅니다. 마음의 눈으로는 형상을 볼 필요가 없기 때문이죠. 더 이상 외부의 형상을 의지하지 않고도 본질을 이해할 수 있게 됩니다.

내면의 조화로운 세계를 위하여

103 交互

호 서로.
교 사귀다, 주고받다.

손은 우리에게 자신만 생각하지 말라고 가르쳐주고, 입은 말과 노래로 감사하라고 이르고, 코는 주위로부터 많은 것을 배우라고 가르칩니다. 눈으로는 동정심과 성실함을 나타내라고 가르치고, 귀는 우리에게 균형 잡는 법을 깨닫게 합니다.

우리의 모든 감각기관은 일방적인 형태로 작용하는 것이 아니라 상호 밀접한 영향 관계를 맺으며 작용합니다. 우리의 감각이 모두 그러한 역할을 해내는데, 정작 우리는 왜 내면과 외부 세계를 조화롭게 연결하지 못하는 것일까요?

깨달은 이의 눈은 보통 사람들과 다릅니다. 내면의 깊이와 고귀함 그리고 권위를 드러냅니다. 과학적으로 보았을 때 눈은 그저 눈이요, 감각기관에 불과하지만, 경험적으로 보면 눈이란 영혼을 드러내는 창입니다. 감각이 가지고 있는 깊이를 닮으려면 우리의 내재적인 본성의 고귀함에 따라 살아야 합니다. 각각의 기관들이란 단순히 정보를 수집하는 데 그치지 않고 우리를 표현하는 통로 구실을 하는 것이지요. 감각은 우리가 어떻게 더 깊이 있는 삶을 살아갈 수 있는지 보여줍니다.

妥 **104**

무뎌지지 않는 삶을 위해

타 온당하다、편안하다、마땅하다。

인생이란 경쟁과 도전의 연속이기 때문에 매일매일 부딪치는 문제와 갈등에 대해 항상 준비하고 있어야 합니다. 우리가 현인의 가르침을 원하는 것도 그 때문입니다. 그들은 용기와 결의, 혜안을 가르치고, 우리는 그 깨달음을 통해 스스로 발전할 수 있도록 계속 마음을 추스릅니다.

왕과 백정에 관한 일화가 있습니다. 날도 무뎌지게 하지 않고 별다른 노력을 들이지 않으면서도 소 한 마리를 능수능란하게 발골하는 백정을 보고 왕이 놀라서 비결을 물었습니다. 백정이 대답하길, 비결은 칼을 소의 근육 사이 빈 곳에다만 꽂고, 결을 따라 분리하는 것이라고 했습니다. 그런 방법으로 이 백정은 날마다 칼을 갈아야 하는 보통 백정들과는 달리 일 년에 한 번만 칼을 갈아도 되었던 것이지요.

이처럼 처음에는 우리 스스로를 날카롭게 만드는 것이 중요하겠지만, 그에 못지않게 재능을 적절히 사용하는 것도 중요합니다. 그날그날의 결과 솔기에 따라 행위해야 한다는 사실을 우리는 명심해야 합니다. 그렇게 함으로써 우리는 무뎌지지 않고 항상 날 선 자세를 유지할 수 있습니다.

의심하는 마음속에서

105

憫

민 불쌍히 여기다, 근심하다.

오랫동안 꾸준히 마음 수행을 하다 보면 신이 말하는 깨달음을 얻을 수 있습니다. 그러나 신은 과학적인 탐구 대상이 아닙니다. 신은 오히려 인생의 본질에 관한 깊은 자각의 문제입니다. 신성은 당신의 깨달음의 반영이기도 합니다. 당신의 경험이 다른 사람들과 다르다고 해서, 신에 관한 당신의 느낌이 틀린 것은 아닙니다. 그러므로 신을 보게 되었을 때 의심하지 마세요.

신을 아는 것은 우리 삶에서 동정의 원천이 됩니다. 신이 인간에게 자비와 사랑, 그리고 타인을 이해하고 공감할 수 있는 능력을 부여하는 근원적 존재이기 때문입니다. 신에게는 얼굴이 없고, 깨달음에도 이름이 없습니다. 그러나 높은 깨달음에 이르기까지는 얼굴과 이름 없이 모든 것을 구분해낼 수 없습니다. 그때까지는 이 세계의 미혹에 빠지지 않고 공경과 수행을 계속하기 위해서, 얼굴이 있는 신과 이름이 있는 철학이 필요한 이유입니다.

꾸준한 마음 수행은 결국 신성의 진면목을 경험하게 되며, 이를 통해 자신의 존재와 삶의 연결성을 깊이 이해하게 됩니다.

106 직관적인 세계로의 몰입

요 멀다、거닐다。
소 노닐다、거닐다。

동물들에게는 교육이 필요 없습니다. 그들은 본능적으로 어미를 보고 무엇을 해야 할지를 압니다. 자연의 이치에 따라 생의 흐름을 아는 것이지요. 어리석게도 인간만이 자꾸 자연의 이치와 자신을 분리시키려 듭니다. 우리가 만약 아집을 버리게 되면, 그때는 오리처럼 자유롭게 노니며 삶의 진정한 의미를 알 수 있지 않을까요.

도가에서는 배운 것을 잊으라고 가르칩니다. 그러나 배움까지 거부하는 것은 아닙니다. 지식의 무게에 눌려 있을 때에는 깊은 직관의 세계로 되돌아가야 한다는 뜻입니다. 이것은 자기 멋대로 아무렇게나 행동하는 이기적인 행위와는 다릅니다. 그런 것들은 욕망과 의혹, 충동과 습관이 지배하는 행위일 뿐 자연스러운 본성에 따른 행위는 아니기 때문이죠. 정신적인 수련을 통해서 당신은 심오한 직관의 세계로 몰입해 들어갈 수 있습니다. 그때 당신은 자유를 얻게 될 것입니다.

기본으로 돌아가려는 마음

107 甦

소 깨어나다、소생하다。

하루하루는 행위의 연속입니다. 우리는 이 모임, 저 모임으로 바쁘게 움직이면서 미래를 준비합니다. 그런 행동은 물론 중요합니다. 그러나 그것이 인생의 전부는 아닙니다. 행위에 몰입해 있을 때조차 우리의 모든 노력은 일시적이며 부분적일 뿐이라는 사실을 명심해야 합니다.

수행을 한다고 해서 이 세계에서 실제로 일어나고 있는 일로부터 우리가 벗어나는 것은 아닙니다. 마음을 가다듬고 매일매일의 사건들을 되돌아보고 우리 자신을 추스름으로써 수행의 길을 계속해나갈 뿐입니다. 사원이나 기도원 같은 곳에 들어갈 필요는 없습니다. 까다로운 의식도 필요 없습니다. 그저 명상을 통해 자연스럽게 자신의 내면으로 되돌아가기를 바랍니다.

도가에서 항상 '귀의歸依'라는 말을 쓰는 것은 이 때문입니다. 그들 역시 일상적인 행위의 필요성을 인정하지만, 결국에는 도로 돌아갈 것을 역설하는 것이지요. 모든 사물의 원천과 평생 지속되는 새로움의 원천을 알기 위해 우리는 계속 마음을 다스립니다.

數 108

숫자를 통한 삶의 상징

수

셈。

오늘은 한 해가 시작된 지 108일째 되는 날입니다. 사람들은 숫자에 왜 그렇게 매료될까요? 숫자는 신비에 가득 찬 세계를 간단하게 드러내 우리가 세계를 깊이 이해하고 탐구할 수 있도록 도와줍니다.

도가에서도 숫자는 중요한 의미를 지닙니다. 1은 도의 보편성을 드러내며, 2는 이중적인 세계의 표상이고, 3은 모든 운동의 원천이고, 4는 계절을 나타냅니다. 5행이 세계를 낳고, 몸은 팔과 다리와 머리와 몸통의 6으로 구성됩니다. 음력으로 7일째에 달이 차오르고, 8로 길흉을 점칩니다. 9는 인생의 수이고, 10은 하늘의 운행을 나타냅니다.

일 년은 24절기로 나뉘며, 각각 고유한 특성을 가집니다. 36은 6의 제곱이고, 108은 36의 세 배이면서 대순환의 기준이 됩니다. 숫자들에는 깊은 상징과 암시가 담겨 있습니다.

숫자는 우주의 질서를 가늠하는 상징입니다. 어쩌면 말보다도 더 정확한 언어일지도 모릅니다. 물론 수는 중요하지만, 그러한 상징을 넘어서 결국 이 세계의 진정한 실체를 보는 것이 더 중요합니다.

성취는 끝이 아니다

109 尊基

기 기초, 근본.
존 높다, 우러러보다.

음악에서 기본음 없이는 다양한 소리들이 나올 수 없습니다. 음악처럼 다양하고 복잡한 일상생활에서도 기초가 튼튼하지 않으면 조화는 불가능한 것이지요.

모든 일에는 순환이 필요합니다. 순환이 끝나고 나서 다음에 무엇이 이루어질지에 대한 완전한 이해가 중요합니다. 새로운 순환이 시작되면 어떤 부분은 옛것에 의해서 추동을 받기도 하고, 바탕을 이루던 것들이 이제는 전면으로 부상하기도 합니다. 우리가 새로운 순환을 적절하게 기획하고 시작부터 잘못된 순환을 방지하고자 하면, 그 바탕을 이루는 것들을 차곡차곡 쌓아서 새롭게 할 필요가 있습니다.

누구나 과감하고 창의적이고 기발한 것을 원하고, 누구나 새로운 것을 의도합니다. 그러나 그 전에 먼저 기초를 튼튼하게 다져놓지 않으면 아무 의미가 없습니다. 뿌리를 소홀히 하지 마세요. 뿌리 없이는 진정한 힘의 체계를 구축할 수 없습니다.

祈 **110**

초심자는 무엇을 원하는지 모른다

기 빌다、 기원하다。

초심자는 자신이 무엇을 이룰지 모르기 때문에 행위의 중요성을 깊이 이해하지 못할 수가 있습니다. 그러나 성장이나 깨달음 따위에 연연하지 않으면서 일상적인 훈련을 거듭하는 것을 중요시하는 태도가 필요합니다.

예를 들어, 명상도 처음에는 피상적인 행위일 뿐입니다. 매일 반복하지만 실제로는 그다지 큰 의미를 느끼지 못할지도 모릅니다. 간절히 바라는 것을 위하여 무릎을 꿇고 기도하는 순간도 있을 것입니다. 그러나 어느 순간, 진정한 바람과 깨달음이 마음속에 있다는 것을 알게 될 때 당신의 관심은 달라질지 모릅니다.

그때 기도는 곧 깨달음이 되고, 정신이 고양되면서 스스로 내면의 기운을 이끌어내는 방법을 배우게 될 것입니다. 이 과정에서 중요한 것은 외부의 가르침이 아니라 당신이 직접 경험하고 느끼는 것입니다. 결국 깨달음은 오직 자신의 경험에서 비롯됩니다.

시대에 따라 변하는 영혼의 가르침

111 傳統

통 거느리다、합치다、다스리다。
전 전하다、펴다、널리 퍼뜨리다。

과거에는 영혼의 가르침에 대해서 의심하는 사람들이 없었습니다. 그때는 살아 있는 전통이 있어서 그에 따르기만 하면 올바른 길이라 여겼습니다. 그러나 오늘날에는 전쟁, 정치적 박해, 스승들의 죽음 등으로 그런 전통이 단절되어버렸죠. 사람들은 부와 과학기술에 더 많은 관심을 가지며 영혼에 관해서는 거의 생각하지 않고 있습니다. 깨달음에 이르는 비결이 없어졌습니다.

이제는 자신의 힘으로 영혼의 가르침을 발견해야 합니다. 지금 이곳에서 깨달음을 발견한다 함은 단순히 전통을 답습하는 것이 아니라 전통의 핵심을 받아 완수하는 것입니다. 그렇다면 우리가 어떻게 전통을 흉내 낼 수 있을까요? 옛것은 다 사라졌는데 말이죠.

영혼의 가르침은 시대와 사람에 따라 받아들여지는 의미가 다릅니다. 이제는 오늘날의 영혼의 목소리를 받아들여야 합니다. 전통이 사라진 시대에 산다는 것이 조악함과 경박함에 대한 변명은 될 수는 없습니다. 진정으로 영혼의 가르침을 따르려 한다면, 이전 세대와 마찬가지로 결연한 의지로 자신의 길을 걸어야 할 뿐입니다.

虛無 **112**

노력에 이득을 바라지 마라

무 없다、아니다。
허 비다、헛되다。

이득을 바라면서 기도하고 명상을 해서는 안 됩니다. 기대를 버린 자에게는 보답이 있을 것이고, 권력이나 재능을 탐하는 자에게는 아무런 선물도 주어지지 않습니다. 오히려 욕망의 노예가 될 뿐이죠. 응답을 원하는 기도는 아무런 쓸모가 없습니다. 진정한 정신은 욕망에 방해받지 않는 마음속에 깃들기 마련입니다.

가르침으로 깨달음을 갈망하는 자에게 앞으로 일어날 경험을 설명한다고 해서 그것이 명상의 결과라고 오해해서는 안 됩니다. 그것은 단지 앞으로 경험할 것들을 설명하는 데 지나지 않을 뿐, 명상의 진정한 결과를 나타내는 것은 아닙니다.

아무런 이득도 바라지 말고, 가만히 앉아 있어 보세요. 그러면 자연스럽게 저절로 내면의 영혼이 응답할 것입니다.

묵묵한 수용을 통한 깨달음

113

受

수 받다, 받아들이다.

가뭄이 들었을 때 불평한다고 일이 나아지는 것은 아닙니다. 비가 감질나게 내려서 가뭄이 완전히 해결되지 못했다고 불평하지 말고 지금의 상황을 직시하여 받아들이길 바랍니다.

우리는 단칼에 모든 것을 바꾸려 들지만 그것은 어리석은 일입니다. 우리는 다가올 시간에 대하여 일일이 준비하고 있지만 삶은 그런 식으로 시간을 구속하면 안 됩니다. 분노와 좌절로 우는 자도 있지만, 진리를 따르는 사람들은 그저 묵묵히 조용히 기다릴 뿐입니다.

받아들이는 것은 체념과는 다릅니다. 다가올 운명에 대해서 순순히 몸을 내맡기는 것이 아닙니다. 어쩔 수 없다고 생각하는 것이 아니라 세계의 틀 속에서 행위하는 것을 믿을 뿐입니다. 예컨대 가뭄을 대비해서 물을 저장해놓을 수도 있을 것입니다. 그것은 분별 있는 행동입니다.

순응은 적극적인 행위입니다. 상황이 요구하는 것을 받아들이고, 그 속에서 가장 좋은 방법을 선택하는 것이 수용하는 사람들의 자세입니다. 시기에 따라 행위하고 무분별한 족적을 남기지 않는 한 당신의 행위는 올바른 것입니다.

114 믿음은 자신에 대한 확신이다

우리에게는 믿음이 필요합니다. 우리를 벌주고 우리에게 상을 주는 신이 있기 때문이 아니라 우리에게 일어나는 모든 일들에 관한 해석자로서의 신들이 존재하기 때문입니다. 신들은 인간이 가지고 있는 정신의 가장 지고한 부분을 나타냅니다. 사원에 있는 신들은 인간의 정신적인 경험에 대한 하나의 은유일 뿐입니다.

안 좋은 일이 일어났다거나 사랑하는 사람이 죽었다고 해서 신에 대한 충성심이 훼손되어서는 안 됩니다. 행복과 불행은 신의 손에 있는 것이 아니므로 신에게 불평할 일이 아닙니다.

믿음이란 증거가 있어야 강해지는 것이 아닙니다. 믿음은 오히려 자기 자신에 대한 확신입니다. 우리가 그러한 믿음을 가지고 있다면 당연히 보상이 따를 것이고, 우리가 좀 더 나은 사람이 된다면 믿음이 열매를 맺을 것입니다. 믿음을 만드는 것도 우리들이고, 믿음이 이루어지도록 노력하는 것도 우리 몫입니다.

스스로가 확실한 중심이다

115

御

어거느리다, 다스리다.

이 세상 모든 것들에는 방향이 있고, 그 중심에 태양이 있습니다. 행성들은 태양의 주위를 돌고 그에 따라 계절이 변합니다. 밤낮을 주관하는 것도 태양이고, 태양은 우리의 삶 전체를 지배합니다.

우리 행위도 어떤 중심을 향하여 배열되어 있습니다. 태양계에 관계와 구조가 있는 것처럼 우리 삶에도 구조가 있는 것이지요. 그러나 모든 구조는 상대적입니다. 태양은 우리 시각에서는 중심이지만 다른 은하계에서 보면 그저 한정된 우주의 중심점에 지나지 않을 것입니다. 결국 어떤 것을 중심이라고 지칭하는 데 있어서 절대적인 기준은 없습니다. 모든 배열과 구조와 지배적인 요소의 결정은 주관적이고 상대적이며 우주의 일부에만 한정된 것입니다.

스스로의 의식만이 확실한 중심입니다. 태양과 그 주위를 도는 행성을 볼 때 우리는 관찰자의 시선을 가져봅시다. 눈에 보이는 저것들의 운행을 결정하는 중심은 무엇일까요. 의식은 현상의 일부일 뿐, 우리가 바로 중심이고 다른 절대적인 기준이란 있을 수 없습니다.

116

두려움에서 해방되는 법

야망은 탐욕과 다를 바 없기 때문에 품어서는 안 된다고 말하는 사람들도 있습니다. 그러나 야망 중에서 어떤 것은 호기심과 갈망의 소산이기도 합니다. 어떤 주제에 관하여 알고 싶다든지, 어떤 목적을 이루려 한다든지 하는 것처럼 야망은 관심사의 표현인 것이지요. 그러므로 다른 사람에게 해를 끼치지 않는 한, 야망을 억압하기보다는 이루려 애쓰는 것이 좋습니다.

원하는 바가 있으면 그것을 위해서 끝까지 노력하세요. 다만 몇 가지 원칙은 염두에 두세요. 첫째, 영원한 것은 없다는 사실을 기억하세요. 목적을 이룬 뒤에 그게 별로 중요한 것이 아니었다는 것을 깨달을 수도 있습니다. 그것이 나쁜 깨달음은 아닙니다. 그것은 당신의 관심이 자유롭게 다른 것으로 옮겨갈 때가 되었다는 의미입니다. 둘째, 야망 때문에 삶을 억압하지 마세요. 당신이 인간이라는 사실이 먼저고 야망은 다만 인간으로서의 기본적인 요구에 덧대어지는 것일 뿐입니다. 마지막으로, 목적을 이룸으로써 모든 두려움에서 해방되길 바랍니다. 이러한 것들을 명심한다면 욕구와 정신적인 깨달음 사이에서 방황하지 않을 것입니다.

고요한 정적 속에서

117 吸引

인 끌다, 이끌다.
흡 마시다, 잡아당기다.

공작은 아름다운 깃털로 짝을 부르고 꽃들은 향기와 빛깔로 벌을 부릅니다. 아름다움이 짝들을 들뜨게 해 더한 아름다움을 부르고, 마침내 유혹의 춤에 천지가 물들어갑니다. 꽃잎 사이를 날아다니면서 우리는 아름다운 빛깔을 보고 흥분합니다. 미칠 듯한 향기에 취해서 우리는 손을 뻗어 꽃들을 만지고, 모든 핏줄은 그득한 기쁨으로 떨립니다.

그러나 꽃의 중심에는 오로지 고요만이 있습니다. 아름다움의 춤이 끝날 때 그 정점에 정적이 있는 것이지요. 인생에는 유혹이 끊이지 않습니다. 우리는 만족할 만큼만 유혹을 좇아가면 됩니다. 그 이상으로 탐닉하는 것은 바보 같은 짓입니다. 차분히 마음을 가라앉히고 마음을 돌아보는 시간을 가져보세요.

영혼의 바깥에서 서성거릴 때에는 멀리는 아름다움과 격정적인 운동이 있습니다. 그러나 영혼의 중심으로 들어가면, 파도처럼 들끓는 우리의 눈도 고요한 존재와 만나게 됩니다. 그때에 모든 것이 밝게 빛나고, 가늠할 수 없을 정도의 힘이 생겨납니다. 그리고 위대한 정적의 세계가 열리게 됩니다.

118

스스로 이끄는 마음

제단은 도구에 불과합니다. 우리가 그 앞에서 무릎을 꿇고 잘못을 빌 때에도 실제로 우리는 자신에게 말하고 있는 것입니다. 축복에 대해 감사할 때도 자신의 행운에 대하여 기뻐하는 것도 마찬가지입니다. 결국 우리의 기도를 들어주는 이는 우리 자신입니다.

그러므로 우리는 스스로에 대한 의식을 버리지 말아야 합니다. 기도가 하나의 상징에 불과하다고 해서, 그것을 이용해 다른 사람을 조작하거나 통제하려 해서는 안 됩니다.

중요한 것은 신은 없더라도, 마치 신이 내려다보고 있는 것처럼 바른 마음가짐을 가지는 것입니다. 당신이 스스로의 교사가 되어야 합니다. 현명한 이들은 자신만의 율법을 만들고, 그것을 마치 하늘의 명령처럼 충실히 따르기 때문입니다.

고통의 근원

119 資源

원 근원。
자 재물、의뢰하다、돕다、이용하다。

역경에 처했을 때, 먼저 역경을 스스로 자초한 것은 아닌지 곰곰이 생각해보세요. 역경이 과거의 행동에서 비롯된 결과라면, 자신의 잘못을 성찰하고, 그 잘못을 바로잡기 위하여 무엇을 해야 할 것인지 고민해야 합니다. 역경이 성격적 결함 때문이라면 결함을 고치고 잘못을 반복하지 않도록 노력하면 상황은 자연히 해결될 것입니다.

중요한 것은 문제를 해결하는 방법을 우리 내면에서 찾아야 한다는 것입니다. 운동선수는 경기를 할 때 자기 기록을 갱신하려고 항상 최선을 다하듯, 우리도 자신을 진지하게 성찰해야 더 나은 사람이 될 수 있습니다. 내면으로 깊숙이 들어가서 우리를 방해하는 것들을 극복할 수 있는 방법을 찾아내는 것, 이것이 바로 자기 수양의 핵심입니다.

역경은 우리에게 더 큰 힘을 제공합니다. 문제를 극복하고 나면, 우리는 더욱 자신감을 얻고 더 큰 문제를 처리할 수 있는 능력을 얻게 되지요. 그러니 고통스러울 때는 내면의 거울을 들여다보세요. 문제에 과감하게 맞서고, 해결하는 과정을 통해 더 강해지세요. 한층 더 성장한 나의 모습을 보게 됩니다.

120

정해진 운명은 없다

심 마음, 근본.
허 비다, 헛되다.

운명이라는 말은 어떤 장소, 사람 혹은 시간에 대해 친숙함을 나타낼 때 사용합니다. 미래에 대한 개념은 아닌 것이지요.

우리는 자신의 행동에 관해서만 책임을 질 뿐입니다. 우리가 어떤 상황에 빠져서 깊게 관여하다 보면 그것이 미래까지 영향을 미칠 수는 있습니다. 예를 들면 모임을 만들어 어려운 사람들을 도왔다면, 그 결과로 오래도록 좋은 일들이 계속 일어날 수도 있습니다. 반대로 빚을 잔뜩 지고도 아무런 노력을 하지 않아서 계속 안 좋은 일들이 일어날 수도 있습니다. 그러니 어떤 경우든지 우리에게 생긴 일은 우리 행위의 결과인 것이지요. 운명이 아니라 필연인 것입니다. 원인은 미래에 있지 않고 과거에 있습니다. 삶에는 대본도 없고 예정된 동선도 없습니다.

가능하면 스스로를 억압하는 것들을 없애보세요. 각각의 행위를 완결 지음으로써 원인을 줄여나갑니다. 오로지 현재에만 관심을 두고 언제나 최선을 다하는 것이지요. 정해진 목적이나 운명 혹은 숙명이란 없다는 사실을 이해하고 미래를 자유롭게 놓아주세요. 이러한 태도야말로 진정한 인생의 개방성입니다.

고요함 속에서 발견하는 힘

121 聖殿

세계가 아무리 혼란스러워도 조용한 날이 있고, 우리가 편히 마음을 뉘일 수 있는 조용한 곳이 있습니다. 그러한 곳에 가면 삶의 수고와 고난을 훌훌 벗어던지고 조용히 머뭅니다. 때로 지는 노을을 보면 평화로운 기분에 젖고, 타는 듯한 해가 수평선 너머로 저물면 기분이 차분하게 가라앉습니다. 어떤 때에는 신비로운 숲을 거닐다가 비밀에 가득 찬 장소를 발견할지도 모릅니다.

그런 곳에 우리가 원하는 평온이 있습니다. 고요함 속에서 은은한 물소리도 듣게 됩니다. 우리는 너무 일상에 지쳐 있어서 참으로 평온하게 머물고 싶은 마음을 잊어버릴 때가 많습니다. 새로움은 소중한 활력소입니다. 잠시 마음을 쉬게 하면서 새로운 힘을 얻기를 바랍니다.

전 전각、큰 집、평정하다。
성 성스럽다、거룩하다。

確認 122

가슴속에서 사라지는 의심

인 알다, 허가하다.
확 단단하다, 확실하다.

강가에 서서 보면 강은 항상 새롭다는 것을 알게 됩니다. 강은 우리가 태어나기 전부터 흘렀지만, 강의 모습은 각각의 시기마다 조금씩 다릅니다. 강의 흐름이나 강변의 모습, 깊은 물속에서 노니는 고기들의 움직임도 항상 똑같았던 적은 없습니다. 강을 알기 위하여 우리는 직접 강으로 가서 만져보고, 수영하고, 조용히 바라보고, 마셔도 봅니다. 세상을 아는 것도 이와 마찬가지입니다.

인생은 항상 흐릅니다. 옛날부터 진리가 있었고 깨달음을 경험한 사람들도 많겠지만, 우리가 오늘 알아야 할 인생의 의미는 바로, 여기 있습니다. 만지고 헤엄치세요. 명상하고 마셔보세요. 삶의 이치를 알면 가슴속에서 의심이 사라집니다.

중심이 모든 것을 이룬다

123

核

핵 씨, 핵심, 사물의 중추.

진정한 아름다움은 내면으로부터 나옵니다. 꽃을 보면 처음에는 꽃도 새싹 하나에 불과합니다. 그것으로는 아름다움을 드러내지 못하고, 벌과 나비를 부르지도 못하고, 열매도 맺지 못합니다. 그러나 싹이 열리면 그 중심으로부터 아름다움이 나오게 됩니다. 싹이 바로 우아한 아름다움과 향기와 다디단 꽃꿀의 핵심입니다. 마찬가지로 우리의 아름다움도 깊은 내면으로부터 나옵니다.

우리의 외모나 직업은 아름다움과는 아무런 상관이 없습니다. 우리를 규정하는 특질들은 내부의 원천에서 나오기 때문이죠. 천천히 자연스럽게 꽃을 피우도록 해야 합니다. 그리고 그 중심을 지켜나가세요. 모든 힘의 원천이 마음의 중심에 있습니다.

싹이 나고 꽃이 피고, 꽃가루가 날고, 시들고, 열매를 맺고, 잎이 떨어집니다. 꽃에게도 여러 단계가 있듯이, 우리도 태어나서 죽을 때까지 여러 단계를 거칩니다. 우리라고 평생 똑같은 것이 아니라 변하고 성장합니다. 그를 위해서 우리의 중심을 지키고 그 중심으로부터 발전이 시작되도록 해야 합니다. 그러지 않으면 우리는 진정으로 한 개체가 될 수 없습니다.

蔑

124

무엇이든 선택할 수 있다

멸
어둡다, 업신여기다.

위기를 만나면 그것은 당신의 마음을 시험하는 기회가 될 것입니다. 아마도 당신은 울면서 누군가에게 이렇게 물어볼지도 모릅니다. 왜 나에게만 이런 고난이 닥치는 거냐고. 혹은 신을 원망할지도 모릅니다. 그러나 신은 우리의 부모도 아니고 보호자도 아닙니다. 그저 신은 우리가 좀 더 나은 사람이 되라고 격려하면서 거기 있을 뿐입니다. 그들은 우리 안에 내재하는 특성들의 상징에 불과합니다. 믿음을 택하느냐 반항하느냐 하는 문제는 중요하지 않습니다. 중요한 것은 우리에게 항상 선택할 수 있는 자유가 있느냐 하는 것입니다.

헌신이란 고난이 닥치더라도 수긍하고, 그 길을 가겠다고 의식적으로 결정한 다음에 가능한 일입니다. 신을 따르기로 결정하는 것도 좋고, 신에게 대항하는 것도 좋습니다. 왜냐하면 우리는 누구나 선택할 권리가 있기 때문이죠.

의심을 버리고 자신의 능력을 믿자

125

毅

의 굳세다、강인하다。

자신을 확실히 세우세요. 여기에, 오늘 이 순간에 당신이 할 일을 잘 생각하고, 목적을 이루고자 하는 결의가 흔들리지 않도록 하세요. 누군가의 길을 따르지 마세요. 당신 스스로의 길을 만들어보세요.

인생의 길을 걷고자 하는 결의가 가장 소중한 자산입니다. 그것이 없으면 의지가 사라지게 되죠. 의지가 없어서 죽지 말고 시간이 다 되어서 죽도록 하세요. 살아 있는 동안은 의지로 인생의 고난에 맞서기를 바랍니다. 방해하는 것들을 물리치고 꿈을 이루기를요. 그렇게 된다면 꿈도 꾸지 못했던 행복을 만날 것입니다.

눈앞에서 가장 힘든 순간이 닥쳐올지도 모릅니다. 엄청난 슬픔도 알게 될 것입니다. 그래도 그대로 받아들이기를 바랍니다. 인생이란 원래 그런 것입니다. 허무맹랑한 얘기나 황당한 설명에 기대어 이 엄연한 사실을 피하려 들지 마세요.

매일 당신의 수명은 24시간씩 줄어듭니다. 당신이 이 세상에서 원하던 것을 이루고 죽음의 순간에 당신의 의지를 해방시켜야 합니다. 어쩌면 삶은 죽음으로 끝나는 하나의 창조물인 것입니다. 그 순간까지는 굳은 결의로써 삶을 노래하기를.

喻 126

시를 통해 깨닫는 통찰력

유 깨우치다, 비유하다.

삶을 이해하기 위해 우리가 쓰는 방법은 대개 외부 세계를 관찰해서 그것을 인간의 문제에 적용시키는 것이었습니다. 옛날에는 우리 몸을 소우주에 비유하고, 정신적인 기를 태양에 비유했습니다. 우리 몸의 음양은 낮과 밤의 다른 표현이었습니다. 동물들의 습관을 보고 그 본능적인 지혜를 배우려 했고, 마음의 중심을 꽃씨에 비유했습니다. 이런 방법은 오늘날에도 여전히 유효합니다.

비유는 사고의 구조를 그리는 데 유용한 도구입니다. 시인의 통찰력이 문제를 해결하는 데 좋은 본보기가 되고, 꽃이 피는 상상은 명상에도 영감을 줍니다.

인간은 객관적인 실체를 받아들이고, 부분적으로 그 대상들을 시로 표현합니다. 이러한 표현 없이는 유머와 창의성을 발휘하기 어렵습니다. 우리가 모든 사물들과 관계를 이루기 위해서 그들과 소통하며 상호작용을 해야 하기 때문입니다. 외부 세계와 내면세계를 연결하는 과정이며, 인간의 사고와 감성을 풍요롭게 만들어주는 중요한 방법입니다.

빛을 가리고 때를 기다린다

127 潛隱

은 숨다。
잠 숨기다。

드러내지 않는 데 참다운 지혜가 있습니다. 자랑하거나 가진 것 이상으로 떠들지 마세요. 기술을 완전히 익힐 때까지는 마음을 편안히 가져보세요. 스스로 원하지 않으면 다른 사람을 대신해서 능력을 발휘할 기회는 없을 것이고, 그러니 남에게 욕을 얻어먹지도 않을 것입니다. 아무도 당신의 깊이를 가늠할 수 없을 것입니다. 당신이 잘 숨기는 법을 알면 다른 사람들의 관심과 경멸의 대상이 되지 않을 테니까요. 언젠가 다른 사람들을 놀라게 해줄 수 있는 기회를 남겨두는 셈입니다. 이렇게 숨기는 것은 당신의 이익을 위해서가 아니라 스스로를 더 갈고닦기 위해서입니다.

지식과 기술은 중립적입니다. 그것들은 단지 사용하기 위해 존재할 뿐입니다. 그러니 지식과 기술을 자신의 우월함을 드러내는 도구로 삼지 마세요. 또한 얼마나 많이 아는가로 스스로를 판단하지 마세요. 그러한 기준은 오히려 당신의 한계를 제한합니다. 스스로 불필요한 한계에서 해방되길 바랍니다. 그것이 진정한 성숙으로 가는 길입니다.

限界

128

한계에 도전하기 위한 준비

한 한정하다。
계 지경、경계、둘레。

모든 것에는 한계가 있고, 현명한 사람들은 그 한계를 분간해 내려고 노력합니다. 자연을 파괴하면서 문명의 한계를 억지로 넓히려 하지 않습니다. 경제적으로 볼 때 그들은 시장에 있는 것 이상을 소비하지 않고, 관계에서도 남으로부터 더 많은 것을 얻으려 들지 않습니다. 능력껏 수행하고, 무한정 오래 살려고 들지도 않습니다.

시간과 상황으로 볼 때 한계에 이르렀다는 생각이 들면 힘을 보존해야 합니다. 때론 이것이 오히려 한계에 도전하기 위한 준비가 됩니다. 경계에 이르러서는 선을 넘기 전에 조심스럽게 여러 가지를 고려해보고 쓸 수 있는 힘을 따져보는 것이 가장 좋은 방법입니다.

어떤 목적을 이루기 위하여 한계를 이용할 수도 있습니다. 앞에 막다른 길이 있다는 것을 알면 범인을 잡을 수 있고, 정해진 시간에 얼마만큼 할 수 있는지를 알면 일을 할 때도 도움이 됩니다. 한계라고 해서 항상 일을 막는 구속으로 작용하지는 않습니다. 그것들은 우리가 처한 곳의 지형도일 뿐이므로 얼마든지 잘 이용할 수 있습니다.

우연이 질서를 만든다

129 更易

역 바꾸다、쉽다。
경 고치다。

세상에는 우연이라는 것이 있습니다. 일이 일어나는 데 순서가 있는 것이 아닙니다. 돌이 언덕에서 굴러떨어지는 데 순서가 어디 있고 계획이 어디 있을까요. 그건 그냥 돌이 부딪치면서 일어나는 일입니다.

우연이 모여서 질서가 된다고 말할 수도 있을 것입니다. 모두에게 적용되는 틀이 있기는 하지만, 그러나 그러한 틀 안에서조차 우리는 무수히 많은 우연적 요소가 있으며, 그것들이 모여서 체계 자체를 움직이는 힘이 되고 창조성을 부여한다는 사실을 압니다. 그렇다면 질서는 어디서 비롯하는 것일까요? 어떻게 질서가 생기게 되었을까요? 우주에는 항상 무질서와 우연만 있었고 그런 것들이 실체의 속성 중 하나라고 주장할 수도 있을까요?

이 문제에는 해답이 없습니다. 다만 이 세계에 항상 불확실성이 존재하고 그것들로 인하여 세계의 운행이 이루어진다는 사실만을 인정할 뿐입니다. 그 불확실성을 삶으로 받아들이는 태도가 중요합니다. 그래야 인간에 관하여 완전히 이해하게 되는 것이니까요.

掙扎 130

갈등이 없는 인생이란

찰 찌르다、묶다、뽑다。
쟁 찌르다、부수다、노력하다。

사람들은 제각기 인생에서 얻고자 하는 것이 있습니다. 어떤 때에는 주위의 조건이 그것을 가능하게 하기도 하지만, 어떤 때에는 사람들의 열망과 원하는 바가 환경의 도움을 얻지 못하는 때도 있습니다. 진짜로 자기가 원하는 대로 살고 있다고 말할 수 있는 사람이 얼마나 될까요. 대부분의 사람들은 마음속의 관념과 외부의 제약이 빚어내는 갈등 속에서 살아갑니다. 그런 외부 조건과 맞서서 어떻게 살아가야 할까요.

인생은 목표도, 인내도 중요합니다. 또한 투쟁의 과정도 마찬가지로 중요합니다. 쌀은 익기 위하여 고난의 과정을 겪고, 강철도 단련할수록 단단해집니다. 역경 없이 이루는 일은 큰 의미가 없습니다.

하룻저녁에 명곡을 작곡해내는 작곡가가 있습니다. 앉은 자리에서 일필휘지로 그림을 그려내는 화가도, 말하는 것처럼 쉽게 글을 써내는 작가도 있습니다. 그들은 순식간에 해치워버렸다고 말할지도 모릅니다. 그러나 실제로 그들은 그렇게 되기까지 오랜 헌신의 시간을 거쳤을 것입니다. 무릇 걸작은 평생 투쟁의 산물이고, 강철도 단련되어야만 보석처럼 빛날 수 있는 법입니다.

사건을 받아들이는 자세

131

意旨

지 뜻、맛、아름답다。
의 뜻、헤아리다、생각하다。

인도 바닷가에 있는 한 사원이 번개에 맞아 불타버렸습니다. 이게 도대체 무슨 일일까요? 신이 진노하신 걸까요? 아니면 건물이 너무 낡아서 견디지 못한 걸까요?

어떻게 대답하느냐에 따라서 자연과 실재, 인간 세상에 관여하는 신에 대한 당신의 태도가 정해집니다. 사원이 무너진 데는 그럴만한 이유가 있다고 말한다면, 당신은 이 거대한 세계에서 불확실성이 작용한다는 것을 인정하는 것입니다. 만약 당신이 그 사건을 자연적인 재앙으로 받아들인다면 그것 또한 당신이 인생에 있어서 우연을 믿는다는 것을 의미합니다. 이런 관점들은 물론 신에 관한 관념을 전제로 하지 않습니다. 이 세계에서 일어나는 모든 일들이 다 신이 주관하는 것은 아니라는 뜻이니까요.

번개가 사원을 무너뜨린 것은 아주 단순한 사건입니다. 사람에 따라서 그 사건을 받아들이는 태도가 다릅니다. 어떤 사람은 재앙으로 받아들이고, 어떤 사람은 길조로 여기고, 또 어떤 사람은 대수롭지 않은 사고로 여깁니다. 모든 사건마다 특별한 의미가 있는 것은 아닙니다. 그러니 그저 일어난 대로 그 사건을 받아들이면 됩니다.

認知 132 반복적인 깨달음

인 알다、인정하다。
지 알다、드러내다。

진리는 변합니다. 인간은 태어나서 죽는 순간까지 계속해서 변화합니다. 우리의 깨달음도 그렇게 변하게 됩니다. 한군데 너무 오래 머물러 있으면 성장이 마비되고 뒤틀리게 마련입니다. 그와 반대로 너무 빨리 다른 단계로 넘어가려 들면 그 단계에서의 의미와 경험을 놓쳐버리기 십상입니다. 점진적인 발전은 계속되는 불균형을 조금씩 극복하면서 나아가는 과정을 보여줍니다. 뒤를 돌아보고, 앞으로 나아가는 과정을 반복하는 것이지요. 경험이 반복되어서도 안 되고, 누락되어서도 안 됩니다. 적절하게 분간하면서 옮겨가는 것이 중요합니다.

인생의 여러 단계를 거치면서 한 단계에서 다른 단계로 넘어가는 것을 인지해야 합니다. 이곳에서 저곳으로 건너간다는 사실을 이해하길 바랍니다. 때로는 졸업이나 결혼 같은 통과제의도 겪을 것입니다. 개인적인 선언을 계기로 옮겨갈 수도 있지요. 그 이유가 무엇이든 다음 단계를 언제 시작하고 언제 끝낼 것인가에 대해 명확하게 인지하세요. 이 우주가 거대한 바퀴의 살을 따라 움직이는 이유도 그 때문입니다. 스스로가 삶의 기준이 되는 삶을 살기를 바랍니다.

빈 공간이 만들어내는 평화

133 箍

고테, 둘레.

목수가 수납장을 만들기 전에는 곧게 켠 나무와 대패, 망치, 손잡이가 있을 뿐입니다. 모든 부분들이 있지만 그것들이 가구로 만들어지려면 누군가가 구성을 해야 합니다. 우리의 인성도 마찬가지입니다. 여러 가지 성격이 굳게 뭉쳐서 통일된 하나를 이루기 전에는 완전하지도 유용하지도 않습니다.

정신적인 수행을 통해서 각각의 성격들을 통일시키는 외관을 만들어냅니다. 비록 임의적인 것으로 여겨질지라도 전체의 질서는 반드시 필요합니다. 그것은 목적을 이루는 수단이 됩니다. 일단 목적을 이루고 나면 그러한 구조는 필요하지 않습니다. 그러나 그때까지는 질서가 있어야 하죠.

수납장은 공허만을 담고 있습니다. 우리의 인성이 완벽한 형태를 이루고 있더라도 그것은 우리 내면에 있는 빈 공간을 담고 있을 뿐입니다. 정신적인 수행을 통해서 우리는 하나의 전체를 만들고 그 중심을 비워두어야 합니다. 이 빈 공간은 허무를 낳는 곳이 아니라, 오히려 삶이 들어가기 위하여 열려 있는 가능성의 공간입니다. 빈 공간 없이 평화란 있을 수 없습니다.

弛

134

휴양은 완전한 평화다

이 느슨하다、휴식하다。

몸을 축 늘어뜨리고 쉬고 있을 때 완전한 고요가 깃듭니다. 생각이 마음을 흐트러뜨리지 못하고, 기억이 정신을 갉아먹지 못합니다. 명상의 자세에서 필요한 것은 이렇게 완전한 적막감입니다. 중립에 놓여 있는 고요한 마음이 지친 영혼을 치유하고 새로움을 가능케 합니다.

형식적인 명상 프로그램을 따르지 않더라도, 매일 잠깐씩 조용히 생각에 잠기는 것이 필요합니다. 조용히 앉아서 몸을 쉬게 하는 것이 바로 명상입니다. 사람들은 항상 마음이 산만하고, 몸은 균형을 잃었으며, 일상의 근심거리들의 무게에 짓눌려 있습니다. 당신이 가만히 앉아서 스스로를 비울 수 있으면, 그것만으로도 경이로운 고요를 경험할 수 있을 것이고, 깊고 편안한 행복감에 젖을 수 있을 것입니다.

누구나 주기적으로 휴양의 상태로 되돌아가야 합니다. 그렇게 함으로써 새로워지고, 순수해지고, 심오한 평온함에 젖어듭니다. 이것은 의식儀式도 아니고 종교적인 의무도 아닙니다. 여러 문제들로부터 벗어나는 편안한 마음 상태일 뿐입니다. 바로 자신에게로 돌아가는 순간입니다.

지각의 굴레를 벗어나며

135 象

상 코끼리, 모양, 형상.

외부적인 자극으로는 진리에 이를 수 없습니다. 아무리 생생하고 아무리 심오한 것처럼 보여도, 그 의미를 정확히 알아야 합니다. 명상을 통해서도 상象을 보거나, 소리를 듣거나, 확실하게 감각을 느낄 수 있습니다. 그러나 이런 경험을 얻으려면 철학적인 뒷받침이 있어야 합니다. 진짜와 가짜를 혼동하지 말고 구별할 수 있어야 합니다. 결국 명상을 통한 지각이라도 항상 의심해야 합니다.

정신적인 탐구를 통해 얻은 것이 모두 진실은 아닙니다. 현혹시키는 것이 있을 수 있으므로, 그 상을 투과해서 보는 눈을 길러야 하죠. 상으로 나타나는 것은 당신의 정신이 만들어낸 것일 가능성이 많습니다. 어느 정도는 마음의 조작일 것입니다. 진정으로 깨달음을 얻기를 원한다면, 진리가 상으로 나타나지 않는다는 사실을 알아야 합니다.

한때 정신의 상을 보려고 애쓰지만, 결국에는 끊임없이 상을 보려고 탐닉하는 것보다는 더 중요한 것이 있다는 것을 깨닫게 됩니다. 최종적인 목표는 지각의 굴레에서 초월하는 것입니다. 그런 상태에 이르렀을 때에야 실체를 제대로 분별하는 눈이 열리게 됩니다.

136

명확하고 현명한 판단

판단은 정의와 관용이라는 개념을 적용하여, 그 사회의 이치에 맞느냐 맞지 않느냐를 결정하기 위해 관념적으로 비교하는 과정입니다. 그렇기에 모든 사실이 충분히 검증되어야 합니다. 판단은 명확하고도 현명하게 옳고 그름을 분간해야 합니다. 그에 맞는 것이 바로 진리입니다.

이와 마찬가지로 인생을 살아가면서 우리도 때로는 판단의 대상이 됩니다. 이것은 인간으로서 갖는 의무일지도 모릅니다. 진리를 따른다고 해서 그 의무에서 벗어나는 것이 아닙니다. 우리 자신이 최종적인 판관이면서 또한 피고이니까요.

인생의 마지막 날이 오면 당신 스스로 심판자가 되어야 합니다. 당신은 올바르게, 잘 살았나요? 소중한 날들을 헛되이 낭비하지는 않았나요? 인생을 되돌아보며 스스로 판단해야 합니다.

흘러가는 한순간의 꿈

137 弱點

점점, 흠. 약약하다.

전사는 모든 사람을 잠재적인 적으로 간주하고 상대방의 약점을 노립니다. 동시에 자신의 약점을 고치려고 훈련합니다. 타인의 강점과 약점으로 적을 판단하고 그에 맞는 전략을 세웁니다. 전사는 자신이 바로 무기이기 때문에 몸과 마음의 완벽함을 위해서 수련하고, 자기방어, 경쟁, 존경 그리고 정의라는 원칙을 지킵니다.

보통 사람들은 누구나 치명적인 약점을 무수히 많이 가지고 있다는 것을 압니다. 그렇기에 가능한 한 자신의 약점을 줄이려고 노력합니다. 전사는 자기 약점 중에 한두 가지를 방어하고, 나머지 온 정신은 전략과 공격에 집중합니다. 그러나 약점이 전혀 없는 전사는 존재하지 않습니다. 최고의 전사도 최소한 한두 가지 약점을 지닙니다.

이와 달리, 현인은 급소가 없다고 말합니다. 현인은 전사가 추구하는 자기방어, 경쟁, 존경, 정의라는 원칙을 초월하며 죽음조차 두려워하지 않습니다. 왜냐하면 현인은 생명이란 단지 미혹에 불과할 뿐, 아무것도 죽지 않는다는 것을 알기 때문이죠. 현인에게 삶은 단지 한순간의 꿈이며, 결국 다른 곳으로 흘러가는 과정에 불과합니다.

道統 **138**

지식의 빛과 그림자

통 거느리다、다스리다。
도 길、이치。

정신세계를 탐구하는 사람에게 지知는 가장 까다로운 문제입니다. 지식은 수행의 기초가 되기 때문에 매우 중요하지만, 동시에 그것이 전부를 지배하거나 통제할 수는 없습니다. 지식이 중심을 잡고 균형을 이루지 못하면, 오히려 영적인 성장을 방해하는 걸림돌이 되기도 합니다.

교육은 관습적인 세계를 배우는 기본적인 수단이며, 호기심을 만족시킵니다. 자연과 문명, 수학과 언어에 관한 호기심을 충족시키지 않고서는 철학적 신비로 가득한 동굴로 들어간다고 말할 수 없습니다.

지식은 세련된 방법으로 사물을 분별하고, 범주화하고, 옳고 그름을 판단하는 힘이 됩니다. 반면에 정신적인 명상의 세계에서는 분별도 범주도 이중성도 필요 없으므로, 학교교육은 별 의미가 없을지도 모릅니다. 순수한 수행은 내면적인 존재를 일체화할 것을 요구합니다. 거기에는 단순한 공부가 아닌 진지한 참여가 필요합니다. 정신적인 수행을 할 때에는 지의 세계는 잊어버려야 합니다. 지식은 마음을 닦고 내면을 정화하는 데 필요한 수단이지, 그 자체가 목표가 되어서는 안 됩니다.

충성심이 만들어내는 단단한 마음

139 締

체 맺다, 체결하다.

결혼이 오래 지속되기 위해서는 두 사람이 끊임없이 노력하고 많은 어려움을 이겨내야 합니다. 결혼은 강철을 불에 달구어서 두드리고 늘려서 두 사람을 잇는 고리를 만드는 과정과 같습니다. 쇠는 한참 달구어졌다가 차가운 물에 식는 과정을 겪습니다. 결혼도 정열과 사랑으로 타올랐다가 비극과 갈등과 역경으로 인하여 식는 과정 또한 거칩니다. 오래 지속되는 결혼은 그래서 잘 담금질된 강철과도 같습니다.

인생을 계속 혼자서 살아가기란 쉬운 일이 아닙니다. 우리는 모두 다른 사람의 도움을 필요로 하고, 목표를 향하여 함께 일하는 사람들과의 연대감도 필요하죠. 그런 관계가 이루어지기 위해서는 가치관과 인생관, 목적이 서로 조화를 이루어야 합니다. 부부 사이는 연인이자 친구라는 말은 진부한 표현입니다. 부부 사이는 다른 관계에서는 찾아볼 수 없는 서로에 대한 충성심이 기반이 되어야 합니다.

異端 140

꾸짖을 때는 항상 조심해야 한다

단 끝, 실마리.
이 다르다, 달리하다.

위대한 권위를 가진 사람은 없습니다. 사람들은 대개 인생을 올바르게 살아가는 간결한 원칙들을 들으려고 성직자나 지도자, 스승을 찾아다닙니다. 그러나 아무도 정답을 말해줄 수 없습니다. 당신만큼 스스로에 대해서 잘 알고 있는 사람은 없기 때문이죠. 당신이 현인에게서 얻을 수 있는 것은 몇 가지 기초적인 지침을 확인하는 것뿐입니다.

인생에서 일을 처리하는 방법은 하나만 있는 것이 아닙니다. 존경받는 어른의 길과 다르다 하더라도 인생에는 여러 가지 길이 있습니다. 전통을 세워가는 데 다양성은 중요한 미덕입니다. 어른들은 이의와 불충을 혼동하고 다른 견해를 가지고 있다는 이유만으로 사람들을 꾸짖습니다. 그렇다면 그 사람은 더 이상 이치에 따르는 것이 아니라 자기 스스로 세운 관습만을 말하고 있는 것입니다.

늙은 스승은 무릇 양모에 싸인 강철과 같아야 합니다. 겉으로는 유약해 보이지만 내면에는 엄청난 힘을 가지고 있는 스승처럼요.

삶의 흔적을 담은 주름

141 皺

추 주름 잡힌 얼굴。

나이를 먹을수록 나이를 더 많이 의식하며 살아갑니다. 사람들은 어린 시절의 순진무구함과 즐거움을 거의 기억하지 못합니다. 자신의 어릴 적 사진을 보고, 주름이 하나도 없는 얼굴과 젊은 시절의 생기에 깜짝 놀랍니다. 거울을 들여다보면 보기 싫어도 나이 든 자신의 얼굴을 보지 않을 수 없게 되죠. 도대체 인생의 주름을 막을 수 있는 방법이 있기나 할까요?

우리가 겪었던 모든 경험과 생각하고 행했던 일들은 얼굴에 문신처럼 또렷이 남게 됩니다. 어떤 그림과 형태를 남기느냐는 어느 정도 우리 자신에게 달려 있습니다. 문신을 새기는 사람한테 가서도 그림을 고르는 것은 자신입니다. 인생에서도 마찬가지입니다. 우리가 무슨 일을 하고 어떤 사람이 될까를 결정하는 것은 자신의 결정에 달려 있습니다.

아무 생각 없이 인생을 살아서 안 될 이유는 없습니다. 그러다가 우연이 우리의 형태를 결정지을 수도 있으니까요. 하지만 그것은 마치 눈먼 사람한테 문신을 새겨달라는 것과 같습니다. 우리가 추한 모습으로 남든 아름다운 모습으로 남든 그건 우리 책임입니다.

142

한가로이 세상에 머물 때

가겨를, 한가하다。
한틈, 한가하다。

삶의 에너지가 사건들 사이의 움푹 꺼진 지점에서 가라앉습니다. 인생을 알고자 하면 이런 공간을 구별할 줄 알아야 합니다. 움푹 꺼진 이 지점에서 휴식이 필요합니다. 가만히 앉아서 생각에 젖고, 내면의 소리를 들을 수 있는 기회이기 때문이죠.

당신이 만약 조용히 쉴 곳으로 돌아간다면, 진리가 흘러들어올 수 있는 생명을 얻은 것과 다를 바 없습니다. 시간이 천천히 흐르고 자연을 느낄 줄 아는 사람들이 있는 곳에, 숲과 산으로 둘러싸여 있는 작은 마을에, 깊고 심오한 진리를 깨우칠 수 있는 가능성의 세계가 있습니다.

흔들리지 않는 신념과 신심에 싸여 있을 때, 휴식으로 가득 차고, 진리에 대한 자연적인 감각들로 가득 찬 곳에서 당신은 진정한 자신을 만나게 됩니다.

자연스러운 삶에서 깨닫는 것들

143 直覺

각 깨닫다。
직 곧다、바르다。

동물들은 자연스럽게 순리와 가깝게 살아갑니다. 그들에게는 생각과 논리가 필요 없습니다. 그들은 스스로를 의심하지도 않습니다. 배고프면 먹고, 피곤하면 자고, 직관에 따라 하루의 순환에 적응하면서 살아갑니다. 때가 되면 짝을 찾고 그들이 아는 대로 어린 새끼들을 기릅니다. 죽으면 다른 동물의 먹이가 되어 아무런 두려움 없이 자연으로 돌아갑니다.

우리는 어떤가요? 우리는 자연의 이치와 떨어져서 살기 때문에 도덕에 대해서 고민합니다. 행동이 점차로 극단화되어서 여러 유형의 사람으로 나누어집니다. 우리는 어쩌다가 진리로부터 멀어지게 되었을까요?

도가에서는 완전한 조화를 이루면서 사는 것을 이상으로 여깁니다. 이론과 지나친 사고가 우리 삶을 간섭하는 것을 원하지 않습니다. 처음에는 기술과 윤리를 배울지라도, 그것들을 몸에 배게 해서 완전히 우리 몸의 일부가 되도록 해야 합니다. 옳은가, 그른가를 따져보고 반응하는 것은 이미 너무 느립니다. 직관적으로 옳은 것을 좇아 행동해야 합니다. 참된 조화는 마음과 행동이 하나가 되어 자연스럽게 흐르는 데서 비롯됩니다.

悟 **144**

보이지 않는 깨달음

오 깨닫다、슬기롭다。

성직자나 예언자는 깨달음의 형식만을 가르칩니다. 진정한 진리를 가르칠 수 없습니다. 진정한 진리는 보이지 않습니다. 배운다고 해서 알 수 있는 게 아니니까요.

종교는 쇠퇴하기도 합니다. 그것 역시 사람의 일이기 때문입니다. 종교와 영성은 관계는 있겠지만 같은 것은 아닙니다. 종교는 인간과 문화의 산물이고 영성은 깨달음과 인간의 직접적인 관계입니다. 종교는 때로 관습화되고, 의식화되고, 그러면서 부패하기도 합니다. 종교는 근본적으로 불완전한 것으로, 그것을 만든 사람들이 죽고, 아무리 성스러운 말도 그에 따라서 힘을 잃어갑니다.

그러나 진리를 발견할 수 있는 영성은 과거나 지금이나 같습니다. 어째서일까요. 모든 진리는 자신으로 모이고, 항상 보이지 않게, 손상되지 않고 존재해왔으며, 앞으로도 그럴 것이기 때문입니다.

사물을 보는 혜안

145 視野

시야. 들. 보다.

한눈에 모든 풍경의 세밀한 부분까지 다 볼 수는 없습니다. 한 번에 한 지점만 집중적으로 보는 것일 뿐이니까요. 가까이에 있는 것을 보고 난 후에야 먼 곳으로 시야를 돌리거나, 왼쪽을 보고 나서 오른쪽을 보기도 합니다. 마찬가지로 어떤 주제에 관한 우리의 시야가 아무리 넓더라도, 우리 마음속에 종합적인 상을 그리는 것일 뿐 전체는 아닙니다. 진리에 접근하는 것도 이와 같습니다.

삶은 끊임없이 흐르면서 변하는 것으로 한 번에 인생을 알 수는 없습니다. 우리는 단지 우리 스스로 만든 종합적인 상을 볼 뿐입니다. 삶을 즉각적으로 완벽하게 알기 위해서는 정신이 깨어 있어야 합니다. 그때 영혼이 환한 빛으로 빛나게 됩니다. 당신의 마음이 강렬하게 빛나는 현재를 향하여 확장되고, 등대처럼 기의 등불이 빛나고 눈이 번쩍 뜨이게 되는 것이지요. 중요한 것은 사물이 보일 뿐 아니라, 그 본질을 즉각적으로 알아차리게 된다는 것입니다. 이것이 바로 사물을 보는 혜안입니다.

146

자연의 위대함 속에서

거대한 바위에 연둣빛, 붉은빛 이끼들이 달라붙어 장식을 합니다. 사람은 바위에 비해 얼마나 초라한가요. 얼마나 오래 걸려야 삶의 의미를 깨닫게 될까요. 그때까지는 자신을 대단한 존재로 여기지 마세요.

하늘과 땅의 거대한 운행에 비할 때, 지진의 변동에 비할 때, 인간의 가장 위대한 업적과 유물조차도 얼마나 하찮은가요. 인간은 높은 산을 오르고 깊은 바다 밑을 탐사하고, 용기가 있다면 날아서 태양 가까이 가보기도 하겠지만, 우리는 아직 자연을 재는 기준조차 알지 못합니다. 스스로를 우주의 중심이라고 보는 이기적인 시각에서는 우리가 별이나 산이나 강만큼이나 중요하고 의미 있는 존재라고 여길지도 모릅니다. 그러나 거대한 우주의 역사에 비한다면 우리는 아무것도 아닙니다. 우리가 이런 사실에 대하여 좀 더 잘 알게 되면, 더 중요한 존재가 될 수도 있겠지만요.

하늘을 푸르게 하고, 별들을 빛나게 하고, 산을 높고 가파르게 하고, 강을 흐르게 하고, 바다를 출렁이게 하는 힘은 우리의 이해를 넘어선 곳에 있지만, 우리가 그 일부임을 깨닫는 순간 더 큰 의미를 얻을 것입니다.

자연에 순응하는 삶

147 順應

응 응하다, 대답하다.
순 순하다, 좇다.

사람들은 계절의 순환에 대하여 더 알기를 원하고, 그에 맞춰서 행동하려고 합니다. 그들은 사물이 운행하는 길을 배우려고 과학을 탐구하기도 합니다. 어떤 사람은 자연의 흐름을 잘 알아서 삶을 마술처럼 잘 꾸려나가기도 합니다.

하지만 때에 어울리지 않게 눈이 내리거나, 뜨거운 여름인데도 한겨울처럼 추운 날씨가 닥친다면 우리는 혼란에 빠지게 됩니다. 순환을 따르는 것이 모든 일들이 정확하고 규칙적으로 일어날 것이라고 기대할 수 있다는 의미는 아닙니다. 상황이 돌아가는 실제적인 방식을 우리가 항상 통제할 수 있는 것은 아닙니다. 자연은 인간의 이론에 따라 움직이지 않습니다. 오히려 우리의 과학이 자연현상을 분석하기에 불완전한 것이지요.

세상을 이해하기 위해서는 항상 유연하게 환경에 적응할 줄 알아야 합니다. 어떤 것을 하고자 하는 욕구가 있고, 준비가 다 되어 있다고 하더라도 자연에 순응하며 살아야 합니다. 시간이 요구하는 대로 완수하기 위해서 인간의 우선권을 고집하지 않는 것은 위대한 덕목입니다.

譯 **148**

삶 중심에 서서

역 번역하다, 풀이하다.

진정한 진리는 종교도 국적도 없습니다. 가장 현명한 인간의 관념을 초월하는 것이므로 특정 민족, 어느 문화만의 재산이 아닙니다. 세상의 이치와 진리를 이해하고자 하는 욕구는 보편적입니다. 사람들은 그들의 언어대로 다른 이름을 붙이기만 하면 됩니다.

진리는 특정한 이름이나 형태에 얽매이지 않습니다. 모든 존재와 순간에 스며들어 있으며, 우리가 마음을 열고 진지하게 탐구할 때 그 본질을 깨달을 수 있습니다. 현재의 나는 바로 지금 여기, 삶 중심에 있습니다.

삶의 변화와 발전 속에서

149

迴

회 돌다, 선회하다。

인생은 계속 굴러갑니다. 우리는 한순간도, 하루도 되돌릴 수 없습니다. 이렇게 본다면 시간을 재는 것도 의미가 없는 것일지도 모릅니다. 인생은 우리가 없어도 계속될 것이고, 인생에서 일어나는 사건들과 떨어진 곳에 우리를 버려두고 지나쳐 갈 것이기 때문이죠. 그러므로 우리는 인생에 적극적으로 참여하여 보조를 맞춰야 합니다.

돌아보지도 말고, 뒤로 물러나지도 마세요. 매 순간 결정하면서 앞으로 나아가길 바랍니다. 마지막 걸음을 크게 걸었다고 해서 그다음 걸음을 게을리하지 않도록 주의하세요. 비슷하거나 더 나은 위치가 생기기 전에는 지금 있는 위치를 포기하지 마세요. 그러나 우리가 이렇게 나아가는 과정에서 다른 단계로 넘어갈 시간을 정확히 알 수 있을까요?

순전히 직관에 의지하세요. 우리가 한계에 이르면 그 상황에 관한 인내심은 끝나게 됩니다. 그 지점에서 우리의 모든 삶이 선회해서 새로운 국면들을 맞이합니다. 그 새로운 국면들을 잘 이용하는 것이 옳은 일입니다. 우리가 걸어온 길을 보고 발전을 판단하는 것이 아니라, 그 길을 그리는 선과 각도에 의해서 얼마만큼 발전했는지를 판단하는 것입니다.

慈悲 150

자비와 지혜를 바탕으로

비 슬픔, 동정。
자 사랑, 인정, 자비。

사리와 이기심을 위하여 이상을 포기해서는 안 됩니다. 어떤 정신적인 전통을 따르는 사람은 그 전통의 핵심을 얻기 위하여 그 원칙들을 헌신하는 마음으로 따라야 합니다. 그러나 그렇다고 해서 독선적인 태도를 가져서도 안 됩니다. 항상 예기치 못한 상황이 나타날 수 있기 때문입니다.

그러므로 우리는 원칙을 넘어서 지혜롭게 대처해야 합니다. 우리 스스로 옳고 그름을 다 겪은 다음에 직관적으로 더 옳은 일을 찾아 그대로 행동하면 됩니다. 자비는 전통보다도 더 큰 가치이고 지혜는 자비보다도 더 소중합니다.

결국 중요한 것은 고정된 틀에 얽매이지 않고 더 큰 진리를 향해 나아가는 것입니다. 원칙은 길잡이가 될 수 있지만, 진정한 지혜는 상황에 따라 유연하게 대처하는 데서 나옵니다. 자비와 지혜를 바탕으로 우리는 이상을 실천하며, 삶의 모든 순간에 깊이 깃든 진리를 발견할 수 있을 것입니다.

현실만이 있을 뿐이다

151 現實

실 열매, 바탕, 본질。
현 나타나다, 실재, 현재。

개 짖는 소리를 들을 때, 우리는 감정이 일기도 하고, 고통스러워하거나, 대꾸하거나, 걱정하기도 합니다. 그러나 사실 그 소리 외에는 아무것도 존재하지 않습니다. 그 소리만 무無에서 흘러나와 또 다른 무를 향하여 사라지고 있을 뿐이니까요.

우리 역시 개처럼 온갖 노력을 기울이지만, 실상 우리가 하는 일도 그와 다를 바 없습니다. 우리 자신의 삶을 깊이 바라보면 거기에는 거대한 허무의 세계 위에 우리 스스로 만들어 놓은 얇은 의미의 장막만이 있을 뿐입니다. 우리가 하는 일은 대부분 지금 여기에서만 의미를 가질 따름입니다. 다음 순간까지 계속되는 것은 없습니다.

당신이 현재를 위해서 할 수 있는 것만 하고, 다른 모든 것들은 자연스럽게 흘러가도록 내버려두세요. 일하고, 씻고, 명상하고, 먹고, 공부하고, 자고, 수행하고, 말하고, 듣고, 만지고, 하루를 마무리합니다. 그리고 매일 아침 다시 태어나 새로운 시작을 맞이합니다.

152

진정한 실재의 실체

잠을 잘 때는 우리가 알고 있는 세계가 멈춘다고 말합니다. 그러나 여전히 마음속으로 세계가 존재한다는 것을 알고 있습니다. 잠에서 깨어나면 더 이상 꿈꾸지 않을까요? 어쩌면 이 세계는 또 다른 꿈이 아닐까요?

잠은 단순히 자는 것입니다. 불면증 환자가 말하듯, 억지로 자게 할 수는 없습니다. 그러나 우리는 깨어날 때를 조절할 수 있습니다. 그렇다면 우리가 조절할 수 없는 잠 역시 실재와 다르지 않은 것일까요?

잠도 실재처럼 보입니다. 그러나 우리는 깨어나고, 잠에서 깬 뒤의 삶 또한 실재처럼 보입니다. 그러나 또다시 자야 하고 그것이 계속 반복됩니다. 이 이상한 대비 속에 끊임없이 명상해야 할 주제가 나옵니다. 만약 인생이 한 꿈에서 다른 꿈으로 옮겨가는 것이라면, 진정한 실재는 무엇일까요?

자신부터 먼저 반성하라

153

咎

구 허물, 잘못.

사사건건 남을 비난하는 버릇이 있는 사람들이 있습니다. 아마 우리 모두 이런 약점을 가지고 있을지도요. 우리를 위해서 속죄양이 된 사람들의 목록은 끝이 없습니다. 부모, 사회, 스승, 정부, 심지어 악마와 신까지 우리에게 문제가 있을 때마다 들먹거립니다. 만약에 고난이 진정으로 외부에서 닥친다면 이런 태도는 비난받을 이유가 없습니다. 그러나 문제가 내부에서 비롯되었다면, 그 해답 또한 내부에서 찾아야 합니다. 친구나 친척, 스승들의 나쁜 점과 어리석음을 탓하기 전에 자신 이외에는 아무도 책임이 없다는 사실을 기억하세요.

그러나 당신에게 결점이 있다고 해서 무턱대고 자신에 대한 존경심을 팽개쳐버리는 것도 문제입니다. 냉정하고 침착하게 당신의 단점을 보고, 고치기 위해서 노력하세요. 당신은 결점을 넘어서 발전해야 하는 가치 있는 사람입니다. 비난받아야 할 사람들은 자기를 완전하게 하기 위해 노력하지 않는 사람뿐입니다. 우리 모두는 완벽한 마음을 가지고 있고, 내면에 아주 특별한 자아가 있습니다. 남보다 못한 사람은 아무도 없습니다. 자신의 결점을 인정하고 극복하기 위해 노력할 때, 우리는 스스로 발전을 이룰 수 있습니다.

鞘

154 가장 깊은 곳에는 영혼이 있다

초 채찍 끝, 칼집。

모든 인간의 중심에는 영혼이 있습니다. 이것은 순수하고 때 묻지 않은 자아입니다. 영혼은 말로써 생각하지 않고, 이기심이 없으며, 이 세계에서 스스로를 유지하는 데 별로 관심이 없습니다. 육체가 형태를 가지고 있고 마음이 여러 가지 국면으로 나뉘어져 있는 데 반하여, 영혼은 형태도 색깔도 없습니다. 표지와 윤곽, 이름과 공식, 수와 관념이나 개념도 그 위에 덧칠할 수 없습니다. 영혼은 순수하고 모양이 없으며 비어 있습니다.

누구든지 수련을 통해서 영혼에 닿을 수 있습니다. 영혼에 닿아야 비로소 존재를 확신할 수 있습니다. 영혼에 닿으면 몸과 마음은 쓸모가 없다는 것을 깨닫게 됩니다. 그때에는 감각과 사고를 넘어선 상태에 이르기 때문입니다. 모든 상대성으로부터 초월해 있기 때문에 영혼은 절대적인 것입니다. 우리 내면이 고요함과 순수함을 통해 찾을 수 있는 진리, 영혼을 깨닫는 순간에 진정한 자유와 평화를 얻을 수 있습니다.

순수하게 향유하는 지혜

155

愉

유 즐겁다, 기뻐하다.

인생이 헛되다는 깨달음은 쉬이 얻을 수 없습니다. 왜 우리는 인생에서 행복을 누릴 수 없는 것일까요? 세계에 많은 고통과 공포가 있다는 것은 아무도 부정하지 못합니다. 인생의 슬픈 부분들을 인정하고 나면, 또한 밝은 부분들도 있다는 것을 알게 됩니다. 우리가 이 세계에 사는 한 우리는 그러한 모든 것을 받아들여야 합니다. 우리가 사는 동안에 때로 즐거운 일이 생기면 우리가 그것을 누리는 것을 아무도 방해하지 못합니다. 우리는 올라가면 내려올 때가 있다는 것을 압니다. 왜 우리는 미래에 대한 불안과 공포 때문에 떨어야 하나요?

온몸을 쭉 펴고 만족스럽게 햇볕을 쬐고 있는 고양이를 보세요. 다가올 순간에 대한 아무런 근심도 없습니다. 다만 지금 이 순간 햇볕을 즐기고 있을 뿐입니다. 고양이는 쉬고 나면 몸을 닦을 것이고, 쥐를 잡을 것이고, 고양이로서 할 수 있는 모든 것을 할 것입니다. 그러나 이 순간은 아무것도 걱정하지 않습니다. 완전히 순수하게 지금을 향유하고 있을 뿐입니다. 마치 제일 좋아하는 일을 하는 것처럼 행동합니다. 누가 아니라고 말할 것인가요?

156 허공을 구분하는 방법

나무의 밑동은 때로 비어 있지만, 줄기는 무성하게 자라나는 잎들을 지탱하기 위하여 하늘로 길게 뻗습니다. 진리를 탐구하는 여정은 비어 있는 것처럼 보이지만, 이 세계는 현란합니다. 빈 허공과 현상 사이에 구분이 없기 때문이죠. 그러므로 이 세계를 부정하면 깨달음 또한 얻을 수 없습니다. 진리를 깨우치는 데 필요한 모든 것들을 삶 속에서도 만날 수 있습니다. 모든 경험들은 다 소중합니다. 그 경험들 속에 깨달음이 들어 있으니까요.

우리 삶에서 진리와 분리되는 유일한 것은 인간의 이기심입니다. 사람들은 자꾸만 모든 것들 앞에 자기를 놓으려 합니다. 현명한 사람은 직관적으로 감지하는 방향을 따라서 이리저리 움직입니다. 방랑자들의 눈에는 모든 사물과 자기 안에 있는 허공이 보입니다. 그들은 삶에서 기쁨을 느끼고 허공 외의 것을 보지 않으려 하기 때문이죠. 우리가 살아가는 이 세계는 그 자체로 진리의 일부이며, 그 안에서 우리는 끊임없이 배우고 성장합니다.

수양하기 가장 좋을 때

157

宜

의 마땅하다, 알맞다.

하루 중에서 당신이 가장 좋아하는 시간에 마음을 가다듬어보세요. 예컨대 새벽은 주위가 조용하고, 상쾌하며, 마음이 일상의 때에 찌들지 않을 때이므로, 명상하기에 가장 이상적인 시간입니다. 만물이 소생하는 시간인 아침을, 후닥닥 밥을 먹고 뉴스를 쓰윽 훑어본 다음에 직장으로 허겁지겁 달려가는 식으로 낭비하지 마세요. 평화롭게 잠에서 깨어나, 몸을 씻고, 맑은 물을 마시고, 이제 막 일어나는 기를 들이마시는 시간으로 삼는 것이 어떤가요?

저녁때 가장 기분이 좋다면, 거기에는 두 가지 시간대가 있을 것입니다. 하나는 밤과 낮이 균형을 이루는 황혼 녘이고, 다른 하나는 다가올 날의 첫 숨을 쉬는 한밤중일 테지요. 밤중에는 이 세계의 근심 걱정이 사라지고, 오직 휴식과 이완만이 가득 차고, 모든 사물이 어둠으로 되돌아갑니다. 밤은 재충전의 시간입니다. 놀이를 찾아 쓸데없이 돌아다니거나 지나치게 성에 탐닉하거나 너무 많은 잠으로 낭비하지 마세요. 하루의 수고로부터 돌아와서, 목욕을 하고, 조용히 다음 날의 계획을 세우며 밤의 기를 들이마시길 바랍니다.

臨終 158

손을 잡아주는 것으로 충분하다

종 끝, 마지막, 죽다.
임 임하다, 지키다.

만약 사랑하는 사람이 죽어가고 있다면 우리는 무엇을 하고 있을까요? 아마 우리가 잘못한 것에 관한 후회와 슬픔과 공포에 빠져 있을 것입니다. 그러나 그 전에 죽어가는 사람을 먼저 생각해보세요. 우리는 그와 함께 있어줄 책임이 있습니다.

사랑하는 사람을 혼자서 쓸쓸하게 죽게 하지 마세요. 당신은 살아 있는데 한 사람이 죽어가는 것이 견디기 힘들어도 더 이상 움직일 수 없는 사람을 위해서 행동하세요. 다가오는 결말에 대항하려고 그들이 손을 뻗으면, 그럴듯한 말로 미혹시키지 마세요. 그냥 그 옆에 있어주면 됩니다. 그들의 손을 잡아주는 것으로 충분합니다. 죽음이 점점 다가올수록 남아 있는 시간들은 너무나 소중합니다.

죽음이 가까워졌다고 해서 살아 있는 순간이 값어치 없어지는 것은 아닙니다. 그냥 지켜보고 사랑을 느끼게 해주세요. 죽음은 누구에게나 찾아옵니다. 우리가 매 순간 부여하는 가치가 인생의 질을 결정합니다. 죽음을 끌어안을 수 있다면, 죽음으로 인하여 인생이 폐허가 되지는 않을 것입니다.

완전한 깨달음에 가까운 신비

159

撰者

자 사람.
찬 짓다, 편찬하다.

작가가 자기 자신으로 돌아가 자기 자신을 위해 쓰는 글이 여러 사람의 심금을 울립니다. 작가는 영혼과 상처와 기쁨을 섞어서 경이로운 이야기를 만들어냅니다. 어떤 작가는 말합니다. 글을 씀으로써 지우고자 하는 것을 지울 수 있다고. 밖으로 표현함으로써 영혼의 고통에서 자유로울 수 있었다는 뜻입니다. 그런 깨달음으로부터 우리는 두 가지 소중한 선택이 있음을 알게 됩니다. 자유롭게 살 것인지, 계속 침묵을 지킴으로써 기쁨과 고통을 짊어지고 갈 것인지.

작가는 써야 하기 때문에 씁니다. 그들은 그들 안에 있는 무언가를 밖으로 표현해야 합니다. 그들은 자기 자신의 소리를 듣습니다. 열심히 귀를 기울이고 들려오는 소리와 의사소통을 하는 것이지요.

작가가 뭔가 보편적인 것을 느끼는 것과 같은 방식으로 사람들은 영혼을 느낍니다. 그들도 신비로운 목소리를 듣고, 그 경이를 표현하는 과정에서 완전한 깨달음에 가까운 신비를 느끼게 되는 것입니다.

迷信 **160**

이치에 어긋난 잘못된 믿음

미 신 믿다, 맡기다.

미 미혹하다, 어지럽게 하다.

전통은 여러 세대에 걸쳐 의식과 관습을 통해 전해 내려온 것입니다. 미신은 사회가 일반적으로 옳고 합리적이라고 여기는 것과 일치하지 않는 믿음이죠. 전통과 미신이 뒤섞여서 나타날 때 문제가 야기됩니다. 예컨대 어떤 사람이 다른 사람의 생일에는 머리를 감지 말라고 교육을 받았다고 합시다. 몇 년이 지난 다음에 그녀는 옛날 시골에서는 머리를 물에 담그는 것이 애도의 표시이기 때문에 생일에 그런 일을 하면 재수없는 징조로 여긴다는 사실을 배웁니다. 한 세대에서는 예의인 것이 다음 세대에서는 미신이 되어버린 것이지요.

전통과 미신이 섞여 있는 데서 자란 사람은 두 극단적인 문화 사이에서 고통을 겪습니다. 그들이 배운 믿음이 현대의 지식과 변화하는 사회와 모순될 때 점점 의심과 불신이 커져만 갑니다.

전통이 미신으로 격하되지 않으려면 자꾸 새로운 정보를 보태서 다시 써야 합니다. 모든 전통의 진정한 핵심은 본질적인 정신은 변함이 없되 형태는 시대에 맞춰 새로이 탈바꿈해야 한다는 것이지요. 그렇지 않다면 시대착오적인 믿음이 되고, 결국에는 유령의 속삭임으로 전락해버리고 맙니다.

진리에 이르는 세 가지 단계

161

眞

진 참, 진리.

진리에는 세 가지 단계가 있습니다. 경험, 이성, 깨달음. 이것 외에 다른 방식으로는 진리에 이를 수 없습니다. 첫 번째 종류의 진리는 경험에서 나옵니다. 경험을 통하여 어떤 것을 알았다면, 아무도 아니라고 말할 수 없습니다. 두 번째 종류의 진리는 이성에서 나옵니다. 이 경우에는 진리가 금방 입증되지 않습니다. 왜냐하면 이성이 다루는 주제가 원소처럼 너무 작거나, 행성의 운행 주기처럼 너무 크거나, 관념처럼 추상적이기 때문이죠.

세 번째 종류의 진리는 깨달음에서 나옵니다. 이런 방식의 진리는 순전히 내면의 문제로써 직접적으로 진리를 경험합니다. 이때 명상은 절대적으로 확실한 지각을 가능케 합니다. 의심이란 있을 수 없고 다른 방식의 탐구도 있을 수 없습니다. 이는 말이나 설명, 이론을 넘어선 것입니다. 다만 우리는 명상의 열매를 논리화하지 않도록 주의해야 합니다. 깨달음을 논리의 차원으로 따지려 든다면, 우리는 진리의 상대성에 종속되고, 확신 또한 무너지게 됩니다. 그러므로 깨달은 것은 오로지 당신만의 것입니다.

近 162

삶은 바로 곁에 있다

근 가깝다, 곁。

사람들은 보통 나이 든 사람의 이야기를 들음으로써, 모호한 시나 경구를 들음으로써 진리를 알 수 있다고 생각합니다. 또 어떤 사람들은 정성스러운 의식을 통해서, 무서운 부적을 붙이고 다님으로써 혹은 주문을 외워 깊은 곳의 성령을 끌어냄으로써 깨달음을 얻을 수 있다고 말합니다. 그러나 절대로 그렇지 않습니다. 왜 남의 경험을 당신의 경험보다 앞세우나요. 진리는 각자의 마음속에 있습니다.

태양이 빛나고 있나요? 낮이 가고 밤이 찾아오고 있나요? 하늘이 여전히 푸른가요? 당신은 이 모든 것을 진정으로 느끼고 있나요? 그렇다면 어느 순간에라도 삶의 진정한 의미를 느낄 수 있는 가능성이 있습니다. 머뭇거리지 마세요. 당신 스스로를 너무 폄하하지 마세요. 지금 삶의 의미를 느껴보세요. 당신이 살아 있는 한, 삶은 바로 당신 곁에 있습니다.

삶의 어느 지점에서

163

航

항배、항해하다。

삶은 강의 흐름에 비유됩니다. 진리의 광막함은 바다에 비유됩니다. 어떤 사람은 그저 조류를 따라 이리저리 흘러가는 것을 좋아하고, 어떤 사람은 그런 수동적인 태도를 견디지 못합니다. 사람들은 누구나 항해를 해야 하는 것이니까요.

넓은 바다로 먼저 나선 탐험가들처럼 우리도 우리가 가고자 하는 곳을 알고 있습니다. 그러기 위해 우리보다 앞선 지혜로운 사람들의 지혜를 참고합니다. 목표를 정하고 우리는 알고 배운 대로 길을 떠납니다. 물론 미래는 불확실합니다. 그러므로 우리는 객관적으로 우리가 삶의 길에서 어디쯤 와 있는지 확인해봐야 합니다.

방향을 바꿀 지점에 이르면 다른 길은 생각할 필요가 없습니다. 주어진 상황에서 좋았던 것과 나빴던 것을 낱낱이 적어놓고, 얼마나 더 많은 것을 하기를 원하는지 가늠하세요. 당신이 길에 머무는 것이 당신이 원하는 것을 가져다줄 수 있는지 알아보고 만약에 아니거든 과감하게 항로를 바꾸세요. 아무리 멀리 왔더라도 어떤 사람들은 자신이 인생에서 어디쯤 와 있는지를 알지 못합니다. 그것이 그들이 불행할 수밖에 없는 가장 큰 이유이기도 합니다.

查 164

억압과 자유 사이에서

사 조사하다、사실하다。

중국과 로마의 황제들은 자신을 불쾌하게 하는 자는 가차 없이 처단해버렸습니다. 이의를 제기하는 자, 나쁜 소식을 전하는 자, 자신을 조롱하는 그림을 그리는 자들을 지체 없이 벌했습니다. 오늘날 사회에서도 정보를 다루는 사람이나 비판적인 예술가들이 탄압을 받는 현상은 과거와 크게 다르지 않습니다. 그러나 예술가들은 항상 표현의 한계를 넘어설 방법을 모색해왔습니다. 창조의 열망에 이끌려 모든 경계를 허물고자 했던 것입니다.

황제의 지나친 억압은 새로운 형태의 사회를 만들고, 지나친 자유 역시 또 다른 사회를 형성합니다. 권력에는 위험과 위선, 좌절이 따르지만, 지나친 열광 역시 위험을 내포합니다. 통치는 명확한 기준 아래 이뤄져야 하며, 예술은 자기표현의 본질에 충실해야 합니다. 이렇게 균형을 유지할 때 비로소 사회는 건강하게 발전할 수 있습니다.

진짜 스승을 만나러 가는 길

165 師父

부 아버지。
사 스승、벼슬、군사。

집중력과 생각이 흐트러지면 우리는 무지에서 벗어날 수 없습니다. 다양하고 서로 모순적인 존재가 우리를 혼란에 빠뜨리고 그럴듯한 외관이 우리를 속이게 됩니다.

사람들은 진리를 깨닫기 위한 여정에 도움을 줄 수 있는 스승이 필요한지 묻곤 합니다. 처음에는 스승이 필요할지 모릅니다. 그러나 사람 너머에 있는 것을 보지 못하면 당신은 전체를 얻을 수 없습니다. 좋은 스승은 당신을 내면에 있는 진짜 스승에게로 인도해줍니다. 당신의 가장 고귀한 영혼인 진짜 스승만이 모든 물음에 대한 해답을 내려줄 수 있기 때문이죠.

음극과 양극이 만날 때처럼 당신의 모든 요소가 내부를 향하여 합일되면 어둠을 몰아내줄 빛이 나타납니다. 모든 색깔을 아우르고 있는 빛에는 정작 색깔이 없듯이 우리의 모든 면면들이 합쳐져 하나의 전체를 이룹니다. 그러면 명상 속에서 당신은 빛을 볼 수 있습니다. 그 빛이 지식을 깨우쳐줍니다. 진짜 스승은 바로 그 빛입니다.

一貫 166

성실히 살아가는 삶의 여정

관 꿰다, 뚫다.
일 하나, 한결같다.

평생 종교를 믿는 여인을 만난 적이 있습니다. 그런데 그의 아들은 스스로의 믿음이 어머니의 믿음보다 우월하다고 여겼고, 어머니는 정신적인 구원을 얻지 못할 것이라고 단언했습니다.

누구에게도 다른 사람의 믿음을 비난할 권리는 없습니다. 정신적 체계는 우열을 따질 수 없으니까요. 각자가 자기 철학을 가지고 그것을 기반으로 자신의 삶을 수행해나가면 됩니다. 정신적인 세계를 발견하면 그 안에서 행복을 찾고, 다른 이들에게도 도움을 줄 수 있습니다. 그러나 다른 사람의 영성을 비아냥거리거나 폄하해서는 안 됩니다.

우리는 모두 정신적인 실현의 극점에 도달하려고 노력합니다. 그리고 그 정상으로 가는 길은 여러 가지가 있습니다. 산 아래서 보면 제각기 지형도 다르고, 가는 길도 달라 보이지만 어느 길로 가든지 정상은 같습니다. 중요한 것은 어떤 길을 선택하든 자신을 온전히 내맡기고 그 길을 따라가는 자세입니다. 우리는 각자 자신의 방향에서 산을 올라 원하는 목적지에 도달하면 됩니다. 중요한 것은 서로 다른 길을 존중하며 각자의 여정을 성실히 살아가는 것입니다.

심신을 조용히 가라앉히다

167 靜坐

정 조용하다. 좌 앉다.

일상을 벗어던지고 자리에 앉아보세요. 땅과 하늘로부터 기를 받아들이면서요. 마음속의 씨앗을 길러 순수한 빛 같은 꽃으로 피어나게 하세요. 총명함으로 당신의 정수리를 열고 신성한 빛이 쏟아져 들어오게 하세요. 마음을 비우고 당신의 온몸으로 빛을 발하게 하세요. 가부좌를 틀고 앉아 주먹을 쥐고 이 세상의 찬란한 물을 끌어안을 것처럼 피부로 깊이 들이마셔 봅니다. 어떻게 가죽으로 둘러싸인 당신의 몸이 이 거대한 신성을 다 안을 수 있을까요. 그러므로 당신의 흔적을 고집하지 말고 영원한 물살이 당신을 쓸어가게 합니다.

무한한 시간이 흐른 뒤에 당신이 다시 돌아온다면, 당신은 어디에 갔었나요? 어쩌면 당신은 처음부터 여기 있지 않은 것이 아닌가요? 그 거대한 물살은 어디로 갔을까요? 그것은 당신 안에 있습니다. 당신이 다시 한번 그 물살을 가둔 것입니다.

聖哲 **168**

지식을 나누며 얻는 깨달음

철 밝다, 알다.
성 성스럽다, 슬기롭다.

옛날에는 성스러움을 열망하는 사람들이 많았습니다. 이들은 산에서 수양하거나 이곳저곳 정처 없이 떠돌아다녔습니다. 그러다 마을에 이르면 아무런 거리낌 없이 사람들에게 지식을 나누어주었습니다. 사람들에게 필요한 것들을 가르쳐주고 난 다음에는 홀연히 사라지곤 했지요. 그들은 학파나 사원, 이름을 건 철학 따위는 만들지 않았습니다. 지식이 누구의 소유가 아니라는 사실을 알고 있었으니까요. 지식은 소유하는 것도 아니고, 이익을 위해 팔아먹는 것도 아니고, 혼자만 간직하는 것도 아닙니다.

오늘날 많은 사람들은 지식을 포장해서 시장에 내다 파는 상품으로 여깁니다. 그들의 관심은 다른 사람들의 영혼을 일깨우는 것이 아니라 자기 장부를 살찌우는 것입니다. 예컨대 현대의 스승들은 아주 간단한 기술 하나를 가르치고는 수천 냥의 금을 요구합니다. 우리는 지금 지식을 자유롭게 나누어주는 것이 미덕이 되지 않는 세계에 살고 있습니다.

지식은 많이 내놓을수록 많이 쌓입니다. 나누지 않고 쌓아놓을수록 더 줄어듭니다. 왜 나누기를 두려워하나요?

본래의 자리로 돌아가는 과정

169 護甲

갑 갑옷, 껍질.
호 돕다, 지키다.

잘 익은 과일, 싱싱한 풀, 알곡, 힘찬 뿌리, 연한 고기, 맑은 샘물은 양질의 영양을 줍니다. 이런 깨끗한 음식을 섭취하면 몸은 유연하고 단단해지며, 건강의 기초를 다질 수 있습니다. 가능한 한 자연의 원천에 가까운 음식을 선택하세요. 섭취 전에는 감사의 마음을 가져보세요. 우리가 먹는 모든 음식은 다른 생명의 희생 위에 존재하니, 감사를 표해야 합니다.

몸과 마음을 건강하게 유지하기 위해 숨을 조화롭게 가다듬고, 체력을 쌓으며 스스로를 단련하세요. 단단한 육체와 부드럽고 유연한 호흡의 균형을 이루게 될 것입니다. 이런 조화는 단순히 건강을 넘어 삶 자체를 더욱 풍요롭게 만들어줍니다. 크고 작은 질병, 심지어 작은 상처에 대해서도 면역력과 회복력을 얻게 될 것입니다.

궁극적으로 영혼의 성숙은 죽음에 관한 물음으로부터 시작됩니다. 언젠가 모든 생명은 결국 자연으로 돌아가기에, 몸과 마음은 덧없이 사라질 뿐입니다. 인생이란 신선한 음식을 먹고, 몸과 마음을 건강하게 가꾸고, 언젠가 본래의 자리로 돌아가는 과정임을 깨닫는 순간, 우리는 진정으로 자유로워질 수 있습니다.

聖地 170

성지의 진정한 의미

지 땅, 장소.
성 성스럽다, 슬기롭다.

이 세계에는 몇 군데 성지가 있습니다. 그곳을 순례할 수 있다는 것은 분명 축복입니다. 하지만 성지 그 자체보다 중요한 것은 그곳을 찾아가는 과정에서의 자신의 변화입니다.

어떤 사람들은 성지에 가면 내면의 울림을 느끼고, 또 어떤 사람들은 화려한 장식과 건축에 압도되기도 합니다. 그러나 성지를 찾는 데 있어 중요한 것은 단순한 관광객의 시선이 아니라 순례자의 마음입니다. 경건한 자세로 서서, 그 경험이 당신의 마음을 변화시키고 깊은 깨달음을 느낄 수 있도록 하세요. 진정한 성지의 선물은 장소 그 자체가 아니라, 당신이 그곳에서 얻는 내면의 성장과 변화를 발견하는 것입니다.

내면의 깨달음과 변화로부터

171 壇

단 단、마루。

진정한 수행은, 이미 당신 안에 깃들어 있는 순수한 영혼을 깨닫는 데서 시작됩니다. 그것을 흐리는 것들을 깨끗이 없애기만 하면 된다는 전제를 갖고 명상을 시작합니다. 육체적으로, 정신적으로 결과를 얻기 위하여 노력합니다. 그 과정에는 흔들리지 않는 강한 중심이 필요합니다. 내면에 집중하고, 자신만의 중심을 기점으로 삼아야만 수행의 길을 흔들림 없이 걸어갈 수 있습니다.

결국 마음의 평화는 외부에서 무엇을 얻는 것이 아니라, 내면의 깨달음과 변화로부터 비롯됩니다. 힘차게 그 길을 이어가세요.

172

진정한 빛이 떠오르는 날을 위해

지 이르다。
하 여름。

하지는 빛이 가장 강한 날입니다. 거대한 힘의 날이죠. 태양의 광휘가 모든 행성을 향해 쏟아지고, 자연은 그 에너지를 온전히 받아들입니다. 하지만 이 극점은 영원하지 않으며 정지된 상태도 아닙니다. 순환의 한 길이며, 마치 태양이 잠시 멈춘 듯 보일 뿐입니다. 그러나 새로운 국면으로 이어지는 하나의 과정일 뿐, 내일의 새로운 변화를 향해 갈 것입니다.

모든 순환에는 왼쪽과 오른쪽이 있고, 위와 아래가 있고, 최고점과 최저점이 있습니다. 오늘은 낮이 가장 긴 날입니다. 그러나 이제 점점 밤이 솟아오를 것입니다. 인생은 순환이고 균형입니다.

당신이 높은 업적을 기념할 때마다 그 반대 또한 다가오고 있을 것입니다. 마찬가지로 불운에 처해 있다면 슬퍼하지 마세요. 당신이 슬픔에 차서 애도의 눈물을 흘릴 때마다 기쁜 일이 당신에게 다가오고 있으니까요. 어떻게 순환의 극점에 이를 수 있는지를 알고 영광스럽게 그 자리에 남아 있을 줄 아는 자가 가장 현명한 자입니다.

173 인생을 단순하게 살아라

태초에 아무것도 없었습니다. 그리고 우리는 아무것도 없는 곳으로 되돌아갑니다. 우주의 반대되는 것 사이의 상호작용을 통해서 구별이 생겨났습니다. 인생이 복잡한 것들 속으로 빠져들고, 끊임없는 변화가 우리를 내리누르고 고통스럽게 합니다. 욕망과 야망 때문에 우리는 문제를 더 어렵게 만들지요. 스스로 취하고, 감각적인 희열을 따르고, 일에서 성공하려고 노력하고, 몇십 년 동안 자식을 기르느라 시간을 쏟아붓습니다. 결국은 점점 나이가 들어 스스로 갇히고, 슬퍼하고 병들어 노쇠해지는 것 외에는 아무런 방법이 없다는 것을 알게 됩니다.

의무는 피할 수 없습니다. 그러나 우리가 다른 의무를 더 부과해서 우리 스스로를 옭아맬 필요는 없습니다. 인생을 단순하게 살아보세요. 가능하면 많은 것을 포기하면서요. 불필요한 갈망과 욕구도 버려보세요. 성공이라는 올가미를 삶에 남겨두지 마세요. 자신의 내면을 향하여 돌아오세요. 그것이 당신에게 만족을 주고, 지식을 주고, 기쁨을 줄 것입니다.

崇拜

174

자신에게 질문을 던지다

배 절하다, 공경하다.
숭 높다, 존중하다.

신은 숭배할 수 있지만 철학은 숭배할 수 없습니다. 철학의 무궁무진함은 정의를 내릴 수 없으며, 한계가 없습니다. 그러므로 철학을 숭배하는 것은 부질없는 일일지도 모릅니다.

그러나 철학적 사고는 영원합니다. 한정되고 보잘것없는 것들은 그 속에서 사라져버립니다. 사람들은 생각하고, 질문하고, 정답을 찾는 그 과정에서 무한한 일부가 되기 때문입니다. 철학을 탐구와 성찰의 도구로 삼으며 자신을 더 넓은 세계로 이끌기를 바랍니다.

고요하고 무한한 실재와의 만남

당신 말고는 누구도 당신의 삶을 대신 살아줄 수 없습니다. 우리는 각자 신성한 가능성을 품고 있으며, 어떤 방식으로 신을 믿든 그것은 개인의 자유입니다. 중요한 것은 궁극적인 깨달음을 향해 나아가는 진정한 내면의 탐구입니다.

절대적인 진리는 형상을 초월합니다. 그것은 이름도, 얼굴도, 형태도 없는 신비 그 자체입니다. 우리가 도라는 말을 사용하는 것은 단지 편의를 위한 것일 뿐 그것이 가리키는 본질은 깊고 설명할 수 없는 신비입니다.

다양성이 지배하는 세계 속에서, 우리는 역할과 직업에 매달리며 분주히 살아갑니다. 그러나 존재의 다양성을 초월하여 절대적인 것을 추구할 때, 비로소 깨달음에 도달하게 됩니다. 그것은 모든 형상과 이름을 넘어선, 고요하고 무한한 실재와의 만남입니다.

이 다르다, 달리하다.

培 배 북돋우다, 배양하다.

176 마음속에 아름다움을 그리며

아름다운 조각을 마음속에 그리면서 매일 일을 해나갑니다. 멈추는 순간 그 아름다움은 사라져버리죠. 아름다운 조각을 만들다 도중에 그만두면 그 재료가 원상태로 돌아가거나 붕괴되고 맙니다. 불행하게도 정신적인 노력의 특성도 마찬가지입니다.

자기를 순화하거나 발전시키고, 강하게 하고, 내면에 있는 가능성을 배양하는 일을 멈추어서는 안 됩니다. 하루를 잘했다고 해서 그다음 날 게을리하면 다시 원상태로 돌아가고 맙니다. 몸, 마음, 영혼 모두를 매일매일 수행해야 하는 이유가 여기 있습니다. 결의가 흔들려서는 안 되는 것이지요.

역설적으로 들릴지 모르지만 우리가 도달해야 할 것이란 없습니다. 우리로 하여금 매일 뭔가를 하게 만드는 것은 우리의 마음일 뿐입니다. 우리는 이미 순수하고 온전합니다. 그러나 우리는 때 묻은 세계에 살며, 이기적인 생각으로 인해 끊임없이 자신에게서 멀어지고 있는 존재이기 때문에 순수한 상태를 유지할 수 없습니다. 그러니 이 세계에서 내면의 평화를 유지하려면 자기를 순수하게 하는 일을 게을리하지 마세요.

불행은 누구의 잘못도 아니다

177 不幸

행 다행、행복。
불 아니다。

불행한 사람은 뿌리를 잃어버린 유령과도 같습니다. 그는 전생에 무슨 잘못을 저질러서 이 고행을 하는 걸까요? 그의 마음은 어디로 향할까요? 이것이 하늘의 뜻이라고 한다면, 얼마나 성의 없고 공허한 대답일까요.

불행한 사람을 만났다고 가정해봅시다. 그는 모든 것을 잃고 거리를 헤매며 방황하고 있습니다. 그의 불행이 과연 그의 잘못일까요? 도덕, 운명, 환생, 우주, 정의 같은 말로 그의 불행을 설명하려는 시도는 공허하게 느껴집니다. 심지어 구원이라는 말로도 그의 고통을 해소하지 못합니다.

그렇다면 우리에게 필요한 태도는 무엇일까요? 그를 비난하거나, 그의 삶을 경멸하지 않는 것만으로도 우리는 이미 더 나은 방향으로 가고 있습니다. 우리 모두가 한 가족이라는 마음으로 바라보는 것, 그것이야말로 진정한 동정의 시작입니다. 동정은 불행을 판단하는 것이 아니라, 인간적인 연민을 나누는 데서 비롯됩니다.

童年 178

부정적인 말은 어린이를 파괴한다

년 해, 나이.
동 아이.

어린 시절은 인생에서 가장 소중한 시간입니다. 그 시기는 아이의 성장과 발달에 큰 영향을 미치며, 그 시기의 경험이 평생의 기억이 됩니다. 그러나 안타깝게도 이따금 아이들은 잘못된 가르침을 받거나 학대를 받는 경우도 있습니다. 당신이 부모라면, 가장 중요한 책임은 아이가 상처를 입지 않고 자라도록 하는 것입니다.

아이를 키우기 과정에서 가장 중요한 것은 확고함과 언행일치, 인내입니다. 때로는 아이의 잘못을 바로잡거나 나쁜 습관을 고치기 위해 훈계를 할 때가 있습니다. 그러나 부모가 아이들에게 "안 된다", "하지 마라"와 같은 부정적인 말로 아이들의 호기심을 억눌렀다면, 아이들이 자기들만의 뜻을 펼칠 기회를 잃어버리게 될지도 모릅니다.

아이가 억압이 아닌 자율성으로 세상을 탐험하도록 지지할 때, 성인이 되어서도 올바른 방향으로 나아가는 어른이 될 것입니다. 아이들의 호기심을 존중하고, 세상을 배우도록 돕는 것이 중요합니다.

인간의 잔인함을 목격하는 일

179 戰

전 싸움, 전쟁, 두려워하다.

진짜 무기를 드는 순간, 무기라는 것의 특징을 확실하게 알게 될 것입니다. 무기는 자기를 사용해달라고 하죠. 얼마나 무서운 일인가요. 무기의 유일한 목적은 죽음입니다. 무기의 힘은 재료에서만 나오는 것이 아니라 그것을 만든 자의 의지에서도 나옵니다. 무기를 사용해야만 하는 상황은 원망스럽습니다. 현명한 자들은 무기를 최후의 순간에만 사용합니다. 그들은 무기를 다루는 기술을 아는 것에 대해 기뻐하지 않으며 전쟁을 영광스러워하지도 않습니다.

죽음과 공포, 파괴의 광경은 정신을 황폐화시킵니다. 자기 자신이 겪는 고통보다 더 아픈 것은 다른 사람의 고통을 목격하는 것입니다. 최악의 상태에 있는 인간을 보는 슬픔과 그렇게 고통당하는 사람을 보고도 아무것도 해줄 수 없는 고통은 결코 치유되지 않습니다.

전쟁은 사람이 본래의 선을 넘게 만들고, 생존을 위해 이념과 가치를 희생하게 하며, 죽음의 격분 속에서 스스로를 잃어버리게 만듭니다. 그런 순간은 당신의 내면을 영원히 바꿔놓을 수 있으며, 전쟁의 상처는 그 어떤 것과도 비교할 수 없이 깊은 흔적으로 남습니다.

力

180

자신의 힘을 조절하는 지혜

력 힘, 힘쓰다.

수 세기 전, 자객에게 끊임없이 쫓기던 방랑자가 있었습니다. 그는 그 시대에 가장 뛰어난 검객이었지만, 이미 오래전에 사람을 죽이는 것에 환멸을 느끼고 지위를 포기한 상태였습니다. 그럼에도 불구하고 여전히 최고의 검객이라고 소문이 나 있었던 것입니다.

적들이 앞에 나타날 때마다 그는 손에 잡히는 우산이나 부채, 막대기를 사용해 적들을 물리치곤 했습니다. 그는 결코 진검을 드는 법이 없었습니다. 진검을 든다는 것이 얼마나 치명적인 행위인지 잘 알고 있었기 때문이죠.

이처럼 현명한 사람은 갈등과 충돌을 피하고 겸손을 유지하며 자신을 최소한으로 방어하고자 노력합니다. 그들은 불필요한 갈등을 피하며 마음의 평화를 지키려고 합니다. 지나치게 힘을 사용하는 것은 결국 과도함과 과욕에 빠지는 길임을 아는 것입니다.

마음으로 돌아가면 된다

181 軸

축 굴대, 두루마리의 심목。

사람들은 마음이 뇌를 포함한 몸의 다른 곳에 있다고 생각합니다. 도가에서는 사람의 중심을 '바퀴의 축'이라고 부릅니다. 명상을 통해서 사람들은 그 중심에 다가가게 되고 그 힘을 이용해 삶의 의미와 진리를 이해하게 되는 것이지요.

대부분의 철학에서는 허공이라는 개념이 중심이 됩니다. 때로는 너무 추상적으로 들릴 것입니다. 허공은 기능의 한 부분으로, 마음의 중심으로 기가 모이는 통로는 회음에서 시작하여 정수리로 가는 긴 굴대와도 같습니다. 빈 곳이 없다면, 즉 이 굴대가 비지 않았다면 몸의 기는 통하지 못할 것입니다.

다양성은 우리 마음의 표현입니다. 내면에 있는 여러 가지 바퀴의 회전을 통해 다양한 모습이 드러나는 것이죠. 많이 움직일수록 더 복잡한 상황과 사고가 생겨납니다. 만약에 우리가 단순하고 고요해지기를 원한다면, 그 모든 회전의 중심인 마음으로 돌아가면 됩니다. 그곳에는 텅 빈 고요가 있으니까요.

流 182

인생의 흐름이란

홍수가 발생할 때를 제외하고는 강의 길은 항상 같습니다. 강은 절벽과 바위 사이로 열린 길을 찾아 흐릅니다. 그러나 강물이 막히거나 절벽이 움직이거나 바위가 자리를 옮기면 강의 흐름도 변합니다. 대지가 큰 변동을 일으키면 심지어 거꾸로 흐를 수도 있습니다.

우리 인생의 흐름도 마찬가지입니다. 앞에 고정되어 있던 물체가 변하면 상황이 바뀌기 마련이죠. 다른 곳으로 이사를 하면 삶이 달라지고, 누군가와 결혼을 하면 인생이 달라질 것입니다. 좋은 사업 파트너를 만나 앞날이 창창해질 수도 있고, 좋은 이웃을 만나 일상이 즐거워질 수도 있으며, 좋은 음식을 먹어서 건강해질 수도 있습니다.

인생은 기의 흐름입니다. 기는 우리가 숨 쉬는 공기이며, 마음의 날씨를 변화시키는 힘이고, 마음을 결합시키는 힘입니다. 그것이 강을 흐르게 하고, 우리의 심장을 뛰게 하고, 하늘의 푸르름을 기분 좋게 받아들이게 합니다. 기는 주어진 순간에 고정된 지점을 따라 끊임없이 변합니다. 그러므로 우리 삶의 주요한 요소들을 변화시킴으로써 기의 흐름을 바꿀 수가 있습니다. 흐름을 선택하고 바꾸는 능력은 우리에게 있습니다.

중심을 이룬다는 것

183

中

중 가운데, 사이, 중심.

오늘은 183일째 되는 날입니다. 365일 가운데 중심에 해당하는 날이죠. 어떤 곳의 중심에 이르면 당신은 원하는 방식으로 전체를 지배할 수 있습니다. 체스에서도 가운데를 차지하는 것은 우월한 지위를 가진다는 것을 의미합니다. 폭풍의 눈에 들어가면 안전하고, 의사를 결정할 때도 중립을 지키고 있는 자가 현명한 자입니다.

이제 앞으로 182일이 지나면 한 해가 끝나게 됩니다. 짝수로 된 기간에는 중심이 되는 날이라는 것이 없습니다. 중심을 차지하는 것은 홀수 번째 날입니다. 움직임을 일으키는 것 또한 홀수이지요.

인생의 모든 영역에서 목표와 변수를 계산해두는 것이 중요합니다. 당신이 해야 할 일의 범위를 정리해보세요. 언제 당신이 중심에 이른다는 것을 알게 될 것이고, 그러면 삶의 인내를 기다리기에도 수월해질 것입니다.

適所 184

마음의 평화가 이끄는 곳으로

소 곳、자리。
적 맞다、알맞다。

세상에는 깨달음을 얻는 데 중요한 장소가 몇 군데 있습니다. 중동의 사막에서는 성인들이 환상을 보았고, 열대에서는 마법사들이 영혼의 홀림을 사용했고, 아시아와 유럽의 숲속에서는 연금술사들이 기술을 완성시켰습니다. 히말라야산맥에서는 성인들이 은둔하면서 금욕 수행을 했습니다. 물론 수행을 하는 데 적당한 장소가 그곳 하나뿐인 것은 아닙니다.

당신이 어디에 서 있는지 민감하게 느껴보세요. 삶의 장소로 어디를 선택할 것인가는 중요한 문제입니다. 당신이 보고 느끼고자 하는 것에 따라서 선택의 폭을 좁혀보세요. 살기 좋은 곳을 원한다면 동식물이 다 건강하고, 당신에게 나쁜 영향을 미칠 수 있는 극단적인 기후가 아닌 곳으로 택하면 좋을 것입니다.

하지만 어떤 장소도 영원하지는 않습니다. 기의 흐름이 다른 곳으로 갔다든가 아니면 다른 이유로 그 지역이 파괴되어 버렸다면, 그때는 생명이 넘치는 새로운 장소로 옮겨야 합니다. 계속해서 내면의 소리가 이끄는 곳으로, 마음의 평화가 이끄는 곳으로 찾아가길 바랍니다.

여름

탐험과 경험으로 얻는 지혜

내면의 불씨를 만드는 일

185

焰

염
불꽃。

뇌는 정신적인 에너지가 흐르는 신체 기관입니다. 그 안에는 복잡하게 얽힌 신경섬유가 있으며, 감정과 기억, 본능과 반응 그리고 사고가 혼합되어 있습니다. 지각의 세계로 들어오는 모든 자극은 뇌의 깊고 어두운 부분으로 들어갑니다. 그곳에서 감각 신호가 번개보다도 빠르게 불꽃을 튀깁니다. 하지만 많은 부분은 잠들어 있는 듯이 쓰이지 않은 채로 오랫동안 돌처럼 굳어 있기도 합니다.

우리는 뇌의 중심으로 들어갈 수 있습니다. 그 안은 마치 아래로 흐르는 동굴 속 강과 같습니다. 그 강은 정신적으로 불꽃이 튀면서 환하게 밝아지기도 하고 전체가 활활 타오를 수도 있습니다. 그 빛이 바로 '기'입니다. 기는 우리의 뇌에 활기를 불어넣어주기도 하고 정신적인 능력의 한계를 뛰어넘게도 합니다. 그러나 뇌만으로 마음을 다루는 데는 늘 한계가 있게 마련입니다.

에너지만으로 인생의 여러 문제를 해결하려 들면 항상 궁극적 대답을 얻지 못할지도 모릅니다. 살아 있는 불씨에 불을 지피는 것은 우리의 삶이 리듬을 따라 재빨리 자유자재로 움직일 수 있는 힘이 될 수 있습니다.

點

186

마음을 한 점에 모아라

점 점、가리키다、따르다。

명상의 핵심은 마음을 한 점으로 모으는 것입니다. 한 점은 공간적으로 한정되어 있지만 그 크기를 재거나 형태를 알 수 없습니다. 시작하는 지점으로서의 한 점은 실제적인 공간이며, 관념의 한 점은 핵심을 담고 있습니다. 한 점은 항해의 좌표가 되기도 하며, 미래를 꿰뚫어 보기도 합니다.

우리의 마음이 한 점에 집중되면 그 점은 우리의 시점을 결정짓고, 우리 삶의 방향을 설정하는 역할을 합니다. 반대로 마음이 한 점에 모이지 않고 여러 군데로 분산되면 생각이 흐트러지고 기가 분산됩니다. 그럴 때는 어떤 방향으로든 정확하게 움직일 수 없습니다. 여러 가지 것들에 휘둘리며 쉽게 방향을 잃게 됩니다. 그 결과는 혼란과 무지, 불행, 무기력으로 나타납니다.

정확하게 집중된 마음은 모든 것을 받아들이며 완전한 고요 속에서 머무를 수 있습니다. 세계가 우리 주위를 돈다는 말은 과장이 아닙니다. 우리 앞에서 일어나는 현상을 일일이 쫓아다닐 필요가 없는 것입니다.

잠재된 무언가를 표현하는 방법

187

創者

자 사람。

창 비롯하다、만들다。

아무것도 창조하지 못할 때 예술가가 두려움을 느끼는 것처럼, 수행자는 깨달음을 얻지 못할 때 역시 두려움을 느낍니다.

창조의 순간은 다양한 상황에서 우리 앞에 나타납니다. 운동장에 선 운동선수, 청중 앞에 선 연사, 무대에 오른 음악가, 요리를 준비하는 요리사 그리고 아이를 맞이하는 부모 모두가 그러한 순간에 서 있습니다. 그렇다면 우리는 어떻게 그 창조의 통로를 계속 열어둘 수 있을까요?

어떤 사람은 정돈되고 규칙적인 생활이 그 비결이라고 말하고, 또 어떤 사람은 끊임없이 움직이는 것이 해답이라고 주장합니다. 하지만 우리는 모두 다르기에 하나의 방법만이 정답일 수는 없습니다. 중요한 것은 자신의 삶 속에서 스스로를 이해하고, 그 느낌을 가능한 오래 유지하는 것입니다.

당신 안에 잠재된 특별한 무언가를 발견하고 그것을 자유롭게 표현할 수 있다면, 그 순간에 당신은 자신을 만날 것입니다.

助

188

타인을 위하는 마음

조 돕다, 거들다.

좋은 일을 굳이 찾아 나서지 말고 당신을 필요로 하는 사람을 거절하지 마세요. 고통받는 사람을 만나면 반드시 그를 도와주세요. 혼자만 간직하는 자기 수양과 지혜가 무슨 소용이 있을까요. 지식은 사용하라고 있는 것입니다. 다른 사람을 위하여 사용할 수 있다면 기꺼이 그렇게 하세요.

도를 따르는 자들은 다른 사람을 위하여 열여섯 가지 덕성을 발휘합니다. 자비와 친절, 인내와 집착하지 않음. 절제와 솜씨, 기쁨과 영적 사랑, 겸손과 반성, 휴식과 성실, 정성과 제어된 감정, 아량과 집중이 그것입니다. 다른 사람을 도우려 할 때마다 이런 덕성들을 실천하려 노력하세요.

명심할 것은 자기희생은 이 덕목 중에 포함되지 않는다는 것입니다. 남을 돕기 위하여 자기를 버릴 필요는 없다는 뜻입니다. 당신의 궁극적인 목표는 자신의 내면을 만나 세상의 가르침을 깨닫는 것입니다. 당신의 길을 가는 동안 남에게 위안이 되어줄 수 있다면, 그보다 더 바랄 것이 무엇이겠습니까?

진정한 무사의 덕목

189 勝

승 이기다.

무사가 되려면 훈련과 용기와 인내가 필요합니다. 사람들은 무사가 되기 위한 수련 과정에서 얻을 수 있는 많은 것들을 간과하기 쉽습니다. 무사는 이상과 원칙과 명예의 보호자이며 고귀하고 영웅적인 존재입니다.

무사의 길은 끊임없는 도전의 연속입니다. 일생 동안 무사는 많은 적을 만납니다. 그러나 가장 무서운 적은 자기 자신입니다. 무사가 되기 위하여 버려야 할 것들이 많이 있습니다. 두려움과 나태, 무지와 사리사욕, 이기심 같은 것들이지요. 다른 사람을 이긴다는 말은 그다지 중요하지 않습니다. 자기의 결점을 극복하는 것이야말로 진정한 승리이기 때문입니다.

많은 종교에서 무사의 이미지를 중시하는 것도 이 때문입니다. 무사는 단순히 타인에 대한 지배의 상징이 아닙니다. 오히려 죽음을 극복하기 위하여 필요한 결의와 용기의 상징입니다. 무사는 외부의 적보다 더 깊은 곳, 자신의 마음속에서 싸우는 자입니다.

爭

190

진정한 조화와 깨달음

쟁 다투다, 경쟁하다.

이 사회와 이 세계는 경쟁의 연속입니다. 도가에서는 경쟁의 본질을 설명하기 위하여 무사의 비유를 자주 사용합니다. 무사는 적에게 절대로 굴복하지 않습니다. 비록 물러설 때는 있어도 포기하지는 않기 때문이죠.

변호사, 경찰, 소방관, 의사, 사업가, 운동선수 등 어떤 직업을 가지든, 우리는 다른 사람들과 혹은 자연의 힘과 경쟁하며 살아갑니다. 그러나 경쟁에도 옳은 방법과 그른 방법이 있습니다. 분노와 탐욕에 휘둘리지 않고, 집중력과 주의를 유지하는 것이 중요합니다.

집중력과 주의는 단지 성공을 위해서만 필요한 것이 아닙니다. 그것은 영적인 삶을 위해서도 필요합니다. 도를 따르는 사람들이 무사의 훈련 방법을 참고하는 것도 그 때문입니다. 무사나 현자는 감정과 사소한 생각을 초월하여 스스로를 완성시키고, 가장 깊은 진리 가운데 살아가려고 노력합니다. 무사의 길과 마음의 길이 결합될 때, 진정한 조화와 깨달음이 이루어집니다.

아홉 가지 바른 마음

191

域

역
지경, 구역, 나라.

음식을 섭취할 때는 자연 그대로의 생식을 적당량으로 섭취하세요. 생명을 유지하려면 먹는 음식도 생명이 담긴 음식이 좋습니다. 약초를 활용하는 방법을 배우세요. 약초는 병을 치료하고 건강을 유지하는 데 도움이 됩니다. 옷은 자연섬유로 된 것을 선택하세요. 마음가짐을 다잡는 데 도움이 됩니다.

음송吟誦은 기도와 노래, 찬양과 궁극적으로는 침묵을 연습하는 과정입니다. 소리 내어 읽으며 말하는 것이 실재와 같게끔 하세요. 매일 몸을 펴고, 움직이고, 운동하길 바랍니다. 아침에 한 번, 저녁에 한 번, 가능하면 매일 명상을 실천하십시오. 명상을 통해 마음의 평온을 찾고, 삶의 문제를 해결할 수 있습니다.

그리고 항상 창조적인 자세를 유지하세요. 이를 통해 우리는 세상에 기여하며, 자신의 영혼을 고양시킬 수 있습니다. 훌륭한 가르침을 배우고, 그 배움을 보물처럼 소중히 여기고, 배운 지식을 보존하여 다른 사람들과 나누는 것을 두려워하지 마세요. 무엇보다 중요한 것은 동정심을 가지는 것입니다 동정심은 모든 악에 대항하는 가장 강력한 힘이며, 자신의 영혼을 여는 길이기도 합니다.

儉樸 192

소박과 절제 속에서

박 통나무、순박하다。
검 검소하다。

자기 행위를 이해하면서 행동할 때 높은 경지로 영혼을 고양시킵니다. 목표가 명확할수록 얻는 것 또한 많습니다. 맹목적인 훈련과 목적이 있는 훈련을 구분해야 합니다. 목적이 있는 훈련은 목표를 성취하기 위한 수단으로써 건전하지만, 맹목적인 훈련은 진정한 목적이 없으므로 무너지기 쉽습니다. 과거에는 엄격한 금욕 생활이 중요하다고 믿는 사람들이 있었습니다. 그들은 자기를 학대하고 음침하고 불편한 자세를 유지하고, 위험할 정도로 오랜 시간 금식을 하기도 했습니다. 이런 사람들은 종종 목표 의식을 잃어버리는 경우가 있습니다. 우리는 마음 수련의 의미를 잊어서는 안 됩니다.

우리가 왜 수행을 하고 어떻게 수행해야 할 것인가에 대해 명확하게 인식하고 있다면 고행할 필요가 없습니다. 누구나 더 좋은 것을 얻기 위해서라면 지금보다 더 많은 노력을 기울입니다. 설사 그것이 고통이라도 받아들일 준비가 되어 있습니다. 바로 그것이 모든 훈련과 엄격한 생활이 지향하는 바입니다. 당신은 더 좋은 것을 얻기 위하여 더 많은 노력을 쏟아부어야 하며 그 과정에서 뒤따르는 자연스러운 생활의 절제, 즉 단순하고 소박한 삶의 태도를 유지해나가야 합니다.

나를
점검해보는 질문들

193 迅

신 빠르다, 신속하다, 뛰어넘다.

얼굴을 닦으면서 당신은 진정한 자아를 발견하나요?

밥을 먹으면서 만물의 순환을 느끼나요?

길을 걸으면서 하늘의 흐름을 생각하나요?

일을 하면서 행복한 기분에 젖나요?

말을 할 때는 거짓이 없나요?

물건을 사면서 당신이 무엇을 필요로 하는지 깨닫고 있나요?

고통당하는 자를 만나면 기꺼이 돕나요?

갈등이 생겼을 때 조화를 위하여 노력하나요?

가족들과 함께 있을 때 자애로운가요?

문제가 닥쳤을 때 눈을 멀리 보고 담대하게 맞서나요?

일을 끝내고 나면 편안하게 휴식을 취하나요?

휴식을 취할 때 어떻게 마음을 평정시키는지 아나요?

잠을 잘 때 절대적인 무의 세계로 들어가나요?

覓 194

내면의 탐색을 통해서

멱 찾다, 구하다.

진리는 어디 있는 걸까요? 누군가는 세상의 진리가 모든 곳에 존재한다고 말하지만, 나의 눈에는 그저 둘러싼 풍경과 심장의 박동 소리만 느껴질 뿐입니다. 모든 감각을 초월하여 존재한다고 말한다면, 어떻게 그 존재를 알아차릴 수 있을까요?

나를 둘러싼 사람들 사이의 관계, 세계에서 일어나는 혼란스러운 폭력, 범죄, 마약, 정치적인 억압, 전쟁을 이해하기에도, 그런 문제들에 관하여 고민하는 데도 몇 년이나 걸리는데, 무색無色, 무명無名, 무미無味에 만질 수도, 들을 수도 없는 깨달음을 어떻게 이해할 수 있을까요?

방법은 자신의 내면을 들여다보는 것입니다. 당신은 할 수 있습니다. 감각기관에 얽매이지 말고 마음 깊은 곳을 응시해 보세요. 그러면 새로운 형태의 지각이 있음을 알게 될 것입니다. 이 새로운 자각은 우리가 일반적인 감각으로는 알 수 없는 진리를 깨닫게 해줍니다. 이러한 방법으로 스스로를 탐구하다 보면, 삶의 깊은 지혜를 발견하고 존재에 대해 더 이상 의심하지 않게 될 것입니다. 진리는 결국 내면에서, 우리가 눈을 돌리지 않을 때 모습을 드러냅니다.

깨달음은 작은 행동으로부터

195

恩

은 은혜, 인정, 혜택.

영적인 깨달음을 얻으면 당신은 인생의 미묘한 것들을 알 수 있을 것입니다. 집중이 흐트러지고 작은 쾌락에 연연하고 사소한 것들에 탐닉하게 되면, 깊은 수준의 깨달음에 이르지 못합니다. 거대하고 맹렬한 종교의식이나 인생에서 웅대한 순간만이 영적으로 중요한 사건은 아닙니다. 일상의 소소한 순간들, 모든 사소한 것들이 깨달음을 위한 의식입니다.

가장 기본적인 행위는 물을 마시는 것입니다. 물 없이는 생명이 유지될 수 없지요. 물은 우리를 깨끗하게 하고 시원하게 하는 우리 몸의 가장 중요한 생화학적 성분입니다. 그러나 우리는 물을 마실 때 물의 고마움에 대하여 생각해본 적이 있나요? 물의 원천을 기억하고, 물 한 잔을 마시게 되기까지 들인 공을 기억하고 있나요?

깨달음을 얻는다는 건 모든 사물을 당연하게 받아들이는 것이 아닙니다. 그 반대로 당신의 손에 들어온 것이 어떻게 이 우주 질서의 일부가 되는가에 대하여 항상 기억해야 합니다. 우리의 일상을 받쳐주는 모든 것들의 소중함을 명심해야 합니다. 당신의 생애를 이루는 좋은 것들과 나쁜 것들에 대해서 늘 감사해야 합니다.

196 삶의 연결 지점

당신은 오늘 무엇을 했나요? 운동을 하고, 친구와 이별하고, 시장에 가고, 음식을 먹고, 길을 걷고, 쓰레기를 버리고, 책을 조금 읽고, 명상하고 그러다 잠이 들었을지 모릅니다. 이런 것들이 모두 '만다라'입니다.

만다라는 명상할 때 사용하는 그림을 말합니다. 그 그림은 여러 색들로 칠해져 있고 엄청나게 복잡합니다. 명상가는 만다라의 바깥 부분에서 시작해서 점차 중심으로 향하며, 때로는 특정 영역에 머물기도 하면서 깊은 집중 상태에 들어갑니다. 그 중심에 이르면, 모든 이기적인 생각들은 사라지고, 심오한 정신세계가 열리게 됩니다.

이처럼 우리의 일상 역시 만다라와 닮아 있습니다. 하루를 이루는 크고 작은 순간들은 그 자체로 명상의 여정이 될 수 있습니다. 마음을 집중하며 살아간다면, 우리의 삶도 하나의 만다라로 완성될 것입니다.

삶을 빛나게 하기 위하여

197 蒙蔽

폐 덮다, 가리다.
몽 어둡다, 어리석다, 속이다.

가끔은 우리의 잘못된 습관, 나쁜 환경, 무지의 무게에 눌려 참된 도리가 보이지 않을 때가 있습니다. 모든 사람은 인간으로서의 가치를 지니고 있지만, 모든 사람이 다 세상의 진리에 민감한 것은 아닙니다.

무지는 우리 삶에 널리 퍼져 있는 형태입니다. 우리는 빈민가를 지나면서 우리가 그나마 덜 불행하다고 안도할지 모르지만, 돌아보면 우리들의 삶 역시 불행과 혼란과 물리쳐야 할 이기심이 켜켜이 쌓여 있지 않나요.

계속 몸을 깨끗이 하고 수양을 함으로써 우리는 깨달음에 이를 수 있습니다. 그 반대 또한 마찬가지입니다. 정신의 빛이 질식되어 있을 동안에는 무지가 횡행하고, 점점 더 두껍게 우리 삶에 드리워질 것입니다.

영혼의 빛은 밝지만, 인간의 무지로 인하여 그 빛이 희미해집니다. 당신의 생을 빛나게 하기 위하여 당신은 무슨 노력을 기울이고 있나요?

198

검소함과 순환의 지혜

검 검소하다、절약하다。

모든 문화에서 검소함은 미덕입니다. 우리들 대부분이 아끼고 저축하라고 교육받으며 자랐습니다. 낭비하지 않으면서 구두쇠라고 놀림받지 않는 사람이 가장 바람직한 모습일지 모릅니다.

매일 검소하게 살아야 합니다. 다 쓰지 않은 것이나 재활용할 수 있는 것을 버리지 않는지 생활을 점검해보세요. 진짜로 필요한 데 돈을 쓰고 있는지 늘 생각하고, 쓸데없는 일에 시간과 노력을 들이지 마세요. 쓰레기나 오염 물질, 소비 행위로 환경을 더럽히지 마세요.

이 세상의 순환 체계에 대한 이해 없이는 검소함도 불가능합니다. 어떤 것을 만들기 위하여 얼마나 많은 노력이 필요한지, 그것이 얼마나 중요한지를 모르고는 그것의 가치를 가늠할 수 없습니다. 그것이 변하여 어떻게 되는지 모르는데 어떻게 그것과 우리들의 관계를 알 수 있나요. 잎은 시들고, 꽃은 떨어지고, 호수는 말라버립니다. 모든 것은 다 제 시간표대로 태어나고 죽음을 맞이합니다. 이 세계의 순환에 따라 명상하고 행동하기로 한 우리들 또한 순환의 일부입니다.

탐험과 경험으로 얻는 지혜

199

探

탐
찾다, 깊이 연구하다.

언제든 얻을 수 있는 정보들이 널려 있기 때문에 배울 필요가 없다고 생각하는 사람들이 많습니다. 그러나 단순히 정보를 가진 것이 지식의 깨달음은 아닙니다. 정보를 빨리 움직이게 하는 것이 지혜입니다.

오늘날 이용할 수 있는 정보의 양은 어느 때보다도 많습니다. 중세에는 백과사전이라고 해봐야 몇 권 되지 않았고, 도서관 하나를 파괴함으로써 군주가 백성을 지배할 수도 있었습니다. 그러나 오늘날에는 정보의 홍수 속에 살고 있습니다. 그 많은 정보 앞에서 어떤 사람은 무관심한 태도를 취합니다. 손에 넣을 수 있는 정보의 양이 많기 때문에 굳이 자기가 더 배울 필요는 없다고 생각하기 때문이죠. 하지만 이런 나태한 태도로 살아가기에 인생은 너무나 빠릅니다. 정보의 양이 많아지는 만큼 우리가 의사를 결정해야 할 일들도 많아집니다. 그 많은 정보들을 내면화하고, 그 흐름 속에서 우리의 위치를 정확히 헤아려야 합니다.

배우고 탐사하고 체험을 넓히는 일을 멈추지 마세요. 나이 든 탐험가처럼 단순히 책으로 읽은 것보다 더 많은 것을 자기 힘으로 얻으려고 노력해야 합니다.

擇 200

현재가 삶의 방향을 결정한다

택 가리다, 고르다.

진리를 깨달은 사람은 운명에 관하여 이야기할 때, 운명이 자연적으로 형성되는 삶의 모양 혹은 과정이라고 정의합니다. 운명이 미리 정해진 조건이라고 생각하지 않는 것이지요. 우리가 서 있는 이 혼란스러운 무대 위에 미리 정해진 대본이란 없는 것입니다.

만약 고향에서 멀리 떨어진 곳에 일자리를 얻었다고 가정해봅시다. 그러면 당신은 가족을 데리고 새로운 곳으로 이사할 것입니다. 당신의 삶에 변화가 찾아오게 됩니다. 직업을 바꾸면 인생관도 바뀔 것입니다. 어떤 선택을 하느냐에 따라서 사람은 변화합니다.

작든 크든 당신은 매 순간 선택해야 합니다. 인생은 다시 돌아올 수 없는 여행길과도 같습니다. 되돌아올 수도 없고, 이 길도 가보고 저 길도 가본 다음에 비교해볼 수도 없습니다. 지혜만이 삶을 올바르게 인도해줄 수 있습니다.

외모에 속지 말기를

201 貌

모 모양, 얼굴。

어떤 사람은 성난 것처럼 보이고 어떤 사람은 온화해 보입니다. 어떤 사람은 침울해 보이고 어떤 사람은 생기가 넘쳐 보입니다. 경험이 없으면 외모를 보고 속기 쉽습니다. 덩치가 큰 사람이 큰 소리를 내는 것을 보고 위협적인 사람이라고 판단했는데, 실제로는 친절한 사람일 수 있습니다. 지레 겁먹고 그의 장점을 못 보고 지나칠 뻔한 것입니다. 반면에 작고 조용해서 나긋나긋한 사람인 줄 알았는데 알고 보니 아주 위험한 인물일 수 있습니다.

어떤 사람은 외모에서 풍기는 것과 실체가 똑같을 수도 있지만, 어떤 사람은 외모가 단순히 위장일 경우도 있습니다. 인간도 동물과 마찬가지로 살아남기 위하여 여러 가지 방법을 동원합니다. 입으로만 잔뜩 떠벌리고는 행동하지 않는 사람이 있는가 하면, 평생 변치 말자고 우정을 공언하고서도 다시는 나타나지 않는 경우도 있습니다. 그러므로 우리는 사람의 겉모습에 현혹되지 말고 사람의 됨됨이를 제대로 분간하는 능력을 키워야 합니다.

경험을 통하여 다른 사람의 속임수를 꿰뚫어 보는 눈을 길러보세요. 그것이 외모에 현혹되지 않는 길입니다.

202 욕심을 버려야만 얻는 것들

경쟁이 치열한 이 세상에서 우리는 야망과 공격성을 드러내기 마련입니다. 생존을 위해서는 물론 그래야 할지 모릅니다. 그러나 명상의 세계에서는 이런 자세는 금물입니다. 외부 세계에서 필요한 것이 내부 세계에서 무용지물일 수도 있습니다.

명상할 때는 아무런 이익도 기대하지 마세요. 뭔가를 바라면 그 대가는 우리를 피해 가기 마련입니다. 반대로 야망을 포기하면 더 일찍 바라던 바가 이루어질 수도 있습니다. 불합리한 비교처럼 들릴지 모르지만, 이것은 부정할 수 없는 경험적인 진리입니다. 기대를 버리면 자신을 느낄 수 있지만, 이기적인 욕망을 가지고 있으면 좌절만을 느낄 뿐입니다.

무엇을 얻기 위한 명상에 마음이 가 있으면 오히려 바라던 결과에 이르지 못합니다. 영성이란 합리적인 마음속의 책략과 기대에 좌지우지되지 않습니다. 일상적인 사고와는 다른 부분에 의해서 깨달음을 느낄 수 있습니다. 사실 영성을 깨우는 마음 한 부분은 일반적인 사고의 반대편에 존재한다고 볼 수 있습니다. 그러므로 우리는 일상적인 사고를 버리고, 진리에 이를 수 있는 길을 걸어야 합니다.

침묵 속의 강함

203

행인들에게 약을 파는 약장수가 있었습니다. 그는 늘 명랑한 얼굴을 하고 있는 노인으로 한 장소에서 몇 년째 약을 팔고 있었습니다. 그런데 어느 날부턴가 젊은 깡패 하나가 그를 괴롭히기 시작했습니다. 늙은 약장수는 충돌을 피하기 위하여 애를 썼는데, 젊은 깡패는 그런 그를 겁쟁이라고 생각했는지 함부로 굴며 모욕을 서슴지 않았습니다. 대결을 피할 수 없는 순간이 다가오자 늙은 약장수는 그동안 숨겨왔던 뛰어난 권투 기술로 젊은 깡패를 한 방에 때려눕혔습니다.

이 경쟁적인 세계에서는 자기를 드러내지 않는 것이 가장 좋은 태도입니다. 우쭐거리지 말고, 자랑하지 말고, 당신에게 이목이 집중되지 않게 하세요. 그렇지 않으면 적을 늘릴 뿐입니다. 현명한 사람은 다른 사람의 시기나 경멸을 사지 않으면서도 자기가 원하는 것을 이룹니다. 그들은 내면의 열망을 위해서만 노력합니다. 그러나 자기를 증명해야 할 시점이 있습니다. 그때는 모든 기술을 동원하여 최선을 다해야 합니다. 기꺼이 자신을 증명하세요.

成就 **204**

휴식을 취할 때가 온다

취 나아가다、이루다。
성 이루다、갖추어지다。

마음 수련을 시작할 때는 당신이 하는 일이 아무것도 아닌 것처럼 보일지도 모릅니다. 스승이나 자신보다 나은 사람과 비교하고, 언제 그 수준에 이르나 하는 생각에 좌절할지도 모릅니다. 그러나 당신이 부지런하다면 틀림없이 자기를 일구어낼 수 있을 것입니다. 그리하여 정상에 서면 휴식을 취할 수도 있고, 지나온 길을 되돌아볼 여유도 가지게 될 것입니다.

가장 기분 좋은 일 중의 하나는 뭔가를 이루어 아무도 자신을 따라올 자가 없다는 것을 느낄 때입니다. 깨달음이란 당신이 지켜야 할 것이고, 당신만이 이룰 수 있는 것입니다. 다른 사람은 아무도 가질 수 없습니다. 그리고 이런 소중한 성취가 당신을 성장하게 만듭니다. 또한 그 성취감으로 건강이 좋아지고, 다른 방법으로는 얻을 수 없는 지식도 얻게 될 것입니다. 성취감을 맛봄으로써 수행의 길에서 확고한 발판을 마련하게 되는 것이지요. 불확실함은 더 이상 당신을 괴롭히지 못할 것입니다.

만약 이 지점에 도달했다면, 조금은 기뻐하고 조금은 만족감에 젖어도 좋습니다. 그렇게 잠시 쉬었다가 또다시 여행길에 오르면 되니까요.

명료한 행복

205

澈

철 맑다。

우리가 찾고자 하는 것은 모두 명료합니다. 종교적인 이론 따위는 잊어버리세요. 자질구레한 설명도 다 잊어버리세요. 우리가 원하는 것은 명료함입니다. 우리가 혐오해야 하는 것은 무지입니다. 무지는 우리를 혼란스럽게 하고, 불행과 슬픔을 가져다줍니다. 그리고 우리를 고통스럽게 하죠. 그러나 명료한 진리를 얻게 되면 우리는 평화롭게 살아갈 수 있습니다.

깨달음이 영원한 행복을 가져다준다는 것은 잘못된 생각입니다. 그런 일은 일어나지 않습니다. 슬픔은 현자에게도 찾아옵니다. 다만 다른 사람과는 다르게, 그 마음의 명료함으로 인하여 순간적인 감정 너머를 볼 수 있는 것뿐입니다.

진정한 명료함은 단순히 똑똑하다거나 현명하다는 것과는 다릅니다. 명료함은 명상을 통해서 나옵니다. 마음을 하나로 통일시켜 놀라운 통찰력을 가능케 하는 빛으로 집중시킬 때 명료하게 사물을 볼 수 있습니다.

소리와 시각을 결합시키면, 당신은 빛을 만들어낼 수 있을 것입니다. 그 빛은 집중된 정신의 힘입니다. 진리가 드러나는 것도 바로 그러한 빛을 통해서입니다.

侮 **206**

인생은 무지에서 깨달음으로 가는 여행이다

모 업신여기다、 조롱하다。

왜 다른 사람들을 모욕하나요? 왜 우쭐대나요? 당신이 아무리 많은 깨달음을 얻었다 해도 당신이 업신여겨도 되는 사람은 없습니다. 모든 존재는 다 같은 길 위에 있습니다. 그들도 몸과 마음과 영혼이 존재합니다. 자기가 최고라고 자신할 수 있는 사람은 아무도 없습니다. 무시당하고 있다고 생각될 때라도 다른 사람을 무시하지 마세요. 모욕을 당할 때조차 타인에게 친절히 대해주세요.

인생은 영혼이 영원한 진리를 찾아가는 여정입니다. 끊임없는 영혼의 길 위에 서 있는 것이라면 어떻게 당신이 다른 사람보다 앞서 있다고 말할 수 있을까요. 그 길에는 처음도 끝도 없습니다. 그러므로 당신이 서 있는 위치는 전혀 중요하지 않습니다. 뒤처진 사람을 보고 비웃는 것은 옳은 태도가 아닙니다. 그저 각자의 위치를 존중하고 자신의 일을 묵묵히 열심히 하면 됩니다.

당신보다 불행한 사람을 만나면 동정심으로 대하고, 더 나은 사람을 만나면 그로부터 배우는 자세를 가져보세요. 그 외의 감정은 다 부질없습니다.

우리는 조금씩 진화해간다

207 演進

진 나아가다, 오르다。
연 펴다, 넓히다, 스며들다。

인간은 원래 작은 분자에서 진화해왔고, 그러한 분자들은 별과 행성이 태어나는 과정에서 생성되었습니다. 지금 이렇게 존재하는 우리도 그런 진화의 흐름 가운데에 있는 것입니다.

우주의 문제에서 인간의 문제로 좁혀서 얘기하면, 마음은 인간 존재의 궁극적인 표현입니다. 그리고 영성 또한 마음의 표현입니다. 이렇게 말할 수도 있을 것입니다. 영성은 정신적인 구조나 신념, 견해가 아니라 진화를 가능케 하는 힘이고, 진화를 주도하는 기능을 가진 것이라고.

영성이 단순한 기능이나 우주의 수수께끼를 풀 단서라면 그것은 어디로 가고 있는 것일까요? 우리도 알 수 없습니다. 우주가 확장하는 것처럼 그것도 지금 미지의 세계를 향하여 확장되고 있을 따름입니다. 우리는 그러한 흐름 속에 들어가서 함께 헤쳐나가거나 아니면 그런 흐름 자체를 무시해버림으로써 인간의 기본적인 의미를 망각할 수도 있습니다. 우리가 만약 인간을 완전하게 하는 과정 속에 참여하기로 결정한다면, 우리는 이 거대한 우주가 진화하는 한 부분에 진정으로 기여할 수 있습니다.

精髓 **208**

사물의 핵심을 파악하기 위해

수골, 정수。
정 정하다、깨끗하다、정성스럽다。

생명을 세포와 분자들의 구조로 파악하는 것은 그림을 감상할 때 색깔을 꼼꼼히 분석하는 것과 같습니다. 좁은 의미에서는 그런 방법도 흥미롭지만 정말 중요한 것은 그림에 구현되어 있는 이상을 이해하는 것입니다.

왜 스스로를 단순히 부품의 조합으로만 이해하려 하나요. 그것은 마치 화가의 천재성이 붓에 있다고 생각하는 것과 같습니다. 그러나 그림을 아름답게 하는 것은 화가의 정신이지 붓 같은 도구가 아닙니다.

마찬가지로 생명의 본성도 단순히 기계적인 힘의 작용으로만 이해해서는 안 됩니다. 물리적으로, 화학적으로, 생물학적으로, 수학적으로 그 외의 다른 과학적 관점을 넘어서 그 정수를 이해해야 합니다. 우리는 흔히 생명의 자질구레한 요소들에 마음을 뺏긴 나머지 전체를 보지 못하는 경우가 많습니다.

어떤 대상과 그것을 보는 관찰자의 시각에서 바라보는 한 인간의 눈으로는 생명의 정수를 볼 수 없습니다. 생명의 흐름 속에 완전히 들어가서 당신 자신이 그 흐름의 일부가 될 때, 절대적으로 중요한 생명의 본성을 이해할 수 있습니다.

인생의 올가미 209 詭

많은 사람이 스스로를 쓰디쓴 인생의 올가미에 집어넣습니다. 그 모습을 보고 우리는 참으로 슬픈 일이라고 생각하지만, 실제로 사람들은 스스로에게 그런 짓을 합니다. 우리는 삶이 어떻게 진행되는지에 대해 알아야 합니다. 매일매일 수없이 많은 결정을 내리고 그것을 따라갈 수밖에 없는 운명이기 때문입니다.

자기들이 하는 일이 별로 중요하지 않다고 생각하는 사람들이 있습니다. 어떤 사람들은 상황의 희생자라는 사실을 어쩔 수 없이 받아들이기도 합니다. 그러나 그런다고 해서 불행한 생애가 정당화되지는 않습니다. 질병과 스트레스, 이혼, 비뚤어진 아이들, 죽음의 공포가 우리를 옭아맬 뿐입니다.

인생이 이런 식으로 끝나기를 바라지 않을 것입니다. 모두 자유를 꿈꾸고, 자기를 희생시키기를 원치 않습니다. 그렇기 때문에 비록 어려운 길이지만, 인생의 여러 요소들을 확장시키는 방법을 찾는 것입니다. 행복해지기 위하여 다른 사람들이 '당연하다'고 여기는 것들을 끊임없이 피해 삶의 고통에서 벗어나길 바랍니다.

210

성숙한 단계를 위한 성공

우리는 모두 성공을 추구합니다. 돈을 벌고, 명예와 권세를 얻는 성공이 아니라, 하는 일이 잘 되어가기를 바라는 의미에서의 성공을 원합니다. 취미로 정원을 가꾸는 사람은 꽃이 잘 자라기를 바라고, 학교에 다니는 사람은 학위를 얻기 바라고, 과학자는 실험이 성공하기를 바랍니다. 우리는 모두 성공을 갈구합니다.

그러나 일단 한 가지 일에서 성공을 거두고 나면 사람들은 용기를 얻어서 끊임없이 영역을 넓혀가고자 합니다. 이런 일은 특히 그림, 음악, 글 같은 창조적 분야에서 두드러집니다. 일단 열광하는 관중이 생기면 관중들에 연연해 하지 않기도 또한 어렵습니다. 그래서 같은 음악을 반복하거나 같은 일을 계속하게 되는 것입니다. 그러나 무슨 일을 하든 그런 태도는 바람직하지 않습니다. 같은 구멍에서 두 번 튀어나오지 마세요. 지금 내 몸을 감싸고 있는 성공이라는 허물을 벗고, 한층 더 성숙한 단계의 성공을 위하여 도약하는 것이 중요합니다.

당신의 자각으로부터

211 純然

도가에서는 신이 이 세상을 창조했다는 증거는 없다고 말합니다. 경험적인 증거도 없으며, 철학적으로도 받아들일 수 없다는 것이지요. 신은 절대적이고 유일한 것이기 때문에 모든 힘과 과학과 존재를 아우르는 개념입니다. 그렇기 때문에 신이라는 관념 속에는 분리도 차별도 존재할 수 없습니다. 그런데 신이 세상을 창조했다면 신과 세상이라는 두 가지가 있다는 뜻이 되고, 그러므로 신은 절대적인 것으로 여겨질 수 없습니다. 만약에 절대적이고 순연한 신이 존재하려면, 신과 구별되는 어떤 것도 존재하지 않아야 합니다.

도가에서는 모든 것이 신이며 우리가 또한 신이라고 말합니다. 다만 이 사실을 깨닫지 못하고 있을 뿐입니다. 우리가 신을 바깥에서 찾고 있기 때문이죠. 우리를 관찰자로 여기고 신을 대상으로 만드는 우를 범하고 있는 것입니다. 불행하게도 우리가 지각하는 모든 것은 우리의 주관으로 인하여 오염되고 있습니다. 바깥에 있는 신이라고 정의하는 어떤 것은 절대적이지도 순연하지도 않기 때문에 결코 신이 될 수 없습니다. 결국 당신이 찾아내는 모든 것은 당신의 지각과의 관계에서만 존재할 뿐입니다.

연 불태우다, 밝다, 명백하다.
순 순수하다, 순박하다, 진실하다.

212 진정한 무형식의 세계로

영성을 포함한 모든 수행의 노력에서 사람들은 어떤 구조와 과정과 형식을 가지고 시작합니다. 겉보기에 아무런 노력도 들이지 않는 것 같은 스승의 탁월한 기술을 흠모하겠지만, 그것은 하루아침에 되는 것이 아닙니다.

무용을 예로 들어보자면, 초보자는 기본동작을 끊임없이 연마해야 합니다. 동작 하나하나에 세심하게 주의를 기울여야 합니다. 초보자가 주의해야 할 것 중의 하나가 전체 구조에 대한 이해라면 그것도 훈련을 받아야 합니다. 이런 과정을 거친 다음에는 결국 무용수도 자유로워지고, 동작 하나하나도 자연스러워지며, 마침내 춤은 기쁨으로 넘치게 됩니다. 물 흐르듯이 자연스럽고, 독창적이며, 즐겁고 아름다운 형식이 나타나게 됩니다.

영성도 마찬가지입니다. 처음에는 제한과 훈련으로 인하여 위축되는 것처럼 보이지만, 결국 당신은 자연스럽게 흐르는 명상의 세계로 들어가고, 매일 새롭고 상쾌하고, 신비로운 통찰로 가득 차게 됩니다. 세상의 아름다움이 있는 그대로 드러나고, 의심도 사라지고, 진부한 일상 대신 경이롭고 장엄한 영혼이 나타납니다. 이런 상태가 진정한 무형식입니다.

고독함을 받아들이며 얻는 것들

213

徙

사옮기다、이사하다。

고국을 떠나는 데에는 여러 가지 이유가 있겠지만, 가장 일반적인 것은 더 나은 생활에 대한 기대입니다. 더 나은 생활을 위해서 불확실성과 차별, 적대감, 때로는 가족과의 생이별이라는 슬픔을 감수하면서 말이지요. 살아남기 위해 이들은 고통을 넘어서게 하는 강인함과 결의를 갖추고 떠나게 됩니다.

영성을 지키는 문제도 이주자들에게는 큰 걱정거리 중의 하나입니다. 높은 수준의 영성을 제외하고는 영성도 문화적인 토양에서 자라나기 때문입니다. 이주자들은 한편으로는 자신의 믿음을 지키며, 다른 한편으로는 새로운 믿음에 적응해야 합니다. 그 첫 번째 선택이 어려운 부분입니다. 그들은 고국에서 가졌던 믿음과 양립할 수 없는 문화 속에서 살아야 하므로 이미 완전히 확고해진 상태가 아니라면 영성을 지키기가 힘들어집니다.

새로운 땅에서 영성에 적응하기 위하여 전혀 다른 믿음 체계를 배워야 할 수도 있습니다. 이러한 경우 모두 이주자들은 문화적인 차이가 아무런 의미가 없는 영적인 수준에 도달하기까지 두 문화 사이의 갈등을 견뎌내야 합니다.

裕 **214**

영원한 것은 없다

유 넉넉하다, 너그럽다.

여름 한낮의 해는 모든 것 가운데서 가장 뜨겁고 밝습니다. 그것은 절정에 달한 완전한 밝음의 상징입니다.

풍부함의 시기는 왕성한 활동의 시기입니다. 밝은 빛은 좋은 것과 나쁜 것에 고루 비칩니다. 그리하여 악이 드러날 때 선량한 사람들은 악과 대항하여 싸워야 합니다. 악의 뿌리를 뽑고 선이 힘차게 솟아나게 해야 합니다.

풍부함은 축하할 만한 일입니다. 그러나 깨달음을 얻는 자들은 이 경우에도 주의를 잊지 않습니다. 어떠한 정점도 영원히 유지될 수는 없다는 사실을 알기 때문입니다. 풍부함의 시기 다음에는 반드시 몰락의 기간이 있기 마련입니다. 인생에서 영원한 것은 아무것도 없으니까요. 그러므로 현명한 사람들은 풍부함을 즐기고 기뻐하지만, 한편으로는 다가올 날들을 준비해야 합니다.

사물의 변화가 시작되는 순간

215

衰退

퇴 물러나다, 바래다.
쇠 쇠하다, 늙다.

지금은 여름이고 따뜻한 날이 많이 남았지만, 하늘은 조금씩 기울기 시작합니다. 열매가 익어가고 밤이 다시 길어집니다. 벌써 가을을 얘기하기는 이르지만, 어쨌거나 새로운 계절이 다가오고 있습니다.

왜 쇠퇴의 순간을 준비하지 않고 있나요. 우리는 제국이 쇠퇴하고, 영웅이 늙어가고, 기술이 무뎌지고, 달도 차면 기우는 것을 당연한 현상이라고 알면서도 정작 쇠퇴의 시기가 다가오는 것은 의식하지 못합니다. 너무 늦게 깨달아서 아무런 준비 없이 맞이하는 일도 많습니다.

여름이 하루아침에 저물지는 않습니다. 우리의 행위도 시간과 보조를 맞추어야 합니다. 여름이 서서히 저무는 것처럼 우리의 행위도 변화와 발을 맞추어야 합니다. 쇠퇴의 시기가 다가오는 경우에도 우리는 상황이 변화하고 있음을 알아차려야 합니다. 찬 바람이 불어온다고 해서 즉시 겨울옷을 준비하는 사람처럼 성급하게 과민 반응을 보일 필요는 없습니다. 쇠퇴 역시 자연스럽고 불가피한 것이라고 생각하는 것이 중요합니다. 감정적으로 대처하지 마세요. 그것은 그저 일어나는 일이고 그게 전부입니다.

詩意

216

모든 것이 시가 될 수 있다

시、시、말、언어。
의 뜻、의미、생각。

모든 것이 시가 될 수 있습니다. 상자에 담긴 장비의 목록, 다른 시들의 콜라주, 뱀처럼 휘어져 올라가는 향香, 윤기 나는 사슴의 털, 굽이 닳은 낡은 구두, 유리와 강철로 된 도시의 풍경, 아몬드를 닮은 사람의 눈, 나부끼는 작은 꽃들, 깨끗한 벽 위로 쏟아지는 햇빛, 흰 물결이 넘실거리는 바닷가, 유칼리나무의 향기, 깎인 잔디, 두둑하게 쌓인 흙덩어리….

잠잘 때에도, 걸을 때에도, 사랑하는 동안에도, 화가 났을 때도, 꿈을 꿀 때도 시를 쓰기를 바랍니다. 현인들은 말합니다. 세상의 이치를 알기 원하는 사람들은 마음속에 시심詩心을 길러야 한다고.

억압은 결국 도망을 부른다

217 逃避

피하다, 벗어나다.
도달아나다, 피하다.

공부도 잘하고 운동도 잘하는 아이가 있었습니다. 그럼에도 불구하고 가족들은 더 잘할 수 있다고 윽박질렀습니다. 다음 시험과 다음 시합을 위해 더 많이 공부하고 더 많이 운동하라고 닦달했습니다. 결국 그 아이는 더 이상 견디지 못하고 도망쳐버렸습니다.

부모들이 이해심 없이 요구하기만 하면 오히려 아이들의 발전에 방해가 됩니다. 부모의 욕심을 채우기 위해 아이들을 떠다밀면 개성이 파괴되고 말죠. 아이들을 꾸짖기 전에 그 아이들이 어떤 환경에서 자라고 있는지 먼저 헤아려보길 바랍니다.

부모의 사랑은 아이에게 가장 큰 힘이 되어야 합니다. 그러나 사랑이 강요와 압박으로 변하면 아이는 점점 지쳐가고, 자아를 잃을 수도 있습니다. 아이의 잠재력을 존중하며, 올바르게 성장할 수 있도록 도와주는 것이 진정한 사랑입니다.

主權 218

잠시 머무르는 것이다

권 권세、권력、권한。
주 주인、주되다。

재산의 소유권 개념은 인간이 만든 것에 불과합니다. 만약 '소유'가 단어로만 존재하는 것이라는 사실을 알게 되면 소유욕과 탐욕, 방어 본능을 버릴 수 있을까요? 당신이 많은 땅과 재산을 가지고 있다고 말하는 것이 뭐가 그리 중요한가요. 실제로 당신은 그것들을 소유할 수 없는데 말입니다.

심지어 당신은 당신의 몸조차도 소유할 수 없습니다. 궁극적으로 소유란 완전한 지배를 의미하기 때문입니다. 우리의 육체는 나이가 들고 쇠락하고 병이 들고, 아주 작은 사고로도 쉽게 무너집니다. 우리는 우리의 몸을 소유하지 못합니다. 그저 영혼이 빌린 몸속에 살고 있을 뿐입니다. 그렇다면 왜 육체 너머에 있는 진실을 찾으려 하지 않나요?

진정한 내면의 평화는 소유의 개념을 넘어서서 찾아야 합니다. 우리가 진정으로 소유할 수 있는 것은 정신과 영혼뿐입니다.

태연한 태도를 유지하는 일

219 泰然

연 그러하다、명백하다、그렇다면。
태 크다、심하다、편안하다。

진정한 파괴는 죽음일지 모릅니다. 죽음을 생각했을 때, 몸은 죽을 수 있을지언정 영혼까지 죽을 수는 없습니다. 모든 사람의 영혼은 무한한 우주의 일부이기 때문입니다. 당신이 이 세상에서 몇 개의 영혼을 파괴할 수 있을지는 몰라도, 진정으로 파괴되는 것은 아무것도 없을 것입니다.

침착한 사람은 이 세계의 변화를 그저 조용히 바라봅니다. 그들은 현상의 변화에 신경 쓰지 않고 휘둘리지 않습니다. 그들은 이 모두가 정의할 수 없을 만큼 무한하고 영원한 실재의 외관에 지나지 않는다는 것을 알고 있기 때문입니다.

門檻 220

죽음에 가까운 경험 속에서

함 난간、우리、함정。
문 문。

죽음은 필연적입니다. 그런데도 우리는 죽음을 두려워합니다. 어리석게도 죽음의 존재를 부정하고 죽음이 다가오는 것을 거부합니다. 인생에는 우리가 참고로 삼을 만한 불가피한 지점들이 있고 죽음도 그 몇 안 되는 지점 가운데 하나입니다.

죽음은 끝이 아닙니다. 그것은 변화일 뿐이죠. 죽은 것은 주체에 대한 감각뿐이며 그 감각이란 허망한 것입니다. 죽음은 이 생애의 문턱입니다. 그 너머에는 무엇인가 신비로운 것이 기다리고 있습니다. 우리는 그것이 이 생애와는 다르다는 것만 알 수 있을 뿐입니다.

죽음에 관하여 정확하게 아는 사람이 없다는 사실을 받아들여야 합니다. 죽음에 임박했을 때도 그것은 단지 죽음에 가까운 경험이지 죽음 자체는 아닙니다.

죽음은 인생의 한계를 의미합니다. 그 한계 내에서 한 인간이 결정해가는 구조가 있습니다. 자기의 생애가 끝나간다고 느낄 때, 죽음은 단지 이 세계로부터 벗어나는 문에 지나지 않는다는 사실을 명심하세요.

스스로 공허가 되어라

221

單一

일 하나。 단 홑、 오직、 다만。

존재의 궁극적인 본성이 공허라는 것을 깨닫게 되면, 자기를 비우는 것이 가장 좋은 명상법이라는 것을 알게 됩니다. 다만 공허 자체가 명상의 목적이 아니라는 사실을 명심하세요. 명상가와 명상의 목적을 짝으로 생각하는 것은 자아와 환경 사이에 이중적인 관계를 만들어 혼란에 빠뜨리는 결과를 낳게 됩니다.

명상 가운데서 우리는 단일성을 찾습니다. 모든 고난의 원인인 이중적인 사고에서 벗어나게 해줄 무언가를 찾는 것이지요. 그러므로 진정한 명상은 관찰자와 목적의 관계로 우리를 몰아넣지 않는 단일성의 명상입니다. 아무리 성스러운 것이라고 하더라도, 결국 목적은 우리 바깥에 있는 실재에 대한 환각을 강화시키는 데 지나지 않습니다. 우리가 진정으로 유념해야 할 것은 내면을 응시하는 것입니다. 우리 내면과 외부 세계 사이에는 아무런 차이도 없을 테니까요.

명상은 우리 자신 속에는 아무런 차이도 존재하지 않고, 우리의 주체에 대한 감각은 이중적인 사고의 결과일 뿐이라는 사실을 깨닫게 합니다. 그런 깨달음으로 인하여, 생각할 것도 명상할 것도 실제로는 없다는 것을 이해하게 됩니다.

是

222

감각을 버리는 일

시 옳다, 바로잡다.

진리는 우리 안에 있습니다. 그리고 우리를 둘러싸고 있습니다. 감각으로 느껴지는 부분을 명시明示라 부르고, 느껴지지 않는 부분을 공허라고 합니다. 깨달음과 함께 있는 것은 조화요, 떨어져 있는 것은 재앙입니다. 조화를 이루려면 세상의 이치를 관찰하고 따르길 바랍니다. 조용히 내면을 응시해보세요. 우리가 우리 스스로에 대해서 알고 있는 것과 우주에 대해서 아는 것이 전부라고 말할 수는 없습니다. 우리가 아는 것은 단지 외부 세계에 국한될 뿐이니까요.

궁극적인 실재는 '절대'라고 부릅니다. 거기에는 정의도, 참조할 것도, 이름도 없기 때문에 우리가 직접 그것을 깨달을 수는 없습니다. 대조할 것이 없는 것을 감지하는 것은 우리의 정상적인 지각으로는 불가능할지 모릅니다. 그러나 이 세상의 모든 실재를 가능케 하는 것은 색깔도 없는 영원한 존재임은 틀림없습니다.

절대적 본질을 찾아내는 유일한 방법은 우리를 분별하게 하는 감각을 버리는 일입니다. 본질적으로 우리는 신비 자체의 세계로 뛰어들어야 합니다. 그때에만 우리는 평화를 얻을 수 있습니다.

번지르르한 말을 경계해라

223

巧言

교언 공교하다, 아름답다, 거짓. 말씀.

오늘날에도 영성의 세계에는 혼란스럽게 만드는 사람들이 있습니다. 자기를 뽐내는 스승을 만나거든 각별히 주의하세요. 그들이 제시하는 방법이 쉬울 때, 그것은 십중팔구 가짜일 것입니다. 영성을 계발하는 것이 다른 노력과 다르다면 경계해야 합니다. 어떻게 쉽게 얻을 수 있나요? 당신은 지금 하는 그 일을 쉽게 배웠나요? 학교를 졸업하는 것이 쉬웠나요? 아닙니다. 모든 것에는 다 노력이 필요한 법이지요.

스승이 옆에 있다고 해서 쉽게 영성을 얻는다는 것은 말이 안 됩니다. 그러나 사람들은 아직도 이런 말에 현혹됩니다. 많은 사람들이 모인 자리에서는 집단적인 광기와 군중심리가 이용될 수 있습니다. 가짜 스승은 당신이 하는 모든 일이 진리라고 말합니다. 그러니 그가 당신에게 도움을 주는 사람이라고 공언할 수는 없는 노릇입니다.

진리는 스스로의 힘으로만 얻을 수 있습니다. 외로운 훈련의 길을 가야만 하지요. 그러니 겉만 번지르르하게 꾸민 그럴싸한 말들을 경계하세요. 진정한 진리는 진실한 노력의 힘 없이는 결코 얻을 수 없습니다.

224

마음에서 해방되기 위해

진정한 스승은 사회생활에는 무관심합니다. 야망과 지식과 종교에 흥미를 느끼지 않습니다. 왜 그런 것일까요? 그러한 모든 것은 다 인간이 정의하는 영역에 존재하기 때문입니다. 성스러운 사람들은 모든 주체를 초월합니다. 부와 빈곤, 선과 악, 폭력과 평화도 그들에게는 차이가 없습니다. 그러한 사람들에게 이분법은 더 이상 의미가 없는 것이지요.

이러한 말이 믿기 어렵다면 당신은 그만큼 이중성에 물들어 있다는 뜻입니다. 진정한 깨달음은 모든 실재의 단일성에 대한 이해로부터 나옵니다. 깨달음을 통해서 당신은 모든 사물이 결국은 같다는 사실을 알게 됩니다.

사람들은 분별하기 좋아하고, 스스로와 속해 있는 영역을 지키려 듭니다. 자기 영역 안에 있을 때만 안전함을 느끼는 것이지요. 우리가 스스로를 규정하는 방식이 바로 이것입니다. 그러나 우리의 주체라는 것은 또 하나의 감옥입니다. 진정한 스승은 이런 감옥에서 해방되는 것의 의미를 알고, 완전한 자유를 누리고 있는 것입니다.

편견으로부터의 해방

225 袒

단 웃통을 벗다、열다。

우리는 모두 편견에 젖어 있습니다. 민족주의, 국수주의, 지역주의, 인종차별주의 등 편견의 종류는 많습니다. 우리 중에 많은 수가 이러한 편견에 반대할 것입니다. 편견이 있는 한 서로를 제대로 이해할 수 없다고 말할지도 모릅니다.

우리들 스스로를 이해하지 못하는 것도 일종의 편견입니다. 우리는 우리 자신을 가장 좋아합니다. 우리 몸의 요구에 일일이 응하고, 감각적인 탐닉, 지적 호기심, 음탕한 욕망을 자제하지 못합니다. 내가 아프거나 곤란한 지경에 처했을 때 아무도 나만큼 크게 울어주지 않습니다. 나보다 더 기뻐해주지 않고, 죽음이 임박했을 때 진심으로 걱정해주는 사람도 드뭅니다.

자기 욕구의 노예로 머무는 한 영성에는 주의를 기울일 수 없습니다. 노력보다 안락을 더 좋아하는 한 강인한 자세로 영적인 탐구에 주력할 수 없습니다. 경험보다 지적인 관념을 더 좋아하면 내면을 진정으로 느낄 수 없습니다.

複 226

반복이 영원이 될 때까지

복 겹옷, 거듭되다.

사람들은 반복의 힘에 관하여 거의 인식하지 못합니다. 여러 번 반복되는 것은 오래 지속되는 힘을 가집니다. 한순간에 이루어진 것은 오래 지속되지 못합니다. 매일 들에 나가지 않는 농부가 풍성한 수확을 기대할 수 없는 것과 같습니다.

영성의 훈련에서도 마찬가지입니다. 모든 것에 의미를 부여하는 휘황찬란한 시작이나 거창한 선언이 필요한 것이 아닙니다. 중요한 것은 매일매일 영적인 삶을 살아가는 것입니다. 우리의 발전은 더딜 수도 있고 극적일 수도 있습니다. 그러나 우리는 두 가지 모두를 다 겪어야 합니다. 그 하루하루가 모여서 염주 알처럼 긴 열을 짓는 것입니다.

인생에서 얼마나 많은 염주가 돌아갔는지 또 앞으로 남은 것은 얼마큼인지 우리는 알지 못합니다. 중요한 것은 지금 염주 한 알을 더 돌리면서 이 순간의 중요성을 마음에 새겨두는 일입니다.

지속적인 탐구

227

堅

견
굳다, 변하지 아니하다.

깨달음의 길을 굳건하게 가는 데는 많은 어려움이 따릅니다. 유혹에 못 이겨 다른 길로 접어들면 전망은 더 어두워집니다. 깨달음의 길을 계속 걷기를 원한다고 사람들은 끊임없이 공언합니다. 원하는 것은 깨달음에 이르는 것이라고. 그러나 이것은 거짓말입니다. 그 말이 사실이라면 지금 당장이라도 깨달음을 얻으면 될 것이기 때문입니다.

사람들이 자꾸 다른 길로 새기 때문에 깨달음으로 가는 길이 그만큼 어려워지는 것입니다. 시종일관 꾸준히 명상을 하는 일이 누구에게나 다 가능한 것은 아닙니다. 그러므로 즉각적인 깨달음을 원한다고 쉽게 말하지 마세요.

깨달음을 얻으면 이 세계는 완전히 무의미해집니다. 우리 중의 일부는 굳건히 탐구의 길을 갈 것이고, 또 일부는 탐닉에 젖어 이 세상을 즐길지도 모릅니다. 당신이 지금 유혹에 탐닉하고 있다는 것을 인정한다면 그것은 크게 문제가 되지 않습니다. 잠시 곁길로 샌다고 해서 잘못은 아니니까요. 다만 너무 많은 시간과 노력을 허비하기 전에 다시 제자리로 돌아오기만 하면 됩니다.

深奧 228 인성의 깊이

심 깊다、짙다。
오 깊다、그윽하다。

좋은 체격 조건을 갖추고 있으면서도 시합에만 나가면 지는 레슬링 선수가 있었습니다. 그는 여러 코치를 찾아다니면서 물어보았지만, 아무도 이기는 방법을 가르쳐주지 않았습니다.

마침내 그는 명상 스승을 찾아가 도움을 청했습니다. 스승은 기꺼이 도와줄 것을 약속하며, “네 이름은 ‘넓은 바다’를 뜻한다. 지금부터 네게 맞는 명상법을 가르쳐주도록 하겠다”라고 말했습니다.

그날 밤 레슬링 선수는 스승을 가르침대로 홀로 앉아 자신의 물결을 보았습니다. 그 물결은 점점 불어나며 거세지더니, 홍수가 되고, 급기야는 거친 파도로 변했습니다. 그리고 그의 마음속에 있던 모든 것을 휩쓸어버렸습니다. 이윽고 물결은 잠잠해졌고 마침내 끝도 없는 바다가 되었습니다.

인생을 헤쳐나가는 데 필요한 힘을 좌우하는 것은 인성의 깊이입니다. 매일 우리는 인성에 깊이를 더할 수도 있고 기를 쓸데없이 낭비해버릴 수도 있습니다. 매일 기를 축적하는 법을 배우는 사람은 깊은 성취를 경험하게 됩니다.

욕망은 끝이 없다

229 贖

속 없애다, 바꾸다.

자기를 수양하기 위하여 매일 노력하는데도 우리는 아직 결점이 많습니다. 하나를 제거했다 싶으면 새로운 결점이 나타납니다. 마뜩지 않은 사건에서 겨우 자유로워지고 나면 또 다른 일이 기다리고 있습니다. 왜 이렇게 자유로워지기가 어려운 것일까요? 우리의 마음이 바로 모든 어려움의 원천이기 때문입니다.

지식과 야망은 끝없는 욕망을 낳습니다. 음식처럼 본능적인 것이든, 사회에서 인정받는 것이든, 만족을 얻기 위한 욕심에는 끝이 없습니다. 원하는 대상을 손에 쥐려고 수단과 방법을 가리지 않습니다. 만약에 그것을 얻지 못하면 성을 내고 좌절하고 낙담하고 맙니다. 그것을 얻게 되면 더 나은 것을 원합니다.

이렇게 욕망에는 끝이 없습니다. 우리가 명상을 시작하더라도 이런 습관을 하루아침에 버릴 수는 없습니다. 그러므로 명상의 길에 들어서 진지하게 노력하고 있다 하더라도 보상을 바라며 조급하게 굴지 마세요. 욕망의 뿌리를 끊고 자신의 결점을 수긍하는 법을 아는 것이 먼저입니다.

無瑕 **230**

완전함에 이르는 길

하 허물, 옥의 티.
무 없다.

수행을 통해 깨달음을 얻은 사람을 '깨달은 자'라고 부르기도 합니다. 하지만 세상에 나가보면 자기가 만든 힘이나 용기로는 부족하다는 걸 깨닫는 순간이 올 것입니다. 특히 경험이 풍부한 사람들을 만나면, 그들이 진정한 지혜를 가지고 있다는 것을 알게 됩니다. 철학적인 논쟁에서든, 무술에서든, 초심자가 자랑스럽게 보여주던 능력도 그들에게는 대적할 수 없을 것입니다. 초심자는 힘과 용기가 가득하지만 경험과 지혜는 숙련자보다 한참 뒤처졌기 때문입니다. 경험이 쌓인 사람들만의 특별한 통찰력과 지혜가 그들에게는 있는 것이지요.

이 세계에는 항상 당신보다 뛰어난 사람들이 있습니다. 당신보다 현명한 사람을 알아보고 그를 존경하도록 하세요. 당신도 인생을 오래 살아보기 전까지는 위대한 사람이 될 수 없다는 것을 명심하세요. 몸을 완전하게 하기는 어렵지만 불가능한 일은 아닙니다. 진짜로 어려운 것은 지혜를 완전하게 하는 것이지요.

사소한 것들이 모여

231

觀

관 보다、살펴보다、감상하다。

어제의 선행을 바탕으로 오늘의 선행이 쌓이는 것입니다. 끊임없이 우리의 행위에 주의를 기울여야 하는 이유는 그 때문입니다. 검소한 사람을 예로 들어보자면, 그들은 음식 찌꺼기를 버리지 않고 비료로 재활용합니다. 외식을 하는 대신 집에서 밥을 지어 먹고, 물을 함부로 버리지 않으며, 필요한 것만 구입합니다. 그리고 쓸데없는 일에 돈을 낭비하지 않습니다.

노는 일에 노력을 낭비하지 마세요. 가장 중요하다고 생각되는 것에 힘을 집중해야 합니다. 정보를 무분별하게 쓸어 모으지 말고 그것들을 질서 있게 정리하여 전체적인 구조를 만들어야 합니다. 그리고 잘할 수 있는 일에 능력을 쏟아부어야 합니다. 작은 실천부터 하나씩 해나간다면 우리가 찾고자 하는 진리로 한 걸음 다가가게 될 것입니다.

삶이 흥하느냐 아니면 몰락하느냐는 자질구레한 일상에 질서를 부여하는 힘에 달려 있습니다. 사소한 것들을 잘 모아서 유용한 체계로 만드세요. 그때 삶의 의미를 얻게 됩니다.

標示 232

빈 상태로 있을 때

시 보이다, 간주하다.
표 나타내다.

자신을 분류하여 정의하기 시작하면 도달하고자 하는 내면의 진리와 멀어지게 됩니다. 직장, 학교, 모임 등 이름과 집단에 소속시키는 순간 당신은 자기를 정의한 것이나 다름없습니다. 스스로 무언가를 정의하지 않는 이유는 표시와 지위, 서열에 관심을 두지 않기 때문입니다. 누구에게나 자신을 자유롭게 만들 기회가 있습니다.

표시를 거부하고, 순응을 거부하고, 관습을 거부하고, 이름을 거부하면 존재의 이유를 명확히 할 수 있을 것입니다. 빈 상태로 있을 때, 온전한 거울처럼 모든 빛깔을 받아 비출 수 있을 것입니다.

위대함의 유혹을 넘어서

233 先賢

현 어질다, 현명하다.
선 먼저, 처음.

예언자는 명상과 철학, 의학, 과학과 수학, 문학과 그림, 시와 조각, 역사와 음악의 전문가입니다. 그들은 비범한 일들을 행할 수 있고, 모든 질문에 대답할 준비가 되어 있습니다. 그들이 가지고 있는 많은 비밀은 놀라운 것이며, 그들이 구사하는 능력 또한 엄청납니다. 그들은 위대하지만, 그러나 그게 전부입니다.

진리를 추구하는 사람들은 완전을 추구합니다. 그러나 그들은 예언자로 불리는 것을 경계합니다. 한정된 역할에 불과하기 때문입니다. 예언자가 됨으로써 자기를 대단하게 생각하는 유혹에 빠질 염려가 있습니다.

책임과 제한과 유혹을 피하는 것이 바람직합니다. 자기를 드러내지 않고, 남들에게 바보라고 여겨지는 편이 나을지도 모릅니다. 다른 사람이 당신에게 어떤 표지를 붙여 부르게 하면 거추장스러운 간섭만 받게 될 뿐입니다. 그러므로 삶에서 위대한 경이를 발견하게 되면, 다른 사람으로 하여금 그 빛을 가리게 하는 것이 당신이 해야 할 일입니다.

蜘蛛 234

균형을 유지하는 삶

지주 거미。 거미。

거미는 도가에서 보기에 완전한 생명체입니다. 거미의 몸은 마음의 표현입니다. 거미는 아름다운 줄을 짜고, 온전한 균형으로 중심을 잡고 줄 위를 걸어 다닙니다. 그 중심으로부터 거미의 세계가 펼쳐져 나옵니다.

거미의 자세는 훌륭한 본보기입니다. 거미의 마음이 이런 본보기를 가능케 할지도 모릅니다. 거미는 자신만의 모양으로 집을 짓고는 먹이가 될 것을 가만히 기다립니다. 그리고 먹이가 줄에 걸려들면 가차 없이 잡아먹지요. 그러나 줄에 걸려들지 않는 먹이에는 신경조차 쓰지 않습니다.

거미는 한번 거미줄을 치고 나면, 억지로 넓히려 들지 않습니다. 이웃과 전쟁을 하지도 않고, 다른 나라로 모험을 떠나지도 않고, 달로 날아가지도 않고, 공장을 짓지도 않으며, 다른 누군가를 노예로 삼으려 하거나, 지식을 얻으려고 노력하지도 않습니다. 거미는 그저 거미일 뿐이며 그것만으로 만족합니다.

압박감을 이겨내는 지혜

235

壓力

압력 누르다, 막다. 힘.

일에서 받는 압박감은 너무 크고 책임은 너무 무겁습니다. 눈을 감아도 다른 이들의 요구가 눈에 선합니다. 때로는 책임감이 너무 강해서 정신적인 안정을 찾기 힘들 때가 있습니다. 집중력이 떨어지고, 좌절감으로 인하여 엄청난 불행을 느낍니다. 내면이 고통스럽고, 잠도 잘 오지 않으며, 입맛이 없고, 걸핏하면 남들과 다투게 됩니다.

성인들은 이런 모든 것이 인간의 어리석음 때문이라고 말합니다. 물론 옳은 말이지만, 너무나 고상한 말이라서 이 세계에서 살아남기 위하여 아등바등하는 우리에게는 별 도움이 되지 않습니다. 비록 순간적이더라도 우리들 대부분은 이런 압력을 느끼면서 삽니다. 이런 상태에서 벗어나려고 하루아침에 모든 것을 저버릴 수도 없는 노릇입니다.

스트레스를 받고 있으면 깨달음은 불가능합니다. 이런 때는 당신을 둘러싼 문제들에 용감하게 맞섬으로써 문제를 극복하고 우선 자기를 만족시켜야 합니다. 당신이 할 수 있는 최선의 방법은 스트레스가 절대적인 실재가 아니라는 사실을 기억하는 것입니다.

236

주위의 환영을 깨닫는 지혜

옥 감옥。
연달구다。

우리는 세계를 있는 그대로 보지 못합니다. 존재의 딜레마에 대해서 깨닫지 못하고 있습니다. 우리는 거울로 둘러싸여 있는 관 안에 놓여진 우쭐거리는 우상에 불과합니다. 우리가 환각을 만들어낼수록 관은 점점 좁아집니다. 곧 이기심이라는 못으로 그 안에 갇힐 것입니다. 그러나 스스로에게 너무 열중하느라 그 순간을 알아차리지 못하고 맙니다.

우리는 너무나 자신들을 사랑합니다. 머리를 한껏 부풀리고 까불거리며 날뛰는 격입니다. 그러나 지금 이 순간에도 관은 점점 더 좁아지고 있습니다.

누군가는 이런 함정에서 빠져나오는 데 성공할지도 모릅니다. 그러나 그들 또한 오랫동안 관을 질질 끌고 다닙니다. 관 속에 갇혀 있는 자나 관을 끌고 다니는 자나 크게 다를 바 없습니다. 진정으로 우리의 본성을 이해할 때에만 그 관은 사라지게 됩니다.

영혼과 육체의 경계에서

237 突圍

위 에워싸다、둘러싸다、포위하다。
돌 갑작스럽다、내밀다。

기를 불러일으키는 것은 마음입니다. 그러면 그 마음을 정확하게 정의할 수 있을까요? 마음은 명멸하는 불꽃과 같습니다. 어느 순간에도 우리는 진리의 길을 그려낼 수 없습니다. 우리 스스로 마음을 자세히 들여다볼수록 미세한 차이가 더 많이 생겨납니다. 모든 것이 모호해진다고 느껴진다면, 사물의 본질을 이해함으로써 그 뭔가를 찾아낼 수 있다는 불분명한 표현에 마지못해 기댈 수밖에 없습니다.

모든 것이 혼란스럽지만 한 가지만은 분명합니다. 이 부서지기 쉬운 육체는 내 것이면서도 내 것이 아닌 것입니다. 영혼과 육체의 조화만이 진정한 나를 만들어나갈 수 있습니다.

238

마음과 영혼의 탐구서

체 신체, 형상。
모 어머니。

이 부서지기 쉬운 육체는 마음과 영혼을 담고 있는 모체입니다. 우리 몸이 바로 우리라고 확신할 수는 없다 하더라도 육체를 전적으로 무시할 수는 없습니다. 실제로 진정한 자아를 찾아가는 노력은 육체적인 존재로부터 출발하는 것이 가장 적당합니다. 어떻게 먹고 운동하느냐에 따라서 생활을 바꿀 수 있고, 몸을 건강하게 유지함으로써 수행을 해나갈 수 있습니다. 육체의 장애와 고통에서 자유로워짐으로써 내적 자아를 더 잘 분별할 수 있는 것이지요.

마음과 영혼의 탐구서인 우리 몸은 진정한 자아가 아니며, 그럼에도 불구하고 육체를 소중히 다루어야 한다는 사실을 이해하는 것은 중요합니다. 몸을 부정하거나 학대하지 마세요. 현명한 사람은 몸을 잘 유지하면서 그 너머를 바라보려고 애씁니다.

결정은 취소할 수 없다

239 年輕

경 가볍다, 줄이다.
연 해, 나이.

나는 항상 나 자신이라는 것을 명심하세요. 마음과 영혼과 정신을 다른 사람들에게 넘겨주지 마세요. 어떤 이유에서든 자신의 존엄성을 팔지 마세요.

음식을 조절하고 위생적인 생활을 하며, 운동을 거르지 말고, 집을 깨끗하게 하여 건강을 유지하세요. 마약과 술에 탐닉하지 마세요. 돈이 몸과 마음보다 중요할 수는 없습니다. 그렇지만 일을 해서 자신을 부양해야 합니다. 삶을 남에게 기대지 마세요.

친구와 거처는 중요한 것이므로 신중하게 선택하세요. 믿을 수 있고 물음에 답해줄 수 있는 스승을 구하세요. 그리고 자기 삶에 관한 책임을 저버리지 마세요. 아무도 삶을 대신 살아주지는 않습니다. 좋은 교육은 무엇보다도 소중한 재산입니다. 감정은 일시적인 것이므로 감정에 치우쳐 판단하지 마세요.

우리는 매일매일 결정을 해야 합니다. 당신이 내리는 결정은 생애에 커다란 영향을 미치며 취소할 수도 없습니다. 어떤 길을 가기 전에 주의 깊게 생각하세요. 강은 되돌아오지 못하는 흐름입니다.

目標 240

과녁을 향하지 않는 화살이 어디 있을까

표 과녁、표시。
목 눈、눈빛、견해。

철학을 이해하고 있는 것만으로는 충분하지 않습니다. 깨달음을 얻기 위해 실천해야 합니다. 말이 아니라 행위가 중요합니다. 단순한 행위가 아닌 목표가 뚜렷한 행위여야 합니다.

단기간의 목표는 삶의 매 단계마다의 경험을 완전하게 합니다. 장기간의 목표는 장기적인 전망과 지속성을 부여해줍니다. 단기간의 목표는 삶의 무상함을 깨우치고, 그 무상함에서 의미를 끌어낼 수 있게 해줍니다. 장기간의 목표는 우리가 쌓는 경험의 중심을 잡아줍니다.

목표는 전적으로 개인적인 것입니다. 아무도 우리에 대하여 우리보다 더 잘 알 수는 없습니다. 모든 사람에게 공통적인 목표가 있다면 단 하나, 후회 없이 기쁘게 삶을 마치는 것입니다.

평화는 작은 실천에서 시작된다

241

樂土

토 흙、땅。

낙 즐기다、즐거워하다、편안하다。

세계 평화를 위하여 수천 번도 넘게 노래를 불렀지만, 전쟁의 종식을 위하여 수천 번이나 기도를 했고, 모든 존재의 해방을 위하여 엄격한 수행을 해도, 이 세계의 고통은 하나도 줄지 않았습니다.

모든 사람이 모여서 찬양 같은 행위를 하여야 사회적인 문제들이 해결될 수 있다고 누군가는 말합니다. 영적인 헌신을 통하여 전쟁과 여성 문제, 질병과 경제문제, 인구문제 등이 해결될 수 있다고 주장하기도 합니다.

그러나 영적인 수행은 개인적인 노력에 불과합니다. 매일 헌신하는 것은 단순히 자기를 위한 것입니다. 우리가 거대한 차원에서의 이상을 상정하게 되면, 일상의 갈등으로 인하여 그런 이상들이 오히려 손상받을 수 있습니다.

그러므로 우리가 할 수 있는 최선은 각자의 자리에서 진실한 노력을 다하는 것입니다. 거창한 이상에 매몰되지 말고, 매 순간 자신과 주변에 평화를 심는 작은 행동을 실천하세요. 변화는 내면으로부터 시작되어야 비로소 세상으로 퍼져나갈 수 있습니다.

童心 242

천진난만한 자아를 지키자

동심 아이의 마음, 근본.

순수하고 창의적인 사고를 떠올려야 할 때, 그러한 상상을 하다 보면 당신이 얼마나 많은 장애물에 둘러싸여 있는지 깨닫고, 청년기와 어른이 되어서의 경험이 당신을 얼마나 얼룩지게 했는지를 깨닫게 됩니다.

가끔은 당신에게도 무엇을 만들어낼 수 있는 순수하고 천진난만한 자아가 있는지에 대한 의심이 생기기도 할 것입니다. 그러나 우리들 모두 그렇게 할 수 있습니다. 우리는 마음속에서 천진난만한 어린아이를 찾아내고 그 아이들에게 마음속에서 다가가야 합니다. 이 아이들은 우리가 잊고 있던 호기심과 창의성을 가지고 있고, 우리의 마음이 세계와 우리를 나누는 이중성에 의해서 물들지 않았을 때의 순수한 우리 모습을 가지고 있습니다.

243 완전함으로 가는 긴 여정

잠자면서도, 꿈을 꾸면서도 머릿속으로 수많은 이야기를 펼쳐나갑니다. 나의 머릿속이 이렇게 시끄러운데 어떻게 완전한 고요에 이를 수 있을까요. 우리 내면에서는 대화가 끊이지 않고 있습니다. 이것이 우리가 가진 문제의 근원입니다.

대화라는 말은 두 사람 사이의 이야기를 의미합니다. 그러므로 마음속에 대화가 있다는 것은 우리 마음이 둘로 나누어져 있다는 뜻입니다. 마음속에 있는 그 둘이 하나로 합쳐지지 않는 한, 우리는 완전함에 이를 수 없습니다.

수년간 수양을 하고도 복잡한 마음을 다스리기는 쉽지 않습니다. 깨어 있을 때는 자기를 완전히 통제하고 있는 것처럼 보이지만, 명상을 하거나 잠을 잘 때는 끊임없는 소용돌이 속에서 시달리는 경우가 있습니다. 그것이 바로 우리가 완전하지 못하다는 증거입니다.

완전함으로 가는 과정은 길고도 조직적인 싸움입니다. 최대한의 노력을 기울인다고 자기를 억압하지 마세요. 우리의 마음속에서 다루기 힘든 것과 생각하기 싫은 것들을 열어놓고 밖으로 끄집어내서 면밀하게 검토하여야 합니다. 자기반성을 통해서 모든 부분들이 조화를 이루어갈 수 있습니다.

農人 **244**

삶을 복잡하게 만드는 덫

농인 농사, 농부. 사람.

단순성에 관하여 알기를 원한다면 농부와 함께 지내보세요. 그들의 하루하루는 계절과 조화를 이루고 있습니다. 그들은 흙과 가까우며, 그들은 지위를 얻기 위하여 쓸데없는 시간을 투자하지 않습니다. 그들은 정직하고 수수합니다. 한 개인으로서의 자신과 농부로서의 자신에 아무런 차이가 없는 것입니다.

도시에 사는 우리들에게 그러한 단순함을 가지라고 강요할 수는 없습니다. 도시의 삶은 복잡한 사회구조와 끝없는 경쟁 속에서 살아남아야 하는 현실을 요구합니다. 그럼에도 불구하고 단순함은 우리가 갖추고 추구해야 할 귀중한 가치임은 분명합니다.

단순함은 도가에서 가장 중시하는 덕목 중 하나입니다. 필요 없는 것은 버리고, 진정으로 중요한 것들에 집중할 때 우리는 삶의 본질과 가까워질 수 있습니다. 자연의 순리에 따라 살아가는 농부의 가르침을 따라봅니다.

단순함은 삶의 태도와도 연관성이 있습니다. 진정으로 단순한 삶은 복잡하게 만드는 덫을 벗어나 본질에 집중하는 데서 시작합니다.

실재하는 것의 순환

245

園

원동산。

곡식을 기르다 보면 많은 만족을 얻을 수 있습니다. 우리는 땅과 가까워집니다. 물과 태양, 흙과 공기, 식물 등 기본적인 것들만을 사용해 일을 하고 생명을 유지하고 기쁨을 얻게 됩니다. 씨를 뿌려 열매를 맺을 때까지 가지를 치고, 보살피고, 땅을 일굽니다. 싹이 트고, 수확을 거두고, 시들고 또다시 씨를 뿌리는 동안 여러 해가 지납니다.

우리는 살기 위하여 식물을 먹습니다. 그러나 우리도 식물도 그러한 운명에 개의치 않습니다. 우리도 언젠가는 흙으로 돌아가 햇빛에 부서지는 먼지가 되어 식물들에게 먹힐 것이기 때문입니다. 모든 생명의 길이 그러하며 누구도 부정하지 못합니다.

실재하는 것들에는 순환이 담겨 있습니다. 거대한 우주 안에는 작은 우주가 숨어 있습니다. 손에 잡히는 것들은 손에 잡히지 않는 먼 우주의 축소판입니다. 왜 이리저리 이치를 찾아다니고 있나요. 삶의 가르침은 당신의 정원에 있는 호박씨 속에도 들어 있습니다.

246

자연스러운 삶의 비밀

언제쯤 우리는 이 지루한 일상의 가공성을 포기하고 자연적인 것을 따를 수 있을까요? 인간이 이룬 모든 업적이란 자연에 대한 인간의 자만심의 표현입니다. 지구의 발전을 위하여 필요한 것은 단 하나도 인간이 만들어내지 않았습니다. 중국의 만리장성, 이집트의 피라미드, 그리스 로도스섬의 거상이 우리에게 필요한가요? 기계와 증기기관, 전기와 핵, 컴퓨터 기술이 우리에게 필요한가요? 우리가 이룬 모든 것은 우리만의 안락과 만족을 위한 것입니다. 우리는 문명이라고 하는 수요와 공급의 법칙만을 만들어왔을 뿐입니다.

우리가 너무 사회에 깊이 물들어 있어서 이런 사실을 감지하지 못할 뿐입니다. 몸과 마음의 자연스러운 질서를 무시했기 때문에 더 강한 자극으로 자극해야만 하는 지경에까지 이르렀습니다. 우리는 길을 잃었다고 푸념하지만, 해답은 멀리 있지 않습니다. 가까이 있는 나무에게로 가서 생각을 정리해 보세요. 그러면 자연스러운 삶의 비밀을 알아낼 수 있을 것입니다.

두려움과 사랑의 거리

247 鴿

합비둘기。

밤늦은 시간에 퍼드덕거리는 비둘기를 보았습니다. 비둘기는 서까래로 올라앉았습니다. 몇 번인가 날아가려고 했지만, 상처를 입고 정신을 잃어서 그럴 수가 없었습니다. 비둘기는 천장 위를 낮게 맴돌았습니다. 푸른 창문 앞에 내려앉아 밖을 보았지만, 보이지 않는 장벽 때문에 날아갈 수가 없었지요. 나는 비둘기를 붙잡아 밖으로 내보내주려고 비둘기에게 가까이 다가갔지만, 비둘기는 내 행동을 이해할 수 없었을 것입니다.

비둘기는 나를 피해 멀리 날아갔습니다. 나는 다시 다가가 훠이훠이 손짓을 했습니다. 두려움에 사로잡힌 비둘기는 이리저리 날아다니다가 벽에 머리를 부딪쳤습니다. 급기야는 내 책상 위로 곤두박질치더니 기절해버리고 말았습니다. 그제야 나는 비둘기를 보살펴줄 수 있었습니다.

비둘기에게 두려움을 주지 않으면서 도울 수 있는 방법을 나는 알지 못했습니다. 이 세상에서는 사랑과 동정을 나누려면 고통과 혼란이 뒤따르고 맙니다.

248

나는 텅 빈 방이 되고 싶다

어떤 날은 너무나 불안해서 이것저것 무슨 짓이든 하고 싶은 날이 있습니다. 그럴 때는 억지로 무엇인가를 하지 말고, 완전히 자기를 비워보세요. 미묘한 생명의 흐름이 느껴지지 않나요? 제멋대로 하는 행동은 시간과 조화를 이루지 못할 때가 많습니다. 그것은 우리 생각으로 만들어내는 행위에 불과합니다. 그래서 필연적으로 과장되고 딱딱한 움직임일 수밖에 없지요. 자연스러운 본성을 완전하게 하는 것이 되지 못합니다.

우리는 평화롭지 못합니다. 평화는 끊임없는 분주함 속에서 생기는 것이 아닙니다. 불어난 물은 조용히 가라앉을 기회를 얻지 못합니다. 바람에 흔들리는 나무는 곧게 자라지 못합니다. 불필요한 행위를 모두 버리세요. 인위적인 행위도 버리고 모든 것을 받아들이는 자세를 취하세요. 당신이 찾는 평화는 바로 가까운 데 있습니다.

유리한 형세를 이용하다

249 乘勢

세 세력, 형세, 기세。
승 타다, 오르다, 헤아리다。

산속의 폭포에서 시작된 강물이 흐르고 흘러 먼바다에 이릅니다. 불같이 끓어오르는 맹렬한 흐름에도 불구하고 한낱 돌멩이는 그 사이를 구불구불 흘러갑니다. 성난 파도가 돌밭을 갈아엎어 미로를 만들고, 작은 배조차 지나기가 쉽지 않습니다. 바로 이 지점에서 어떤 사람은 엄청난 적을 무찔렀고, 어떤 사람은 절벽 위 독수리 둥지를 바라보며 영감을 얻었습니다.

양쯔강에는 높다란 절벽이 있습니다. 강은 그 앞에서 갑자기 좁아집니다. 하지만 그 좁은 물길을 지나지 않고는 결코 강물은 거대한 바다에 이를 수 없습니다. 강물은 물길을 탓하거나 원망하거나 가리지 않습니다. 그저 흘러갈 뿐입니다.

사람에게 위대한 힘을 주는 장소가 있습니다. 그러나 그 힘을 전쟁을 위하여 쓰느냐 평화를 위하여 쓰느냐는 그 사람의 성격에 따라 다릅니다. 유리한 지점을 얻으려고 애를 쓰는 것은 중요한 것이 아닙니다. 그 위치를 지혜롭게 이용하는 것이 중요합니다.

尊崇

250

조용히 기다리는 순간

숭 높다, 존중하다.
존 높다.

우리의 행위가 존경의 자세로 이루어져야 한다면, 탄생의 개념으로부터 시작해야 한다고 생각할지 모릅니다. 그러나 존경은 그런 단순한 시작에서 비롯되지 않습니다. 존경은 경험과 조심에서 나오며, 여러 가지 잘못을 저지르고 난 다음에 비로소 경의의 태도가 나오는 것이지요.

세계에 대해서 명상하는 사람들은 곧 위대한 경이감에 젖습니다. 별의 완전함, 산세와 물의 아름다움, 고요한 바다를 성나게 하는 바람의 힘, 이런 것들이 우리에게 경이로운 느낌을 줍니다. 우리의 삶에서도 매일 질서를 창조해야 합니다. 책임을 다해야 하고 인간으로서 우리가 알고 있는 것들에 대한 경이로움을 표현해야 합니다.

마치 화가가 빈 캔버스를 앞에 두고 자세를 가다듬는 순간처럼, 중요한 것은 어떤 작품을 만들어낼지에 대한 결과가 아닙니다. 모든 사물이 조용히 기다리고 있는 그 순간, 창조에 대한 결의와 마음가짐이야말로 진정으로 존경받을 가치가 있는 것입니다.

역동적인 생명 속에서

251

活力

활력 힘。
생기가 있다、살다。

생명에 관하여 의심이 생기거든 잠깐 동안만이라도 정원을 가꾸어보세요. 엄청나게 다양한 생명을 만나게 될 것입니다. 어디를 보든 역동적인 생명의 활력을 발견할 수 있을 것입니다. 썩은 진흙 속에서 싹을 틔우는 연꽃과 먼지 속에서 구불구불 춤을 추는 지렁이는 생명의 역동성을 나타내고 있습니다. 축축한 땅 내음에 묘한 흥분이 일고, 자라는 나무를 보면서 경이로운 기분에 젖을 것입니다.

아무리 잘 가꾼 정원에도 무질서가 있습니다. 이러한 무질서는 좋게 작용합니다. 다만 우리가 자연의 변화를 이해하지 못할 뿐입니다. 자연으로 하여금 다채로운 변화의 길을 가게 하세요. 자연 그대로를 받아들이며, 변화가 바로 생명이라는 점을 잊지 마세요.

賢人 252

마음을 단정히 하는 행동

인 사람。
현 어질다、현명하다。

명상은 쉬운 일이 아닙니다. 일주일에 한 번 수양하는 것으로는 충분하지 않을 수도 있습니다. 내면의 목소리를 듣기 위해서는 매일 당신을 깨끗하게 하고, 순수한 마음으로 마음의 고요를 찾아야 합니다.

이와 마찬가지로 배움을 게을리하지 말고, 독서를 끊임 없이 해야 합니다. 그것이 매일의 헌신입니다. 일단 시작을 하게 되면, 죽는 날까지 그칠 수 없을 것입니다. 게으름을 부릴 여유가 없습니다. 몸과 입을 깨끗하게 하고, 선한 마음으로 일해야 합니다. 부정한 것을 말하지도 말고 행하지도 않는다면, 자신의 마음에 한 걸음 가닿을 수 있을 것입니다.

무엇을 얻고 있는가는 그다지 중요하지 않습니다. 무언가로부터 응답을 받는 것도 부차적인 문제입니다. 자신을 가다듬는 행위 속에서 내면의 변화가 일어날 테니까요.

내버려두어야 할 시간

253

忍

어느 날 과수원 주인을 만났습니다. 그는 매년 수확물 중에서 가장 좋은 것을 가지고 옵니다. 우리는 점심을 먹으면서 낚시 얘기를 했습니다. 그는 한때는 자기도 낚시에 심취한 적이 있었지만, 지금은 그럴 시간이 없다며, 자신은 참을성이 부족한 사람이라고 했습니다.

그의 말에 나는 그가 참을성이 많은 사람이라고 대답했습니다. 나무를 심어서 훌륭한 열매를 거두는 일은 아무나 할 수 있는 일이 아니니까요. 언젠가 그는 과수원에는 할 일이 끝도 없고, 매 순간 주의를 기울여야 한다고 말했습니다. “금년에 딴 사과는 좀 작아요. 나무를 더 크게 키워야 하는데 그러려면 매일 오백 그루의 가지를 쳐주어야 하거든요. 너무 고된 일이라서, 올해는 나무들이 제멋대로 자라게 내버려뒀지요.” 그는 사과하듯이 말했습니다.

물론 사과는 그의 말처럼 그렇게 작지도 않았고 아주 맛이 좋았습니다. 모든 것에는 제 나름의 시간이 있습니다. 자연의 본성을 따르기 위해서는 인내가 필요합니다. 나무들을 원하는 대로 내버려두어야 할 시기를 잘 알았기 때문에 그 과수원 주인은 훌륭한 수확을 거둘 수 있었던 것입니다.

謎 254

경험과 의미의 순서

미 수수께끼。

어렸을 때 많이 내던 수수께끼 하나가 있습니다. “닭이 먼저인가? 달걀이 먼저인가?” 이 질문은 단순해 보이지만, 논리와 철학의 복잡함을 보여주는 대표적인 예로 어른이 되어서도 자주 인용합니다.

인생의 의미 역시 이와 비슷한 면이 있습니다. 의미의 본질은 작위적이며, 우리가 어떻게 살아왔느냐에 따라 달라집니다. 사람들은 일을 하고, 그 일이 인생의 중요한 부분을 차지합니다. 결혼하고 가정을 꾸린 사람들에게는 가족이 삶의 중심이 되기도 합니다.

많은 사람은 정해진 인생이 곧 자신의 삶의 의미라고 믿습니다. 하지만 그 의미는 우리가 경험하고 선택하는 방향에 따라 만들어집니다. 마치 닭과 달걀의 수수께끼처럼 삶의 의미는 무엇이 먼저인지 따질 수 없습니다.

결국 인생의 의미는 우리가 부여하는 것입니다. 의미는 고정된 형태가 아니라 우리의 선택과 태도로 인하여 계속 변하고 성장합니다. 의미를 찾는 과정 자체가 곧 인생이라는 여행의 본질일지도 모릅니다.

인생이란 모호함으로 가득 차 있다

255 模稜

릉 모서리、모나다。
모 법、본、무늬。

나의 스승이기도 한 작가를 만나러 간 적이 있었습니다. 은퇴한 지 오래되어서 머리도 많이 희고, 몸이 많이 약해졌는데도, 여전히 정신이 또렷하고 명민해 보였습니다. 나는 초보 작가에 불과하지만, 그는 이미 수백 권이 넘는 위대한 저서의 저자입니다. 나는 그에게 고민을 많이 털어놓았고, 그가 답하지 못한 문제를 물어서 그를 많이 괴롭혔습니다.

그런데 그는 내 모든 질문에 대해서 그저 맞다고만 대답했습니다. 그는 모든 해답과 모든 예외들을 알고 있었고 젊은이에게 무슨 말을 해주어야 할지에 대해서도 누구보다도 잘 알고 있었던 것이지요.

나는 한때 매일 겪는 문제에 대해서 즉각적인 해답을 얻으려고 했던 적이 있었습니다. 지금의 나는 그렇게 안달하지 않습니다. 물음에는 수백 가지의 해답이 있을 수 있습니다. 그 해답들은 다 나름대로 옳은 것이지만, 완전히 옳다고는 볼 수 없는 수백 가지 해답이 있다 한들 어떠합니까. 문제에 대해서 대답하고 있다는 것만으로도 충분한 것을요.

隨意 256

마음이 내키는 대로

수의 뜻, 생각. 따르다, 추종하다.

우리는 성별, 가족, 경제적 환경, 유전적 혹은 후천적으로 형성된 인성의 영향을 받게 됩니다. 게다가 다른 사람들이 우리에게 부과하는 의무에 묶여 있습니다. 한 문화에서 태어난 사람은 다른 문화에서 태어난 사람과 다릅니다. 그들은 각기 나름대로 가치 있는 삶을 살아간다고 생각하지만, 여러 가지 점에서 다를 수밖에 없습니다. 그들이 인생에 대해 부과하는 의미도 다른 색깔을 가집니다. 우리는 어떤 사람의 삶이 다른 사람의 삶보다 가치 있다고 말할 수 없습니다.

이 세계에 살아가는 사람들 가운데 어떤 사람들이 진정으로 '낫다'고 말할 수 있을까요? 우리가 그들의 삶에서 발견하는 것은 이미 정해져 있는 의미와 다를 바 없는 그들 자신의 기호일 뿐입니다.

인생의 의미는 작위적입니다. 인생의 어떤 것도 그것 자체로 우리에게 의미를 부여하지 않습니다. 사물과 관계에 의미를 부여하는 것은 우리들 자신입니다. 우리는 누구나 작은 의미들의 구조를 만들려고 노력합니다. 그러다 결국은 그것이 모두 우리가 만든 것이라는 사실조차 잊어버리게 되지만요.

새로운 바람이 불어오기를

257 突圍

위에워싸다, 둘러싸다。
돌 갑자기, 내밀다。

덥고 습기 찬 공기 속에서는 모든 것이 축 늘어지고 정체되어 버립니다. 사람들은 피로에 젖게 됩니다. 그러나 계절이 바뀌면서 북쪽으로부터 시원한 바람이 불어옵니다. 두꺼운 구름이 비를 흩뿌리기 시작하고, 끈적끈적한 공기는 상쾌하고 차가운 미풍으로 변합니다. 밤이면 하늘이 점점 더 빨리 변하여, 구름 사이로 번개가 내리치고 천둥이 하늘의 변화를 알립니다.

인생도 그와 같습니다. 하늘도 오랫동안 정체되어 있지 않은데, 우리에게만 정체가 계속될 리가 있을까요. 인생에서 좌절과 시련을 맛볼 때마다 그것으로부터 벗어날 날이 온다는 것을 기억하길 바랍니다. 영원한 것은 아무것도 없습니다.

한편 정체는 게으름과 무능력에서 비롯될 수도 있습니다. 이런 경우에는 축 늘어진 분위기를 깨뜨리고 도전적인 자세를 취하세요. 기회가 생기자마자 곧바로 행동에 옮겨야 합니다. 우리들 자신과 상황에 관하여 완전한 주의를 기울이고 있어야 효과적으로 대처할 수 있습니다.

258

상쾌한 공기를 만끽하며

가을이 오고 있습니다. 공기가 서늘하고 상쾌해지는 기분이 듭니다. 여름에 자란 열매를 거두고, 수고로운 땀이 식고 있습니다. 상쾌한 공기를 들이마시면서 편안한 휴식에 젖고, 끓어오르던 여름의 고통이 가을의 축제로 변하게 됩니다.

봄에는 한 해를 준비하느라 분주했고, 여름에는 불과 활기 속에서 뜨겁게 달아올랐고, 이제는 사물들과 더불어 편안한 휴식을 취할 시간입니다. 호박이 여물어가고, 주렁주렁 매달린 포도 알맹이가 과즙을 뚝뚝 흘리며 금빛으로 변해가고, 나뭇잎이 따뜻한 색조로 물들며, 우리 또한 달콤하고 안락한 기분에 젖습니다.

가을은 수확의 계절입니다. 그러나 모든 식물과 변해가는 계절도 뒤에 찌꺼기를 남기게 마련입니다. 여름의 먼지가 아직 남아 있습니다. 들판의 그루터기는 불살라버려야 합니다. 완전히 거두어들이고 완전히 치워야 합니다. 수확의 계절은 또한 청소와 저장의 계절이기도 합니다.

세 겹 무지개의 신비

259

橋

교

다리.

전설에 의하면 무지개는 하늘과 땅을 잇는 다리라고 합니다. 이 다리를 걷는 것이 얼마나 어려울지 상상해보세요. 자주 나타나지도 않을 뿐더러 쉽게 찾아낼 수도 없습니다. 지평선에 걸쳐 있는 듯이 보이지만, 다가가면 저 멀리로 달아납니다.

친구 중 하나는 세 겹 무지개를 본 적이 있다고 했습니다. 그게 얼마나 보기 어려운 것인지. 세 겹 무지개를 볼 수 있는 곳은 축복받은 땅이며, 그 아름다움을 본 사람은 행복한 사람입니다. 그 경이로운 세 겹 무지개를 타고 올라가야 하는 하늘은 도대체 얼마나 높을까요.

刺激 **260**

강렬한 자극을 끊어내기 위해

격 격하다、빠르다。
자 찌르다、절단하다。

오늘날에는 불행하게도 다음과 같은 공식들이 존재합니다. 친해지기를 원하면 섹스를 하고, 활력을 얻기를 바라면 커피를 마시고, 금지로부터 자유로워지기를 바라면 술을 마시고, 기댈 곳이 없으면 담배를 피웁니다. 어떻게 그런 것이 자연스러운 행위를 대신하게 되었을까요. 작위적인 자극 없이 원하는 것을 얻는 방법을 모르기 때문입니다.

섹스를 통하지 않고는 친해질 방법이 없을까요. 운동을 해서 활력을 얻으면 안 되는 것인가요. 우리가 장애물을 스스로 극복할 수 있다면, 금지 따위는 필요하지도 않을 것입니다. 허식도 사라질 것입니다.

침묵을 느껴라

261

靜

침묵을 찾으라. 침묵 속에서 기쁨을 느끼고, 침묵을 느껴라.

명상을 계속하다 보면 침묵에 대한 욕구가 더욱 커지게 됩니다. 침묵 속에서 안락함과 위안, 평화를 얻을 수 있으니까요. 홀로 조용한 기분에 잠겨 있을 때 당신 마음속에서 기쁨이 넘칠 것입니다. 공격도 방어도 필요 없고 진정으로 활짝 열린 상태를 맛보게 될 테니까요. 축복과 경이와 순수하고 성스러운 것을 향한 경외의 감정들이 함께할 것입니다.

그런 것들을 경험하고 나면 당신은 침묵을 경배하게 될 것입니다. 자꾸만 달아나던 평화가 찾아들 것입니다. 이것이 명상의 아름다움입니다.

寂 262

외로움은 절망이 아니라 기회이다

적 고요하다、쓸쓸하다。

외로움은 왜 느끼는 것일까요. 외로움은 사물이나 사람과 접촉하고 있다는 느낌을 가지지 못할 때 생겨납니다. 우리는 자신이 소중한 사람이며, 소중한 것의 일부이고, 환경이 자기를 도와주고 있다는 것을 느낄 필요가 있습니다.

외로움에 대항하는 가장 좋은 방법은 짝을 찾고 가족을 이루는 일입니다. 그러나 그것만으로 항상 충분한 것은 아닙니다. 인간관계와 가족 관계에서 생기는 문제가 때로는 외로움보다도 더 고통스러울 수 있으니까요. 무엇보다 중요한 것은 스스로에게서 만족을 구하는 것입니다. 그렇게 되면 다른 사람을 사랑하든 사랑하지 않든, 외로움으로 인하여 고통을 받을 일은 없을 것입니다.

자신을 인정하는 사람은 외로움을 느끼지 않습니다. 물이 고기를 감싸고 있듯이 안정된 마음이 자신을 감싸고 있습니다. 우리가 전적으로 삶의 흐름 속에 몰입해 있다는 사실을 잊어버릴 때 외로움이 시작됩니다. 그런 의미에서 외로움은 개인적인 주체 속에 똬리를 틀고 있다는 사실을 상기하며, 우리가 자신의 마음속으로 돌아갈 수 있는 기회라고 볼 수 있습니다.

유연한 마음으로 263 對位

위 자리。
대 대하다、대답하다。

가을이 다가오고 있는데 오늘은 갑자기 여름보다도 더 뜨겁게 느껴집니다. 점점 선선해지는 바람 속에서도 여름은 마지막으로 기세를 떨칩니다. 마음속에서는 이중성이 완전히 사라지지 않고 있습니다. 선명해야 할 선들은 흐릿해지고, 밤과 낮의 경계가 뚜렷하지 않게 느껴집니다.

두 계절이 함께 존재하고 있는 탓일까요. 여름에서 가을로 고스란히 넘어가는 것처럼 세상은 그렇게 단순하지 않은 것 같습니다. 복잡한 마음이 우리를 흔들고 있죠.

자연은 미묘함으로 가득 차 있고 때로 길을 잃은 것처럼 보입니다. 삶의 변주 속에서 우리는 어떻게 현명하고도 정확하게 그 흐름을 따라갈 수 있을까요?

無礙 **264**

자연 속에서 그저 걷는 일

애 거리끼다、지장을 주다。
무 없다、아니다。

하늘에서 떨어진 눈물이 담겨 있는 이 호수를 사랑합니다. 달빛으로 표면이 일렁거리고, 호숫가로 물결이 찰랑찰랑 부딪칩니다. 바닷속에서 조각된 단단한 바위들을 만들어내는 이 산을 사랑합니다. 어느 날 갑자기 솟아올라 숲속에 외로이 서서 은빛 폭포를 받아 바위들이 부서지고 있습니다.

파수병처럼 부엉이 한 마리가 깜빡거림도 없이 내려다봅니다. 멀리 높은 숲으로부터 음률이 흘러나와 달빛에게로 가고 있습니다.

사람들이 이익을 핑계로 땅을 훼손하고 있습니다. 야생의 순수한 아름다움이 여행객들의 시끄러운 소음으로 더럽혀지고 있습니다. 인간의 탐욕이 자연의 풍경을 망가뜨리고 있습니다. 마치 싱싱한 과일 위를 기어다니는 파리처럼요.

사실 우리는 자연에게 짐을 지우지 않으면서 그 신비한 세계를 그저 걷고, 바라보기만 해도 충분합니다. 자연은 소유가 아니라 함께 살아가야 하는 존재니까요.

나비처럼 아름답게 살다 가기를

265

純

순 순수하다、순박하다。

지금 세계는 전쟁을 준비하고 있습니다. 지도자들은 갖은 수사로 국민을 선동하고, 군대는 국경으로 속속 집결하고 있습니다. 아마도 이 세계에서는 분쟁이 끊이지 않을 듯 싶습니다.

우리는 삶의 순수를 기억해야 합니다. 부드럽고, 가볍고, 아름다운 나비는 짧은 생을 삽니다. 그는 다만 날아다니고 짝짓기 위하여 이 세상에 왔습니다. 운명을 묻지도 않고, 오래 살려고 애쓰지도 않으며, 자기의 삶을 바꾸려고 술수를 부리지도 않습니다. 짧은 생애를 행복하게 살다 갈 뿐입니다. 나비는 항상 아름다운 것만 찾아다닙니다. 햇살이든, 가느다란 잎이든, 붉은 장미꽃이든 짧은 생애 동안 사랑스러운 것들의 주변을 맴돌지요.

사람들은 왜 서로에게서 순수함을 발견하고 존경하는 방법을 배우지 못하는 것일까요? 우리는 너무나 많은 시간을 추악한 것만 보고 사는지 모릅니다. 실용과 현실이라는 미명하에 우리는 전략을 짜고, 영역과 소득, 편의만을 추구합니다. 나비처럼 살아가기에는 너무 늦었는지도 모릅니다. 그러나 최소한 우리는 나비에게 경의를 표하고 그 순수한 존재를 향하여 조금씩 다가갈 수 있습니다.

激賞 **266**

가을 문턱에 서서

상 상주다、증여하다。
격 격하다、심하다。

밤에는 따뜻한 친구들과 둘러앉았습니다. 달빛이 우리를 비추고, 은빛 물결이 넘실거리는 시내에서 물을 길어 도자기에 넣고 차를 끓입니다. 차를 잘 끓이는 것은 쉽지 않습니다. 차를 끓이는 이 다기는 오랜 내력을 지녔습니다. 지금 그 시간의 향기가 고스란히 되살아납니다.

추분은 인생을 반성하는 시간입니다. 수확을 많이 했으면 그에 대해 감사하고, 수확이 신통치 않았으면 앞으로 해야 할 것을 생각하고 다음 기회에는 더 잘할 것을 결심합니다. 감사하는 자세를 갖는 데에 부유함과 여유가 필요한 것이 아닙니다. 우리는 다만 이 세계의 아름다움에 관하여 감사를 드리면 됩니다.

삶은 각자의 음표로 채워진다

267

風格

격 격식, 자리.
풍 바람, 기세, 가르침.

한 소년이 노인의 식견을 배우고 싶다고 졸랐습니다. "식견?" 노인은 천천히 대답했습니다. "나의 식견은 긴 인생 행로의 슬픔과 기쁨, 사랑하는 사람과 고독, 전쟁과 그 잔인함, 이제 막 태어난 아이, 땅에 묻힌 부모와 친구들로 이루어져 있다. 그 규모는 북두칠성처럼 넓고 하늘과 땅 사이의 공간만큼이나 깊다. 나의 양식을 설명할 수 있겠느냐? 너는 너 나름의 젊은 삶을 가지고 있는 것이 아니겠느냐?"

인생에서 모든 사람은 자기 나름의 식견을 가지고 있습니다. 늙은이에게는 통찰력이 있고, 젊은이에게는 정열이 있습니다. 우리는 서로에게 배울 수 있지만 다른 세대가 가지고 있는 것을 가질 수는 없습니다.

自然

268

자연의 완벽함을 따를 수는 없다

자 스스로、저절로。
연 그러하다。

우리 모두 배움을 향한 열정을 가지고 있습니다. 교육에 큰 희망을 걸고 있으며, 문명화에 대한 유혹을 느낍니다. 그렇기에 우리는 도서관이나 박물관에 가고, 왕의 무덤에서 꺼낸 유물을 보기 위하여 전시회에 갑니다. 새로운 상품은 우리를 기쁘게 만들죠.

잠깐 창밖으로 시선을 돌려보세요. 완전한 자태를 갖춘 나무, 찰랑거리는 연못, 지붕 위를 어슬렁거리는 고양이, 푸른 어치의 반짝임을 보면서 전혀 새로운 미와 지식의 질서를 발견할 수 있을 것입니다.

인간의 작품은 자연의 작품과 비교할 수 없습니다. 문명에는 균형과 품위가 부족합니다. 오랜 세월 동안 인간의 업적은 이익과 압제, 명예욕과 탐욕 같은 불순한 동기에 의하여 더럽혀져 왔기 때문이죠. 자연은 서로 경쟁하는 요소들의 혼합입니다. 자연은 무질서해 보일지 모릅니다. 두렵기도 한 존재이기도 합니다. 그러나 자연은 인간의 상상력과 능력을 뛰어넘는 위대한 것입니다. 우리의 경외심을 불러일으키며, 인간이 결코 흉내 낼 수 없는 숭고함과 신비함을 간직하고 있습니다.

고난을 마주하는 자세

269 謙

겸 겸손하다, 겸허하다.

인생의 고난은 도처에 깔려 있습니다. 사람들은 그들 나름의 방식대로 역경에 맞섭니다. 어떤 사람은 굴복하기도 하고, 난폭하게 대들기도 합니다. 결의로 돌파하기도 하고, 교묘한 책략으로 대처하기도 합니다. 그러나 대부분의 사람들은 고난 앞에서 무너져버립니다.

고난이 닥치면 겸손하게 응대하고, 고난 앞에서 고개를 숙이고, 해답을 찾을 때까지 집중해야 합니다. 부당한 힘에 기대지 않고, 운명에 묵묵히 따르지도 않아야 합니다. 상황을 찬찬히 검토하고 주의 깊게 살펴보는 힘을 길러야 합니다.

물론 우리에게 기백이 부족하거나 불안정할 때는 겸손이 해가 될 수도 있습니다. 어떤 사람들은 너무나 고귀한 나머지 스스로 무너지기도 하고, 재능이 있는데도 인성이 분열되어 있어서 잠재력을 충분히 발휘하지 못하기도 합니다.

겸손은 중요한 미덕이지만, 언제나 한계를 지켜야 합니다. 모든 상황에서 겸손한 태도를 유지하되, 그 미덕을 올바른 방식으로 적용하는 것이 중요합니다. 잘못된 겸손은 우리의 가능성을 제한하지만, 진정한 겸손은 고난을 딛고 일어설 힘과 지혜를 가져다줍니다.

清除 270 묵묵한 헌신의 빛

청 맑다、깨끗하다。
제 덜다、없애다。

새벽녘에 큰 사원에 다녀왔습니다. 그 건축물은 위대한 인간 정신의 표현으로 보물과도 같은 것이었습니다. 수 세대에 걸쳐 예배자들이 옥좌 앞에 제사를 드렸고, 수많은 수사들이 성스러운 바닥에 앉아 깨달음을 얻었으며, 수천의 사람들이 생명을 얻기도 하고 죽어 성스러운 무덤에 들기도 하였습니다.

그러나 눈에 가장 띄는 사람은 묵묵히 계단을 청소하고 있는 노파였습니다. 완전히 집중해서 헌신하는 태도는 어찌나 빛이 나는지. 꼼꼼하고 침착하게 자기 일을 하는 노파의 모습은 진정으로 성스러운 정신의 표현이었습니다.

며칠 후, 예배를 드리는 날이 되었습니다. 이날 수도원장과 그를 따르는 수도사들을 비롯하여 무수히 많은 사람이 예배를 위해 계단을 오르내렸습니다. 이들 가운데 과연 몇이나 노파의 배려와 헌신을 느꼈을까요.

우리들이 모두 걸어가야 하는 그 길을 준비한 자야말로 마땅히 가장 큰 존경을 받아야 합니다.

초심자에게 전하는 말

271

實行

행 다니다, 행하다.
실 열매.

수행의 길을 오랫동안 걸어온 사람은 진지하게 길을 묻는 초심자들을 만나면 기꺼이 도와주어야 합니다. 초심자를 만났을 때 무슨 말을 해주어야 할까요? 저는 초심자에게 이렇게 말해주고 싶습니다.

시작의 시기는 무엇보다도 소중한 시간입니다. 그 시간들은 흥미롭고 경이로운 성장으로 가득 찬 시간들입니다. 첫째로 해야 할 것은 먼 길을 가려는 의지를 다잡는 일입니다.

예나 지금이나 내가 가장 중요하게 생각하는 것에는 변함이 없습니다. 그것은 수행입니다. 그러나 수행을 계속 해나가기 위해서는 다른 무언가가 필요합니다. 그것이 바로 훈련입니다. 훈련을 통해서 어려운 시기가 닥쳐도 수행을 계속할 수 있도록 인내하는 법을 배울 수 있습니다. 고난은 한 인간을 시험하고 완성시키는 역할을 합니다. 그것이 없이는 자기 스스로를 계발할 수가 없습니다.

쌀도 빻을 때의 고통을 겪어야 하고, 보석도 갈고 다듬는 고통을 겪게 됩니다. 그런 과정을 거쳐서 값진 것이 나오는 법입니다. 가치 있는 사람이 되고자 한다면, 어려운 시기에도 참는 법을 배워야 합니다.

사랑의 헌신

심 마음, 근본.
결 결단하다, 분별하다, 판단하다.

나는 일주일 전에 나비로 환생한 부인을 보았다. 그녀는 사랑하는 연인과 함께 양 날개를 나풀거리며 돌아왔다. 나선의 접점과도 같이 그녀는 얼마나 자주 돌아와 기쁘게 연인을 만나고 있는 것일까.

전설에 나비가 된 연인들의 이야기가 있습니다. 그들은 서로를 너무나 사랑했으며, 죽을 때도 서로에 대한 충성스러운 마음을 약속했습니다. 그들의 헌신적인 사랑에 감동한 신들이 그들을 나비로 만들어주었고, 연인들은 계속 환생하여 서로 만날 수 있게 되었습니다.

사랑하는 것에 그만큼의 결심과 충성심을 가지고 있다고 말할 수 있는 사람이 몇이나 될까요.

내면의 힘을 찾아서

273 螺旋

선 돌다、돌아오다。
나 소라、고둥。

명상에 깊이 잠기면 생명 자체의 힘을 느낄 수 있습니다. 그것을 전기나 힘, 빛이나 의식이라고 표현하는 말이 나름대로는 옳습니다. 그러나 그런 식의 정의는 적당하지 않습니다. 당신 스스로 그것을 보는 것이 중요합니다. 당신의 힘으로 그것을 느끼고 깨달아야 합니다.

생명 자체의 힘 속에 있다는 것은 원시적이고, 본능적이고, 신비하고, 주술적이고, 심오한 무언가의 앞에 서 있는 느낌을 줄 것입니다. 그것과 함께 있을 때면 말이 필요 없고, 감각도 무의미하며, 다만 깊은 두려움만이 있을 뿐입니다. 사람들은 누구나 그것에 현혹되어 다가갈 것입니다. 벌레와도 같은 우리들의 의식으로 보기에는 너무나도 아름답고 강한 불꽃과 같은 것입니다.

나선처럼 스스로를 감아 올라가는 기의 흐름이 성장의 모든 국면을 지배합니다. 그것이 우리의 영혼입니다. 우리에게 생기를 불어넣어주고, 우리의 의식을 가능케 하는 힘입니다. 삶에 완전히 몰입하기를 바란다면, 이런 내면의 힘을 찾아야 합니다. 그 힘과 조화를 이루게 되면, 당신은 활력을 얻을 것입니다.

274

기쁨과 슬픔은 의지에 달려 있다

이 삶에서 우리는 홀로 서 있습니다. 아무도 우리 삶을 대신 살아주지 않습니다. 단 한순간도 자신을 자신의 삶에서 떼어낼 수 없습니다. 부정할 수는 있지만 다 부질없는 짓입니다. 우리는 여기 홀로 있으니까요. 우리가 매 순간을 어떻게 다루느냐는 우리 의지에 달려 있습니다.

옛사람들의 발자취가 도움이 되겠지만 그것은 참고 자료에 지나지 않습니다. 우리 뒤를 따를 사람들에 관한 생각도 우리를 좌지우지할 수 없습니다. 중요한 것은 우리가 지금 존재한다는 것이고, 순수하게 존재한다는 것입니다. 지금 그대로를 받아들이세요. 지금 그 모습대로 살아 있어야 합니다.

하늘에 신이 있더라도 그는 미래에 관하여 알지 못합니다. 우리는 그저 미래가 올 것이라는 말밖에는 하지 못합니다. 우리 스스로 나아가게 하고 할 수 있는 한 아름다운 미래를 만들어야 합니다. 품위도 인격의 완성도 우리 의지에 달려 있습니다. 그러므로 재난과 불행이 닥쳤다 하여 한숨 쉬지 마세요. 당신이 행복하느냐 그렇지 못하느냐 하는 것은 전적으로 당신의 책임입니다.

가을

내면의 탐구 끝에 온전한 나를 만나는 과정

삶의 비밀

275

晦

희 그믐, 밤, 감추다.

인생의 비밀은 모든 성서聖書에 이미 반복해서 쓰여 있습니다. 우리가 그 비밀들을 진정으로 읽지 않기 때문에 아직 비밀로 남아 있는 것입니다. 가치 있는 것을 확인하는 길은 쉽지 않습니다. 게으른 사람은 다른 곳을 보지만, 인내하는 사람은 끝내 풍요를 누릴 수 있게 됩니다.

인생의 비밀을 탐구하는 것에 관한 글은 쉽게 이해하기 어려울지도 모릅니다. 오랫동안 훈련을 한 수도사조차 경전을 제대로 해석하지 못한 경우가 허다합니다. 이러한 이유로, 어떤 사람들은 진리를 탐구하는 사람들이 냉소적인 엘리트라고 비난하기도 했습니다. 하지만 개인의 내면을 탐구하고 진실을 열렬히 갈구하는 자에게는 그 진심이 반드시 전해질 것입니다.

실제로 스승들 가운데는 모든 비밀을 낱낱이 일러주며 통찰과 가르침을 나누었던 사람들도 있었습니다. 그러나 그들의 그런 열망이 지나쳐, 때로는 스스로를 소진하고 파괴하는 안타까운 결과에 이르기도 했습니다.

당신은 진흙 속에 진주를 볼 수 있는 눈을 갖게 되길 바랍니다.

풍요의 상징 속에서

오늘 밤에는 수확을 알리는 달이 떴습니다. 밤의 여왕인 달은 오늘 밤 가장 둥글고 환하게 빛나며, 일 년 중 어떤 날보다도 가깝게 내려와 있습니다. 쪽빛 하늘에 은빛으로 빛나며 온 세상을 감싸고 있습니다.

사람들은 여러 가지 이유로 이날을 기념합니다. 어떤 사람들은 달을 감상하기 위하여 이날을 기념하기도 합니다. 달을 향해 사탕과 술, 차를 올리며 축배를 들기도 합니다. 또 다른 이들은 수확에 대한 감사의 마음을 품고 이날을 평화롭고 여유롭게 보내며 휴식을 취합니다.

달은 여름의 밝고 뜨거운 열기 속에서 차갑고 고요한 어둠이 승리했음을 상징합니다. 오늘 밤은 우주의 질서를 떠올리게 합니다. 음과 양, 남과 여, 열과 서리, 딱딱함과 부드러움, 이런 대조적인 요소들이 사실은 하나의 조화를 이루며 우주의 일부로 존재합니다.

이제는 가을의 풍요로움에 감사하고 다가올 추위에 대한 준비를 시작해야 합니다. 달빛 아래서 자연의 질서와 삶의 순환에 대한 경외를 느껴보는 것은 어떨까요.

희생에 감사를 표하는 일

277

全

전 온전하다, 순전하다, 무사하다.

옛날 사람들은 음식을 고를 때 동물 한 마리를 통째로 구매하는 것을 선호했습니다. 땅과 사람들의 거리가 가깝고 밀접한 문화에서의 생활 방식에 따르면, 인간이 그들의 음식과 완전한 관계를 맺는 것은 자연스러운 일이었습니다. 그들은 가축을 사서, 기르고, 도살하고, 손질한 뒤에 요리합니다. 그리고 먹을 때에는 항상 감사의 마음을 가졌습니다.

그들에게 음식은 단순히 실용적인 문제였습니다. 생존을 위해 죽여야 한다는 현실을 이해했기에, 음식을 두고 특별히 복잡한 감정을 느끼지는 않았습니다. 하지만 최소한 그들은 자신들의 먹이가 되는 동물에게 고마움을 느꼈습니다.

오늘날 우리가 음식과 맺는 관계는 많이 단절되어 있습니다. 우리는 음식이 어디서 자랐고, 누가 길렀는지 알지 못한 채 소비합니다. 식사할 때 계절이나 환경을 고려하지 않고, 준비된 음식을 그저 받아들이기만 합니다.

당신이 먹는 음식의 출처를 아는 것은 당신의 삶에 큰 의미를 가질 수 있습니다. 식물이든 동물이든 그것은 결국 우리를 위해 희생된 존재입니다. 우리는 최소한 그 과정에 관심을 기울이고, 존경과 감사를 표해야 합니다.

거닐면서 깊은 우수에 잠길 수 있는 공간이 있습니다. 전적지가 그런 곳입니다. 그곳에서는 많은 사람이 목숨을 잃었습니다. 어느 나라에나 그러한 장소는 존재합니다. 종종 사람들은 그곳이 매우 비싼 땅임에도 불구하고 아무런 건물도 세우지 않습니다. 사람들은 그 죽음의 의미를 잊을 수가 없고, 그 기억을 고스란히 남겨두어야 한다고 말합니다. 또 어떤 사람들은 그곳의 원한이 너무 깊어서 사람들이 죽은 자들과 함께 살 수가 없다고 말하기도 합니다.

역사는 현재를 이해하는 데 중요합니다. 한 민족의 일원으로서 이제까지 겪어온 삶의 방식을 알지 못하면 현재와 미래를 제대로 설계할 수 없습니다. 역사가 어떻게 흘러와서 우리가 그 위에 새로운 터전을 두려 하는지 우리는 알아야 합니다. 과거의 실패를 교훈 삼아 다시는 그런 실패를 경험하지 않도록 해야 합니다.

역사가 항상 영광스러운 것은 아닙니다. 이 세상에서의 삶은 잔인했고, 사람들은 서로에게 못 할 짓을 했습니다. 앞으로 바른 의지와 힘을 가지고 살기를 바란다면, 우리는 과거의 경험을 토대로 삼아야 합니다.

일상에서 멀어지는 훈련 279

바람에 흔들리는 대나무. 그러나 바람이 지나고 나면 대나무는 다시 평정을 되찾습니다. 서늘한 연못에 거위들이 내려앉습니다. 그러나 거위들이 날아가고 나면 수면은 거울처럼 잔잔해집니다. 희뿌연 먼지가 지나고 난 다음에 우리 마음도 고요해집니다.

이 세상의 일은 먼지와 같습니다. 다 쓸어버릴 수도 없고, 그렇다고 마냥 매달려 있을 수도 없습니다. 세상일에서 멀어져 명상을 하려고 해도, 자극적인 이 세상이 마음속에 계속 머무는 한 평정을 얻을 수 없지요.

이 세계의 고난에 자기를 연관 짓지 않는다면 그럼으로써 고요한 마음이 됩니다. 시련과 위험, 감각적인 유혹과 일상사에 대한 집착을 한순간에 모두 버릴 수는 없습니다. 그러나 당신이 그렇게 할 마음의 준비가 되었다고 느끼면, 그것만으로도 성공한 것입니다. 이제 행동으로 옮기면 됩니다. 당신이 한편으로는 일상이 부과하는 의무에 충실하면서 한편으로는 평정을 얻기를 원한다면, 작은 일에서부터 일상과 멀어지는 훈련을 하세요. 최소한 짧은 기간의 고요함을 얻을 수는 있을 테니까요.

佸 280

방랑하는 여행자

고 값, 평가하다, 매기다.

하루하루가 수행의 길을 평가하는 척도입니다. 당신이 이제 막 수행의 길을 시작했다면, 일 년 후, 십 년 후, 아니면 더 오랜 인고의 시간이 지난 후에 그때까지의 삶을 돌아볼 날을 기대하기만 하면 됩니다. 오늘 당신이 어떤 기념일을 맞이하였다면, 그동안 수행을 위하여 쏟았던 시간을 돌아보면서 기뻐하면 됩니다.

도가에서 진리를 원하는 사람들은 그들의 생일을 기념하지 않으며, 수행의 길을 시작한 지 몇 주년이 되는 날을 표시해놓지 않습니다. 수행의 길은 끊임없는 흐름을 따라가는 일이므로, 시간 따위로 잴 수 없는 것이라고 말합니다. 그들은 방랑하는 여행자이기 때문에 길의 형상에 신경을 쓰지 않으며, 거리와 시간을 따지지 않습니다.

그러나 우리들 대부분은 그런 수준의 자연스러움에 도달하지 못했습니다. 아직 수행의 길에서의 발걸음에 신경을 쓰고 있는 우리에게는, 스스로를 다그치고, 이제까지의 발전을 가늠해보는 방법으로 지나는 길의 이정표를 바라보는 것이 좋습니다.

무한한 가능성

281

撲

박치다, 던지다, 가득하다.

때로는 어른들은 해도 되지만 아이들은 하면 안 되는 일이 있다는 것이, 아이들과 가르치는 사람 모두에게 이해가 되지 않을 때가 있습니다. 그러나 그것은 위선이 아니라 지혜입니다.

아버지에게 꾸중을 듣던 아이가 대꾸했습니다. "아빠는 하잖아요." 그러자 아버지는 사원으로 아이를 데려갔습니다. 사원 앞 뜰에는 신상神像을 만들기 위한 나뭇조각이 널려 있었고, 신상을 바라보며 아버지가 말했습니다.

"아버지는 너보다 나이가 많아. 말하자면 이미 다 완성된 저 신상과 같지. 아버지는 많은 일을 이루었지만 결점도 많아. 완성된 이 신상을 보렴. 이제는 팔의 위치를 바꿀 수가 없단다. 하지만 너는 저 뜰에 있는 나뭇조각과 같단다. 무엇이든 될 수 있는 무한한 가능성이 있지. 나는 네가 나처럼 결점이 많은 사람이 되지 않기를 바라기 때문에 너더러 어떤 일은 하지 말라고 말하는 거야. 나를 봐라. 일단 내 몸에 무언가 새겨지고 나면 그 일을 하지 않기란 아주 힘들 거라는 생각이 들지 않니? 나를 닮지 마라. 내가 한 것과 같은 실수를 반복하지 마라. 그러면 너는 나보다 훨씬 더 아름다운 사람이 될 게다."

焦點 **282**

마음의 방으로

점 점、흠、얼룩。
초 태우다、그을리다。

체스 선수들이 시합을 할 때 구경하는 사람들은 조용히 그들을 바라봅니다. 체스 선수들은 완전한 고요 속에서 정신을 집중해야 한다는 사실을 사람들은 압니다. 그러나 사람들은 명상할 때는 시끄러운 거리의 소음, 나불대는 동료, 역한 냄새, 더러운 방은 아무런 문제가 되지 않을 거라고 생각합니다. 명상은 주위를 둘러싼 환경과는 아무 상관없는 정신 활동일까요? 만약 그렇다면 명상실, 위안을 주는 장소 따위는 필요가 없을 것입니다. 사람들은 조용한 곳을 찾지도 않을 것입니다.

명상은 그 자체의 목적을 가진 행위입니다. 그것은 단순한 휴식도 아니고 억압이 줄어든 상태도 아닙니다. 명상은 우리의 모든 인성을 하나로 모으는 행위입니다.

명상에 몰입하려면 주위의 환경이 좋아야 합니다. 공기가 상쾌한 자연에 가까운 장소가 필요하고, 아무런 방해도 없어야 합니다. 그때에만 우리는 평정 속으로 미끄러져 들어갈 수 있습니다. 체스 선수가 방해받지 않는 환경에서 집중하듯이 우리도 정신을 집중하여 명상의 세계로 침잠해 들어가야 합니다.

명상, 흐름 속의 조화

283 持續

속 잇다、계속하다。
지 가지다、지니다、버티다。

어떤 수도사는 한 번에 16시간씩 명상에 몰두한다고 합니다. 어떤 사람은 오랫동안 명상을 하기 위해 가부좌를 틀고 앉은 다리를 끈으로 묶어 움직이지 못하게 했다고 합니다. 또 어떤 사람은 버팀목으로 몸을 곧추세운 채, 턱 아래 날카로운 막대기를 대고 앉아 있다가 졸면 막대기에 찔려 깨어나는 방법까지 사용했다고 합니다. 그러나 이런 행동은 바람직한 행동이 아니라 강박관념의 소산일 뿐입니다.

명상이 모든 것을 지배하게 해서는 안 됩니다. 명상은 삶의 한 부분으로 자연스럽게 스며들어야 하며, 행위의 일부로 강요되기보다는 삶 자체에 자연스러운 표현이 되어야 합니다.

물론 명상에도 적당한 지속 시간이 필요합니다. 그러나 명상의 본질은 존재한다는 것의 핵심, 즉 살아가는 데 있습니다. 모든 사물은 다 움직이고 성장해야 합니다. 그러므로 명상도 삶의 흐름과 조화를 이루어야 합니다.

環境 284 조용함과의 교감

경 지경、경계。
환 고리、두루 미치다。

권력의 중심지이며, 복잡하고 유서 깊은 문명의 중심지로 유명한 도시가 있습니다. 이런 곳은 영혼의 중심지가 될 수 없습니다. 차량의 소음이 끊이지 않고, 밤낮을 가리지 않고 미친 듯한 고함과 땅을 울리는 소리가 미묘한 것들을 모두 갈기갈기 찢어놓습니다. 공기 속에는 먼지와 매연이 그득하고, 후덥지근한 날에는 쓰레기 썩는 냄새가 풍깁니다. 콘크리트와 아스팔트, 철근과 쓰레기에 눌려서 땅은 숨을 쉴 수가 없습니다.

물론 이러한 곳에 살면서도 마음 수련에 관심을 갖는 사람들이 있습니다. 이런 환경 속에서도 높은 수준의 깨달음에 도달할 수 있을까요? 답은 불가능하다입니다. 도시환경 속에서 완전한 깨달음을 얻기란 불가능합니다. 깨달음을 얻는 것은 특별한 심리 상태에 도달하는 것이며 그렇게 되는 데에는 조용한 수행과 미묘한 것들과의 교감이 필요합니다. 소음으로 가득 찬 도시에서 어떻게 마음의 노래를 들을 수 있을까요.

빛을 비추는 존재

285 爍

삭 빛나다, 밝다.

옛날에는 스승들이 산에서 내려와서 사람들을 만났습니다. 사람들 사이를 걸으면서 사람들이 자기 수양의 길을 가도록 독려하기도 하고, 만나는 사람들을 도우면서 그들의 삶을 어루만지기도 했습니다. 세상의 흐름을 파악하고 자연스럽게 흘러가도록 하며 자기 수양의 길을 확인하는 여정인 것이지요.

빛을 발하는 존재는 마치 한낮에 환한 달빛이 떠오르는 것과 같습니다. 그러한 순간은 너무나 강렬하여, 평소에는 숨겨져 있던 빛이 태양보다도 더 눈부시게 드러납니다. 스승이 사람들 사이를 걸을 때, 바로 그러한 빛이 비추어집니다. 그들이 존재함으로써 길을 찾으려는 모든 이들에게 희망과 기쁨을 전할 수 있는 것입니다. 당신도 그런 사람이 되기를, 혹은 그런 사람을 만나 빛나는 삶을 마주하기를 바랍니다.

286

경험을 나누는 삶

남들을 가르치는 위치에 서면, 기꺼이 남에게 가르침을 나누어주어야 합니다. 힘을 나누지 않고 꾹 움켜쥐고 있을 이유가 전혀 없습니다. 인생의 비밀을 열 번씩 말해주어도 상관없습니다. 비밀은 사람들이 단순히 듣기만 하는 것이 아니라 실제로 자기 삶에 적용시킬 때만이 알려지는 법입니다.

과거에는 스승들이 매우 이기적이었습니다. 그들은 어렵게 배웠기에, 다른 사람에게 배움을 전해주는 것을 꺼렸지요. 그들은 제자가 자기보다 앞설까 봐 두려워서 항상 몇 가지 열쇠는 혼자만 간직했습니다. 얼마나 어리석은 태도인가요.

당신이 내면의 힘을 기르는 동안 축적되는 것들이 많이 생길 겁니다. 그러나 당신 혼자 영원히 간직할 수는 없습니다. 만약 그러려고 하면 영적인 기가 오히려 당신을 파괴할 것입니다. 그러나 만약 당신이 그러한 힘을 적절히 사용하게 되면 퍼낼수록 더욱 풍부해지는 샘물처럼 내면의 힘은 더욱 강대해집니다. 당신을 버릴수록 당신에게 오히려 이로울 것입니다.

전체를 이루는 삶의 모양

287

圓滿

만 차다, 가득하다.
원 둥글다, 온전하다, 원만하다.

우리의 일상은 바퀴의 바깥 부분을 나타냅니다. 다른 재능들과 우리 마음의 깊숙한 면들은 바큇살과 같습니다. 이 모든 것의 중심에는 의식이 있습니다. 그 중심은 속이 비어 있으며, 그 빈 공간을 통해 우주의 실체와 자신과의 통로가 마련됩니다.

불행하게도 우리가 항상 모든 것을 유지하는 것은 아닙니다. 아마도 우리가 어렸을 때 중요한 기회를 놓쳤을 수도 있고, 경험과 교육이 부족했기 때문일 수도 있습니다. 그 이유가 무엇이든 자기 성찰을 통해서 우리에게 부족한 것들을 발견해내고, 그것을 보충하기 위하여 노력해야 합니다. 부족한 부분을 메우는 것은 바퀴에다 바큇살을 꽂는 것과 같습니다. 우리의 바큇살이 가득 채워질 때 우리는 완전한 존재가 되는 것입니다.

바퀴에는 굴러가야 할 많은 날이 있습니다. 전체를 이룬 우리 자신은 정신적인 열망이 끝까지 지속되게 하는 힘이 됩니다.

遠 288

눈높이에 맞춘 시야

원 멀다、심오하다、깊다。

인생이 혼란과 무질서로 짠 천과 같이 보일 때가 있습니다. 그렇게 보이는 이유는 두 가지입니다. 하나는 시야가 곧지 못하기 때문이고, 또 하나는 시야가 너무 낮기 때문입니다. 시야를 눈높이에 맞춘다면 당신의 삶에서 무슨 일이 일어나든지 예견할 수 있게 됩니다. 저 멀리 수평선에 무언가 나타나자마자 준비를 시작할 수 있습니다.

현자가 현명하다고 하는 이유는 특별한 능력을 갖추고 있기 때문이 아니라, 사물을 멀리 바라볼 수 있기 때문입니다. 깨달음에 도달한 사람들은 모든 현상에는 근원이 있음을 알고 있습니다. 땅과 하늘 사이에 구름이 흘러가면서 어두운 그늘을 드리우듯이, 바깥에서 일어나는 일들이 우리 마음에 비치는 것입니다. 마음에서 일어나는 반응이란 외부에서 던진 그늘과 같습니다.

무슨 일이 생길지 예견할 수 있는 지점에 서 있으면, 우리도 그런 현상을 이해할 수 있습니다. 미리 단순히 어떤 감정을 가질까가 중요한 게 아니라, 그 일의 형태가 무엇이며, 그 근원에는 무엇이 있는지 생각해보는 것이 중요합니다. 이렇게 멀리 바라보면 뜻하지 않은 일로 방해받을 염려가 없습니다.

물아일체의 마음

289 倂

병 아우르다, 물리치다.

우리는 이제 멀리 있는 신을 바라보는 대신, 내면에 있는 자신을 보게 되었습니다. 과거에 신과 우리의 관계는 수직적이었고, 신은 한없이 위대한 존재로 여겼습니다. 그러나 일부는 신은 존재하지 않는다고 주장합니다. 이러한 시각을 불경스러운 것이라고 말하고자 하는 것이 아닙니다.

도가에서는 신과 인간이 분열된 존재가 아니라 일체가 된 하나의 존재이기를 추구하고 있습니다. 신과 함께 있는 사람이라면, 신과 그 자신과의 분열은 없다고 말합니다. 신과의 사이에 분열이 없다면, 신이 곧 그들이고 그들이 곧 신이라는 말입니다. 물론 신이 할 수 있는 일을 그 사람도 다 할 수 있다는 뜻은 아닙니다. 중요한 것은 그들이 신성에 대한 불확실함과 공포와 분별없이 깨달음에 도달해 있다는 사실입니다.

우리가 가끔 하늘의 별과 우리가 일체라고 느끼는 것도 이런 상태를 의미합니다. 우리는 자신과 하나가 되기를 원합니다. 내면의 탐구 끝에 자신을 이해하고 그 모든 것들이 온전한 스스로의 모습이 되기를 소망합니다.

變 290

내면의 상처를 치료하는 과정

변 고치다、변하다。

자신을 초월하는 과정은 내면을 치료해가는 과정입니다. 과거의 상처는 낱낱이 찾아내서 치료하지 않으면 수양하는 내내 커다란 방해가 됩니다. 상처를 치료하는 데 몇 년이 걸리더라도 우리는 해내야 하는 것이지요.

우리가 입은 상처는 타인으로부터 얻은 상처가 대부분입니다. 거리에서 우연히 만난 사람, 부모, 스승, 형제, 연인, 친구일 수도 있습니다.

우리가 타인으로부터 벗어나 내면의 성장을 이룬다면, 그들이 다시 우리에게 해를 입힐 기회는 없어지게 됩니다. 그렇게 된다면 살면서 타인의 문제는 그다지 큰 문제가 아닐지 모릅니다. 어떻게 그들이 우리를 해칠 수 있을까요. 우리의 약점은 모두 없어졌는데 말이죠.

마음의 평정에 이르는 길

291 進步

보 걸음, 행위。
진 나아가다, 오르다。

명상이 지루해지거든 즉각적으로 방법을 바꿔보세요. 일생에 한 가지 방법으로 수행한다는 것은 있을 수 없습니다. 초보자에게는 그들 나름의 명상법이 있고, 공부를 많이 한 사람들에게도 그들 나름의 명상법이 있습니다. 단순한 사람은 단순하게 명상하고, 복잡한 사람은 그들을 완전히 사로잡는 명상법을 선택합니다.

당신이 어떤 타입이든 어떤 명상법이 더 이상 소용이 없어지는 시점이 있을 것입니다. 우리의 잠재의식은 영원하고, 변화무쌍하고, 알 수 없는 것인데 반하여, 모든 명상법은 다 작위적인 구조에 지나지 않기 때문이죠. 그러므로 한 가지 명상법이 수명을 다하면 다른 명상법을 선택해보세요. 때론 몇 가지 명상법을 번갈아 가면서 시도해보는 것도 괜찮습니다.

온전한 휴식을 느끼지 못한다는 것은 아직 완전히 영적으로 성숙하지 못했다는 징표입니다. 최종 단계에서의 명상은 완전한 마음의 평정을 가져옵니다. 이런 상태에 이른 사람들은 아무것도 느끼지 않고, 아무것도 생각하지 않고, 아무것도 걱정하지 않습니다. 그러므로 불안정한 마음이 평정을 이룰 때까지 계속 당신을 변화시켜야 합니다.

均衡 292

균형을 회복하는 힘

균 고르다、평평하다。

형 저울。

여름은 시들고, 바싹 마른 나뭇잎은 종이처럼 바스락거리고, 풀잎도 누렇게 물듭니다. 마른 호수는 갈라져 흙더미가 드러납니다. 선선한 가을바람도 황폐한 땅에 서리를 내릴 뿐 별다른 위안이 되지 못합니다. 그러나 어느 날 부드러운 비가 내리면서 갈라진 틈새로 부드럽게 스며들고, 메마른 나무를 촉촉히 적십니다. 천천히 균형이 회복되는 것이지요.

자연은 균형을 이루는 방향으로 나아갑니다. 자연은 한 단계에서 계속 머무르지 않고 여러 요소와 계절들이 서로 바뀌면서 균형을 이루어나갑니다.

도가에서 말하는 균형은 많은 요소들이 서로 중첩되면서 나아가는 역동적인 과정이지 정적인 상태가 아닙니다. 어떤 국면이 끝없이 지속되는 것처럼 보일지라도 그것들도 언젠가는 반대되는 힘에 의해 균형을 회복하게 됩니다.

오늘은 어제와 내일 사이의 가장 정확한 중심이다

293 間隙

극 사이、틈。

간 사이、엿보다、틈을 타다。

매일 아침 모든 사물이 상쾌하게 시작을 맞이합니다. 어제는 지나갔고, 오늘은 다른 무언가를 할 수 있는 기회가 있습니다. 어제가 승리와 만족으로 가득 찬 시간이었다면 오늘은 그보다 더 나아갈 수 있습니다.

아침에 일어나 오늘 하루의 계획을 세우면서 우리는 지루한 대본에 따라 살아가는 것 같은 생각이 들곤 합니다. 그러나 그럴 필요가 없습니다. 하루하루가 특별한 시간이라는 것을 알게 된다면, 우리는 상쾌한 마음으로 출발하여 더 많은 일을 할 수 있습니다.

오늘은 어제와 내일 사이에 놓여 있습니다. 어제 시작한 일이 오늘까지 계속될 수도 있고, 그로 인해 오늘 일에 지장을 줄 수도 있습니다. 내일 하고자 하는 일이 오늘 시작될 수도 있고, 그것 때문에 오늘을 망칠 수도 있습니다.

매일 아침이 새로운 하루입니다. 너무 진부한 말처럼 들릴지 몰라도, 우리가 그런 단순한 이치를 깨닫는다면 굳이 삶의 가르침을 배울 필요가 없습니다.

294

명상은 특별한 행위가 아니다

햇빛 속에 고양이가 앉아 있고, 풀 위에 개가 앉아 있습니다. 거북은 바위 위에 앉았고, 개구리는 백합꽃 위에 앉았습니다. 당신은 지금 어디에 앉아 있나요?

동물들은 조용히 앉아서 내면의 기를 보존하는 방법을 알고 있습니다. 동물들은 쓸데없는 행동으로 스스로를 흩뜨리지 않고, 내면으로 들어가 기를 재충전하고 있습니다. 명상에다 종교적인 행위라는 딱지를 붙인 것은 사람입니다. 그러나 실제로 명상은 행동이 아닙니다. 명상은 잠을 잘 때도, 집중하여 책을 읽고 있을 때도, 백일몽에 빠져 있을 때도 일어납니다.

명상을 뭔가 특별한 행위로 생각할 이유가 전혀 없습니다. 오히려 그 반대로 명상은 우리가 가지고 있는 것에 대한 순수하고 자연스러운 표현일 뿐입니다.

다음에 조용히 앉아 있는 개나 고양이를 보게 되면, 그들의 자연스러움을 존경하고, 당신의 삶에 관하여 생각해보세요. 명상은 계획표의 일부로, 어떤 철학에서 요구하는 행위가 아닙니다. 자연스럽게 명상에 빠져들기를 바랍니다.

인생이라는 답안지의 해답

295 答案

안 책상、생각。
답 대답、해답、장소。

우유부단함과 미루는 버릇은 자신을 좀먹게 합니다. 일을 시작하기 전에 모든 것이 완전하게 준비되기를 기다리거나 부분적인 해답을 혐오하는 사람은 자신을 불행하게 만듭니다. 무슨 일을 하는 데 이상적인 환경이란 없습니다. 모든 상황에는 다 불확실함이 있기 마련입니다. 불투명한 상황을 답답해하지만 현명한 사람은 이를 잘 이용합니다.

행동하기 전에 원하는 모든 것이 완벽하게 갖추어져 있기를 바라는 사람은 여행을 하지 않고 목적지에 이르기를 바라는 사람과 다를 바 없습니다. 여행 자체는 목적만큼이나 중요합니다. 한 걸음 한 걸음이 삶에 이르는 중요한 지혜니까요.

한꺼번에 모든 문제를 해결할 수 없을지라도 일단 시도는 해봐야 하지 않을까요. 문제를 다루기 쉽도록 작게 만들면서 인생이라는 답안지에 차근차근 해답을 채워나가세요. 성공은 작은 것들을 쌓아서 건물을 짓는 일이라는 것을 알게 될 것입니다.

296

움직이지 않으면 성장하지 않는다

장 길다, 어른, 나이를 먹다.
줄 싹.

도전을 받으면 우리는 성장합니다. 저항 없이는 근육이 강해지지 않습니다. 비판적인 사고 없이는 정신 능력도 향상되지 않습니다. 뭔가에 흥분되었을 때 정신이 고양되지요. 끊임없이 새로운 것을 시도하려는 노력이 없으면, 순식간에 추락할 것입니다.

새로운 과정을 밟아가면서 육체적인 운동을 계속하고, 정신적으로 끊임없이 도전하는 자세는 나이가 들면서도 건강을 지키는 방법이기도 합니다. 나이를 먹지 않을 수는 없지만 적어도 그 속도를 늦출 수는 있습니다. 항상 활기가 넘치는 한 우리는 많은 고통을 겪지 않을 것입니다.

늙고, 병들고, 노쇠해지는 길을 스스로 앞장서서 걸어갈 필요는 없습니다. 나이를 먹는 것은 자연스러운 일이기는 하지만, 때로는 마음을 따르는 것이 삶의 저항을 줄여가는 길이기도 합니다. 우리가 스스로의 한계를 넘어설 힘을 갖기를 바랍니다.

자신을 완성해가는 과정

297

核心

심 마음, 가운데, 근본.
핵 씨, 굳다.

내가 내 자신이 아닌 다른 사람이라고 생각할 필요는 없습니다. 자기 내면에 관하여 의심을 품을 필요도 없습니다. 자기 수양의 핵심은 지금의 나를 완성해가는 것이지, 나 아닌 다른 사람이 되고자 하는 것은 아니기 때문입니다.

나에게는 영적인 삶이 만족을 주기 때문에 그것을 추구합니다. 지옥과 무지와 고통에 대한 두려움 때문에 영적인 삶을 추구하는 것이 아닙니다.

인생에는 슬픔도 있고 행복도 있습니다. 나는 그것들을 모두 받아들입니다. 인생에는 침착하고 완전한 평정의 순간이 있습니다. 그것이 바로 내가 찾고 있는 순간입니다. 그 순간을 향하여 여기 존재하는 수많은 현상을 뚫고 나의 길이 뻗어 있습니다. 나는 나를 수도자나 성직자와 비교하지 않습니다. 그들은 그들의 삶을 살고, 나는 나의 삶을 살 뿐입니다. 그것이 나를 완성해가는 과정의 핵심입니다.

階梯 298

한 계단씩 도달해가는 삶

제 사다리, 오르다.
계 섬돌, 계단.

영적인 삶을 시작하는 사람들은 모든 원칙을 배우려고 노력합니다. 원칙은 필요하며, 그 원칙에 충분히 수긍이 가는 태도로 삶을 살아가게 만들어줍니다. 원칙은 우리가 옳은 길에 있는지를 재는 척도가 되기 때문입니다.

그러나 원칙에 매달리는 것은 본질적인 것이 아닙니다. 때로는 원칙을 깨뜨리는 일도 필요합니다. 원칙에 구현된 정신을 지키면서 원칙 자체와 맞서는 방법을 아는 것이 중요합니다. 이것이 성숙한 자세입니다.

그다음 단계는 창조력을 완성하는 것입니다. 당신에게는 내면화된 원칙이 있기 때문에 원칙 따위에 괘념치 않아도 저절로 그에 맞는 행동을 할 수 있습니다. 그 외에도 여러 가지 단계를 나눌 수 있겠지만, 그것이 정해진 것은 아니므로 스스로 찾아내야만 합니다.

많은 사람들은 자기들이 이런 단계들을 넘어섰다고 생각하면서 깨달음의 과정을 멈출 때가 있습니다. 그러나 이런 단계들은 결코 넘어설 수 없습니다. 언제나 또 다른 단계가 기다리고 있으니까요. 한 계단 한 계단씩 자신의 한계를 넘으며 활기차고 의미 있는 삶을 살아가세요.

꿈과 실재의 경계

299 存在

재 있다、존재하다、살피다。
존 있다、존재하다、살아 있다。

현인들은 이 세계가 꿈에 지나지 않는다고 말합니다. 새벽에 안개가 언덕과 계곡과 나무들을 희미하게 하고 마을의 건물들이 투명한 유령처럼 서 있을 때, 우리도 이 세계가 꿈에 지나지 않는다고 생각했는지 모릅니다. 버몬트주 계곡에서 이런 희미한 환영을 보지 않았나요? 양쯔강 계곡과 파리 거리는 어떠했나요? 기억이 꿈과 섞이고 실재가 환영으로 변하지 않았나요?

이 세계는 탈출구 없는 꿈과 같습니다. 이 조용한 꿈속에서 까마귀 우는 소리가 들립니다. 모든 사물이 얼어붙은 음산한 새벽에 까마귀만이 계속 깍깍거립니다. 까마귀도 마찬가지로 같은 꿈을 꾸고 있을지도 모릅니다.

옛사람들은 바깥세상의 실재를 환영이라고 보았습니다. 그러나 내적인 실재도 있습니다. 우리 중 누구는 이런 존재의 조건을 기꺼이 수긍하지 않을지도 모릅니다. 우리는 볼 수 있는 눈을 가졌지만, 이미 마음에 가득 찬 존재를 부정하는 목소리 또한 가지고 있기 때문입니다.

修正 **300**

수양하여 바르게 하다

수 닦다、연구하다。
정 바르다、가운데。

세상을 알기 위하여 노력하는 많은 사람들이 있습니다. 그들은 매우 진지하게 음악을 배우고, 경전을 읽고, 외국어를 공부하고, 영양에 대해서 배우고, 여행을 떠납니다. 그들은 진리에 이르고자 하는 한 가지 희망으로 들떠 있습니다. 그러나 애석하게도 그들에게 모자란 것은 머리카락 하나만큼의 차이입니다. 그들이 진리를 깨우치고자 할 때 그에게 영감을 불어넣어 줄 사람이 없는 것입니다.

책에서 배운 지식은 폭넓은 이론적 토대를 마련해주었지만, 깨달음을 얻기 위해서는 사람이 필요합니다. 당신이 만약 깨달음을 얻었다면, 그것은 누군가로부터 얻었을 것입니다.

그러한 영감을 필요로 하는 사람이 있고, 당신이 그걸 전해줄 수 있는 위치에 있다면, 기꺼이 그렇게 하세요. 이기적인 생각을 품어서는 안 됩니다. 이 세상에는 가르침을 받고 싶어 하지만 마땅한 스승을 만나지 못하는 사람이 많기 때문입니다. 단 한 사람에게라도 당신이 특별한 존재가 된다면, 그 공로는 헤아릴 수 없을 만큼 클 것입니다.

명상과 보통의 삶

301

同一

일 하나。

동 한가지、무리、함께。

깨달음은, 마치 벽을 무너뜨리듯이, 본질적으로 우리와 깨달음 사이를 가로막는 무언가가 있다는 잘못된 생각을 버리는 것에서부터 시작됩니다. 벽이 무너지면 진리의 물결이 우리를 덮칠 것입니다. 담을 부수고 들어가면 안락한 정원에 다다르고, 제방을 무너뜨리면 물이 나를 감싸안아줄 것입니다.

이런 깨달음에 이르고도 명상을 계속해야 할까요? 물론 계속해야 합니다. 그러나 그때에는 이미 명상이 혼자만의 외로운 행위가 아닙니다. 명상은 숨 쉬는 것처럼 자연스러운 삶의 일부로 존재하게 될 것입니다. 명상은 삶과 동떨어져 있는 것이 아닙니다. 당신과 진리 사이에 아무런 차이가 없고, 명상과 보통의 삶 사이에 차별이 없는 깨달음의 상태에 이르면, 그대는 진리와 함께 마음의 부유함을 누릴 수 있을 것입니다.

熟 302

죽음은 우리를 긴장시킨다

숙 익다, 여물다.

불행하게도 성숙은 죽음의 위협으로부터 나오게 됩니다. 성공도 실패의 위협 아래서만 가능합니다. 그러한 압력이 없으면 계획을 세우고, 지혜를 발휘하고, 주의를 기울이지 않습니다. 우리는 시간이 얼마 남지 않은 상황에서 우리의 존재 가치를 증명하려면 더욱 열심히 노력해야 한다는 사실을 알게 됩니다.

우리는 어느 정도는 우연에 의해서 살아갑니다. 삶은 실패와 성공으로 짠 천과 같습니다. 할 수 있는 만큼 최선을 다해 이루도록 스스로 무언가를 결정한다면, 우리가 성숙하는 만큼 삶의 길이 더 잘 보이게 됩니다.

죽음은 우리를 긴장시키고 실패는 우리를 두렵게 만듭니다. 이 신비하고 가끔은 적대적인 세계에 맞서 우리는 평화를 찾아야 합니다. 이러한 삶의 이치에 대적할 필요가 없습니다. 그러나 우리 모두 죽어야 하는 운명을 타고난 존재들입니다. 언젠가는 자연으로 돌아갈 삶이지만, 살아 있는 동안에는 스스로의 힘으로 위대한 일을 이루기 위하여 노력해야 합니다.

삶에 잘 적응하기 위하여

303

孤

고 외롭다, 저버리다, 홀로.

당신이 젊다면, 늙는다는 것에 관하여 생각해본 적이 있나요? 그런 생각을 한다면 당신은 시간을 더 요긴히 사용하게 될 것입니다. 당신이 노인이라면, 지난 일에 관하여 생각해본 적이 있나요? 그렇다면 당신은 과연 옳게 살아왔는지 반성해야 할 것입니다.

삶은 얼마나 이상한가요. 우리는 무슨 인연으로 이 세상에 왔을까요. 젊었을 때는 노년의 쓸쓸함이 어떤 건지 이해할 수 없습니다. 늙어서는 다시 옛날로 돌아갈 수 없습니다. 생명은 자꾸만 흐르는데, 우리는 아직 충분한 지혜를 갖지 못했습니다. 우리가 지혜를 얻었을 만큼 나이가 들었을 때는 운명이 나를 약하게 만들어서 나는 행동할 수가 없을 텐데도 말이죠.

도가에 따르면 삶의 궁극적인 목적은 삶에 잘 적응하기 위한 것이라고 합니다. 삶의 비밀은 외로운 노년을 기쁘게 보낼 방법을 아는 데 있습니다.

卜卦

304

스스로 가능성을 찾아야 한다

괘 점괘。
복 점、점괘。

살면서 몇 차례 중요한 선택의 갈림길에 서게 됩니다. 사랑에 빠지거나, 새로운 일을 찾아 떠나거나, 다른 세계로 건너가게 되거나, 새로운 발명품을 위한 일 등이 그 순간입니다. 우리는 그 순간이 너무 중요해서 어떤 결정을 해야 할지 고민에 빠지게 됩니다.

그럴 때 옛날에는 점을 보러 갔습니다. 그러나 도대체 어떤 종류의 점이 우리에게 진정한 도움을 줄 수 있을까요? 갑골문자든, 톱풀로 만든 허수아비든, 무당이든, 강신한 영혼이든, '바깥에 있는' 어떤 힘이 우리에게 진정한 확신을 줄 수 있을까요? 점에 기대는 것은 자기 삶에 관한 통제를 포기하는 것이나 다름없습니다.

앞날을 상상하는 것은 인생에서 매우 중요합니다. 다가올 일을 상상할 때는 단호함과 통제력이 필요합니다. 삶의 길을 결정하는 권리를 잘 알지도 못하는 이에게 넘겨줄 이유가 없습니다. 우리 스스로 새로운 가능성을 찾고, 현명하게 처신해서 우리를 만들어내는 힘을 키워야 합니다.

명상은 존재의 완전한 상태이다

305 生存

존 있다、살피다。
생 나다、살다。

많은 사람이 명상을 단편적으로 이해합니다. 어떤 사람들은 명상을 휴식과 혼동하고, 어떤 사람들은 영적인 의식으로 이해합니다. 명상이라는 말이 일상 언어에서는 잘 쓰이지 않는다는 사실도, 명상을 이상하고 특별한 행위로 보는 시각에 한몫 거들고 있습니다.

명상은 존재의 상태입니다. 그리고 존재의 형식입니다. 명상이라는 말이 우리 몸과 마음 구석구석까지 동시에 영향을 미치는 행위라고 하면 사람들은 이해하기 힘들어합니다. 그러면 예를 들어서 명상이라는 말을 '배꼽에 기를 모으는' 행위라고 생각해보세요. 배꼽에 기를 모으면 몇 가지 작용이 일어납니다. 소화 능력이 촉진되고, 변비가 없어지고, 정력이 증강되고, 기분이 조절됩니다. 또한 생기가 넘치며, 혈액순환이 촉진되고, 식욕이 좋아지고, 정서적으로 안정되고, 마음의 평정을 찾음으로써 삶의 진리를 깊이 깨닫게 됩니다.

명상은 몸과 마음이 하나로 연결되어 조화롭게 작용하는 삶의 방식입니다. 이를 통해 우리는 우리 자신을 깊이 이해하고, 내면의 평화와 삶의 본질을 발견하며, 진정한 행복에 다가갈 수 있습니다.

凱旋 **306**

승리는 경쟁이 아니라 목표다

선 돌다, 회전하다.
개 개선하다, 이기다.

경쟁은 항상 고통스러운 문제입니다. 모든 일에는 항상 최선을 다해 도전해야 하기 때문입니다. 승리를 단순히 남을 이기는 것으로만 생각하면 위험한 이기심만 조장하는 꼴이 되고 맙니다. 승리는 목표를 달성했다는 의미입니다. 예를 들어 수영하는 법을 배우는 것은 무지와 나태를 극복하는 과정입니다. 그러므로 어떤 사람과 시합해서 이긴다는 것은 단순히 그를 능가한다는 뜻이 아니라, 당신의 한계를 극복한다는 뜻입니다. 다른 경쟁자가 있다는 것은 부차적인 문제입니다. 중요한 것은 자기의 처지를 알고, 자기의 위치를 공고히 하며, 더 큰 목적을 위하여 노력하는 데 있습니다. 이것이 진정한 승리입니다.

정정당당한 승리는 영혼에 활력을 불어넣어줍니다. 승리에 극단적으로 집착하면 영혼이 부패해버립니다. 승리의 몫을 쟁취하고 나면, 또한 그로부터 벗어날 때를 알아야 합니다. 정상의 자리에 오르면 더 이상의 경쟁을 포기하세요. 그리고 다시 시작하세요. 바로 이러한 태도가 한 단계에서 다음 단계로 넘어가는 비결입니다.

아름다운 꽃을 피우기 위해

307 百合

합 합하다、만나다、싸우다。
백 일백。

백합 구근은 성장에 필요한 모든 영양소를 담고 있는 식물의 중심입니다. 거기에 물을 주면, 구근은 하얀 뿌리를 뻗어 물을 흠뻑 빨아들입니다. 그러고 나서 구근이 갈라지면서 경이로운 푸른 싹의 발아가 시작됩니다. 인생도 마찬가지입니다. 아름다운 꽃을 피우기 위해서는 뿌리를 깊이 내려야 합니다.

인생에서 튼튼한 기초가 필요하다는 사실은 모든 사람이 인정합니다. 명상을 하는 사람은 몸 안에 흐르는 기 사이의 긴밀한 연관을 통해서 몸의 모든 부분에서 기가 솟아나게 합니다.

그러므로 명상을 할 때 몸과 마음의 모든 부분에 초점을 맞추는 방법을 배워야 합니다. 움직일 때는 다리에 신경을 집중해보세요. 다리만큼 몸을 계속 지탱해줄 수 있는 건 없습니다.

배울 때는 기초를 튼튼히 하고, 행동할 때는 다른 사람과 조화를 이루어보세요. 이렇게 함으로써 당신은 잠재력을 충분히 활용할 수 있을 것입니다.

308 영혼은 늘 우리 곁에

령 신령, 영혼.

사람들은 왜 영혼에 관한 얘기를 난해한 것으로 생각할까요. 사람들은 영혼은 분별해내기 어려우며 일상생활에서 깨달음을 얻기란 쉬운 것이 아니라고 말합니다. 그러나 "그림이 우리의 영혼을 일깨운다"라든가, "영혼의 만족을 느낀다"든가, "특별한 영혼이 깃든 장소", "특별한 영혼을 가진 사람"이라는 말들은 우리가 늘 하고 있는 말들입니다. 즉 우리는 영혼과 같은 어떤 것이 있다는 사실을 인정하고 있습니다.

자신을 의식적으로 자각하고 있지 못한 사람들도, 영혼과 관련된 경험이 있는 경우가 많습니다. 뭔가 미묘하고, 특별하고, 초월적이고, 육체의 법칙과는 상관이 없는 어떤 것이 있다는 것을 우리는 알고 있지요.

궁극적인 깨달음을 찾아

309 當代

대 대신하다, 시대, 번갈아.
당 마땅, 밑바탕, 마땅히 하다.

현대 요가책을 보면 지은이가 언제 죽었다고 나와 있습니다. 성스러운 사람들의 죽음에 관해서는 알려지지 않았다든가, 그 사람이 후세에 다시 나타났다든가, 심지어는 다시 환생했다고 말하는 성전들에 비하면 이러한 책은 얼마나 대조적인가요.

현대에 신성함이 사라졌다는 사실을 받아들인다면, 어떻게 계속 영적인 삶을 살아갈까요? 그러나 어느 때보다 영적인 삶을 살아갈 가능성이 더 많습니다. 영성을 뭔가 특별한 것이라고 생각해서 요가의 위대한 수행자나 영생을 위하여 필요한 것이라는 생각에서 자유로워짐으로써 우리들 자신도 영성을 이룰 수 있고, 영적인 삶을 살아갈 수 있다고 생각하게 되었기 때문입니다.

궁극적인 깨달음에 이를 수 없는 사람이 이미 정해져 있는 것은 아닙니다. 누구나 찾으려 하면 찾을 수 있습니다. 우리도 영원히 살 수 없고 죽음을 피할 수는 없지만, 과거에 성스러운 사람들이 해왔던 것을 이해할 수는 있을 것입니다.

友誼

310

진실한 우정은 말이 필요 없다

우 벗、우애 있다。

의 옳다、의논하다。

옛날에 부유한 정치가가 있었습니다. 어느 날 그는 밤에 강을 지나다가 아름다운 류트 소리에 끌려 그 소리를 따라갔습니다. 소리를 따라가보니 폐허에 염소지기가 류트를 켜고 있었습니다. 그때만 해도 귀족과 평민이 친해지기 어려운 시기였는데, 그 둘은 음악을 통해 우정을 맺게 되었습니다. 두 사람의 연주는 물 흐르듯 부드럽고 자연스러웠습니다.

두 사람은 일 년에 한 번씩 만나며 우의를 돈독히 다졌습니다. 정치가는 친구를 돕고 싶었습니다. 그러나 염소지기는 완강하게 거절했습니다. 돈 때문에 우정을 손상시키고 싶지는 않다는 이유에서였죠.

몇 년이 지나서 머리가 희끗희끗해진 정치가가 약속 장소에 갔지만 염소지기의 모습이 보이지 않았습니다. 누군가 정치가에게 염소지기는 지난 기근 때에 굶어 죽었다는 소식을 전했습니다. 정치가는 크나큰 절망감에 빠졌습니다. 그는 자기에게 친구를 구할 충분한 돈이 있었다는 사실이 너무나 가슴 아팠습니다. 진정 친구를 위했다면 말없이 남몰래 도움을 줄 수도 있었을 테니까요. 이제 그곳에는 정치가 혼자 연주하는 류트 소리만이 구슬프게 울려 퍼지고 있습니다.

인생은 작은 것들로 이뤄진다

311

小

소 작다、적다。

인생에서 크고 중요한 일은 거의 일어나지 않습니다. 위대한 업적을 이루어서 영웅이 되기를 바라겠지만, 그런 기회는 잘 오지 않습니다. 우리 삶은 특별하달 것 없는 명상, 요리, 출근, 정원 가꾸기 따위의 작은 일들로 이루어집니다. 그리고 인생에서의 커다란 사건도 이런 작은 일에서부터 비롯됩니다.

거창한 몸짓이 필요한 경우는 거의 없습니다. 챔피언전이 열리는 순간도 거대한 삶의 한순간에 지나지 않습니다. 위대한 화가의 작품도 그저 잠시 동안 감상할 뿐입니다. 위대한 작곡가의 걸작도 무수한 명곡 가운데 하나입니다. 우리가 성공적인 삶을 원한다면 작은 일에 충실해야 합니다.

곁에 있는 작은 기회들을 무시하고 근사하고 큰 일이 일어나기를 기다리는 어리석음을 범하지 마세요. 이런 사람은 인생이 완전해지기만을 기다립니다. 그들은 항상 이 세상이 자기를 알아주지 않으며, 자기의 운명은 항상 꼬여 있다고 불평합니다. 그러나 눈을 조금만 돌리면, 가까이에 좋은 기회들이 널려 있다는 것을 알게 됩니다. 겸허한 마음으로 고개를 숙이면 뜻하지 않은 보물을 손에 쥘 수도 있을 것입니다.

勇 312

진정한 용기

용 날래다, 용감하다.

두 친구가 산을 오릅니다. 한 사람은 시인이었고 한 사람은 정치가였죠. 그들이 협곡에 이르렀을 때 좁은 길 사이에 놓여 있는 나무다리 아래로 성난 물결이 출렁이고 있었습니다. “우리 내려가서 저 건너편 기슭에다가 이름을 새기자.” 정치가의 제의를 시인은 거절했습니다. 정치가는 위험을 무릅쓰고 과감하게 기슭을 내려가서 자기 이름을 멋지게 새기고는 다시 돌아왔습니다.

“언젠가 자네는 사람을 죽이게 될 걸세.” 시인이 예언하듯이 말했습니다. “왜 그런 말을 하는가?” 정치가가 물었습니다. “자기의 생명을 함부로 하는 자가 남의 생명인들 함부로 하지 않을 리가 있겠나?”

정치가는 과감하게 자기 목숨을 버릴 수 있는 영웅일지 모릅니다. 그러나 그런 사람이라면 남의 생명도 주저하지 않고 버리려 들 것입니다. 모험을 즐기는 자는 보호, 동정심, 사려 깊음 같은 지혜를 알지 못하고, 자기의 의지를 남에게 강요할 것입니다. 공격을 당했을 때 용감한 사람은 담대하게, 강력하게, 당당하게 나설 테지만, 그런 난폭한 상태에서는 미묘한 것들은 놓치기 마련입니다.

나의 길을 따라서

313 善變

변 변하다, 고치다.
선 착하다, 어질다.

사람들이 당신을 안다고 생각할지 모릅니다. 당신은 그들이 원하는 역할을 해야 한다고 생각할지 모릅니다. 왜 당신은 남이 기뻐하는 방식으로 행동하나요. 당신의 자각과 느낌에 따라 행동하길 바랍니다. 다른 사람들이 어떻게 생각하는가는 중요하지 않습니다.

당신이 원한다면 바꿔도 됩니다. 당신의 삶은 유동적입니다. 다른 사람의 뜻에 맞추려고 하면 당신은 자유롭게 살아갈 수가 없습니다.

현인들은 삶을 미망迷妄이라고 말하면서 이를 슬퍼합니다. 도가에서는 이런 사실을 받아들이지만 억압받지는 않습니다. 다른 사람들을 멀리하는 것은 이 세계의 무수한 미망으로부터 한 걸음 물러서는 셈이 됩니다. 당신 스스로 어떤 사람이 되고자 나서지 않고, 부정도 긍정도 않는다면 다른 사람의 생각에 따라 살아가는 일은 없을 것입니다. 그때 당신에게 평화가 깃들게 됩니다.

聳 **314**

자연스럽게 흐르는 삶

용 솟다。

마음이 성숙한 사람은 의식이나 형식적인 명상 같은 구조가 더 이상 필요 없습니다. 구조 자체가 필요 없다는 뜻이 아니라 구조가 없이도 스스로 만족하는 삶을 살 수 있다는 뜻입니다. 구조가 주는 교훈들을 완전히 내면화하는 수준에 이르면, 자유롭게 효과적인 형식을 창조할 수 있습니다.

깊은 내면의 성숙 안에서는 일상적인 억압에서 벗어나 정신이 고양되고 자유로워집니다. 바다를 내려다보는 높은 절벽 위에 서 있다고 상상해보세요. 당신 앞에는 광대무변한 하늘과 바다가 펼쳐져 있습니다. 당신은 앞으로 나아가면서 미끄러지다가 하늘로 솟아오릅니다. 이것이 바로 내면의 해방입니다.

이제 겨울로 들어서려 하고 있습니다. 삶에도 그에 맞는 계절이 있습니다. 당신이 어느 시점에 있든지 용처럼 하늘로 솟아오르기까지는 계절의 순환에 따라 자연스러운 방식으로 살기를 바랍니다.

삶은 즐거운 노래와 같다

315

欣

흔
기뻐하다。

마음의 몰입을 말할 때 아주 중요한 사실이 하나 있습니다. 당신이 즐거워해야 한다는 것입니다. 몰입으로 인하여 당신은 행복을 느껴야 합니다. 많은 억압과 불행, 고통과 죄, 공포가 당신의 영혼을 감싸고 있다는 것은 불행한 일입니다.

내면을 탐구하는 여정은 고된 일도 아니고 두려워할 일도 아닙니다. 사회 활동에 참가하는 것도 아니고 지위를 얻는 것과도 아무런 상관이 없습니다. 몰입은 축제와 희열로 가득 찬 행위여야 합니다. 명상을 하기 위하여 앉으면 웃음이 입술 사이로 새어 나오고, 감사하는 마음을 가지며, 이 땅에서 살아가는 존재의 기쁨을 표현해야 합니다.

물론 삶에는 많은 불행이 있습니다. 그러한 불행은 부정적인 면의 일부입니다. 이 세상에는 긍정적인 것도 많고 마음의 몰입은 그중에서도 가장 좋은 것입니다. 그러므로 언제 영적인 수행을 하든, 삶이 항상 기쁨과 즐거움의 노래로 가득하길 바랍니다.

316

만족스러운 휴식

인내는 최상의 미덕이지만, 그렇다고 끝없이 인내하는 것이 최선일까요? 인내는 시시포스sisyphos의 바위 굴리기처럼 끊임없는 노역을 의미하는 것이 아닙니다. 인내에도 시작과 중간과 끝, 또 새로운 시작이 있습니다.

한 해의 끝으로 가고 있습니다. 이전에 모든 날과 달을 하나하나 완성하면서 걸어오지 않았다면 우리는 끝을 생각할 수조차 없었을 것입니다.

일의 끝을 기대하는 것은 즐거운 일입니다. 그것이 희망을 주고, 다음 단계의 노력을 향한 든든한 토대가 됩니다. 일이 끝났다고 할 때는 이상적으로 말하면, 목표가 달성되었다는 의미입니다. 우리는 마음속에 정해놓은 목적에 따라 일을 시작해야 합니다. 그렇지 않으면 우리 삶은 목표를 잃어버리게 되니까요. 일단 목적을 이루면 기쁜 마음으로 쉴 수 있습니다.

우리의 휴식에서 새로움이 나오고, 그러한 새로움을 바탕으로 우리는 인격의 힘을 강대하게 하고, 미래를 향하여 굳건히 설 수 있습니다.

삶의 물살을 가르며

317 泳

영 헤엄치다。

명상은 꿈에서 깨어나는 것입니다. 계속적으로 명상할 수 있는 기술을 가진 사람은 없습니다. 그러므로 꿈꾸고, 깨어나고, 다시 꿈을 꾸는 것의 순환입니다. 깨달음의 순간은 수영 선수가 공기 중으로 솟아오를 때와 같습니다. 그들은 생명의 숨을 들이마시고는 다시 물 안으로 들어갑니다. 우리는 모두 슬픔의 바다를 헤엄쳐가는 수영 선수입니다. 영원히 해방되는 날까지 우리는 물살을 가르며 헤엄쳐가야 합니다.

몰입 초기 단계에 느끼는 가장 큰 어려움은 진정한 깨달음과 일상의 슬픔 사이에서 일어나는 분열입니다. 우리의 깨달음은 바깥세상으로 인하여 무참하게 무너집니다. 몇몇 초보자들이 고립감을 느끼는 이유도 바로 이 때문이죠. 그러나 일단 정신적인 통찰력을 얻고 나면 이런 분열은 사라집니다. 그들은 이 세계의 더러움에 물들지 않으면서도 이 세계에서 살아갈 수가 있습니다. 그때 그들은 누구보다도 강하고 침착한 수영 선수가 됩니다. 그들은 움직이지만 거의 물을 흔들지 않습니다.

318

자연의 음률과 조화를 이루는 법

자연의 모든 것은 노래합니다. 때로는 낮은 음조로, 영혼을 뒤흔드는 진홍빛 음색으로 마음속에 갇혀 있는 감정을 폭발시킵니다. 그 노래는 즐거움으로 가득 차고, 화려한 선율과 위대한 화음으로 감전된 듯한 전율을 가져다줍니다. 때로 이상한 형태로 가라앉고, 목구멍에서 나오는 노래처럼 울려 퍼지며 불협화음을 내기도 합니다.

자연이 들려준 생명의 노래는 우리를 감동하게 합니다. 그 노래에 응답해 우리의 노래를 부를 수 있을까요? 우리는 자연의 음률과 조화를 이루는 법을 배워야 합니다.

우리는 새를 본받아야 합니다. 새는 겨울이 오면 무엇을 해야 하는지 알고 있습니다. 그들은 하늘에다 길을 수놓습니다. 새는 자유자재로 시를 노래합니다. 그것은 불협화음이 되기도 하고, 아름다운 화음을 이루기도 합니다. 새의 노래처럼, 우리도 자유롭고 진실한 목소리로 삶의 노래를 부를 수 있기를 바랍니다.

명상의 지속을 위해

319

支撐

탱 버티다, 취하다.
지 가지, 가르다, 버티다.

서늘한 가을이 깊어지면서 연못이 점점 얼어붙게 됩니다. 물은 점점 어둡고 신비로워지고, 그 깊은 물속에서 고기들은 다가올 겨울을 납니다.

우리가 살아가는 것은 물속에서 고기들이 살아가는 것과 같습니다. 나의 삶은 당신의 삶과 같지 않습니다. 우리는 다른 배경과 사고를 가진 독립된 개체이기 때문입니다. 깨달음은 우리 안에 들어오면 우리 인격과 같은 색조를 띠게 됩니다. 그리고 우리 밖으로 나가면 다시 본래의 속성으로 되돌아갑니다.

이것은 마치 물이 고기의 아가미 속을 들락거리는 것처럼 끊임없이 진행되는 과정입니다. 물이 고기를 기르듯이 진리가 우리를 기르고 우리 생명을 유지시킵니다. 우리가 계속해서 본질 안에 머물면 물속에 있는 잉어처럼 안전합니다. 그러나 우리가 진리에서 멀어지면 물 떠난 고기처럼 될 것입니다.

簡 320

자연의 흐름에 따라

간 단출하다、간직하다。

오늘날에는 음식이 먼 곳에서 여러 가지 과정을 거쳐 우리 식탁에 오릅니다. 그러나 우리는 그 음식이 어디에서 왔는지, 어떻게 만들어졌는지에는 관심을 두지 않고, 단지 맛과 만족감에만 신경을 씁니다. 그 결과 필요 없는 음식을 사고, 다 먹지도 못하고 버리는 등 너무나 많은 부를 남용합니다.

간소한 것이 나쁜 것만은 아닙니다. 사람은 손 가까이에 있는 것을 사용해야 합니다. 우리는 흙과 자연에 가까울수록 더욱 완전한 생명을 누릴 수 있습니다. 오래전부터 인간의 삶은 자연과 밀접하게 연결되어 있었습니다. 우리가 사용하는 물건, 먹는 음식, 사회적 행동들은 모두 자연의 산물이었습니다. 자연의 재료를 사용해 물건을 만들었으며, 자연에서 난 재료들을 먹었으며, 사회구조 역시 해와 달의 순환에 따라 만들었습니다. 따라서 자연과의 조화로운 삶은 우리 내면의 몸과 마음의 조화로 이어져 삶을 단단하게 만들어줍니다.

고립되지 않는 삶을 위해

321

自足

족 발、넉넉하다。
자 스스로、저절로。

도가의 모든 철학은 자족을 강조하고 있습니다. 인생에서 무엇을 하기를 원하든 스스로의 힘으로 해야 합니다. 황야에 갇히게 되든 예절과 품위를 요구하는 모임에 참여하든 누구나 침착하고 편안하게 대처할 수 있어야 합니다.

자족은 고립과는 다릅니다. 중국의 왕이 국경을 폐쇄했을 때 그들은 고립을 즐길 만큼 자족감에 넘쳐 있었습니다. 전 국토가 광적인 만족감에 사로잡혀 있었던 것입니다. 그러나 결국은 정체와 부패가 만연한 사회가 되고 말았습니다.

이런 일은 자기만족에 빠져 삶에 적극적으로 참여하지 않는 사람들에게도 일어날 수 있습니다. 그들은 정체와 부패로 인하여 내부로부터 무너지거나, 전혀 예견하지 못했던 외부 문제와 부딪힘으로써 바깥에서부터 무너질 수도 있는 것이지요.

세계의 자질구레한 문제로부터 한 걸음 물러선 채 자기 수양에 힘써야 하지만, 그렇다고 해서 영원히 고립되어서는 안 됩니다.

衰微 322

쇠퇴의 기미를 알아차리다

미 작다, 적다.
쇠 쇠하다, 늙다.

형식이 본질보다 앞설 때, 예절과 도덕이 깨달음과 정의보다 앞설 때, 과정이 창의력보다 앞설 때, 자신의 욕망을 만족시키는 것이 다른 사람에 대한 배려보다 앞설 때, 밥을 먹는 행위가 영양의 균형보다 앞설 때, 자신의 안락이 사랑하는 사람들의 고통보다 앞설 때, 야망이 자비보다 앞설 때, 권위가 자애를 앞설 때, 지식의 상아탑이 사람들의 삶보다 앞설 때, 큰 소리의 주장이 다른 사람의 말에 대한 경청보다 앞설 때, 격분이 대화보다 앞설 때, 감식鑑識이 단순한 행위보다 앞설 때, 양식이 기능보다 앞설 때, 책이 스승보다 앞설 때, 사욕이 공경보다 앞설 때.

이러한 조짐들이 일어나는 것을 느끼면, 우리는 쇠퇴의 날이 머지않았다는 사실을 알 수 있습니다.

우리를 격렬하게 사로잡는 무언가

323 激

격 격하다, 격렬하다.

고서에서는 진리와 깨달음은 색깔이 없는 것으로 규정합니다. 그것은 무엇을 의미하는 걸까요? 신은 눈부신 빛처럼 보이고, 지옥은 화염과 불꽃을 뿜는 것으로 묘사되는데, 그것들보다도 더 위대한 진리는 왜 색깔이 없는 것일까요?

진리에 색깔이 없다는 것은 무언가를 설명할 수 없다는 사실을 나타냅니다. 진리를 경험하게 되면, 바로 가까이에서 뭔가가 둘러싸고 있다는 느낌을 받겠지만, 그 뭔가를 개념화하거나 재현하기란 불가능할 것입니다. 실제로 당신이 깨달음을 얻으려 하면 할수록 그것은 더 멀리 달아나게 됩니다. 색깔이 없는 어떤 것이 잊을 수 없을 만큼 강렬하고 위압적이라는 것이 역설처럼 들릴지도 모릅니다. 진리는 설명할 수 없기에 더욱 강렬하고 압도적으로 느껴지는 것이며, 그러한 진리의 속성이 우리로 하여금 진리를 찾기 위해 더욱 격렬히 탐구하게 만듭니다.

拼合 **324**

작은 것들이 모여 전체를 이룬다

합 합하다、모으다。
병 물리치다、붙이다。

사는 곳 근처에 모자이크를 전문으로 하는 화가가 있었습니다. 그는 여러 가지 빛깔의 돌과 색유리, 타일로 가득 채운 양동이를 가지고 다닙니다. 터키석과 공작석, 흑요석 같은 반짝이는 돌들도 있고, 빨갛고, 파랗고, 노란 유리들도 있으며, 정교하게 윤을 낸 도자기 타일들도 있습니다.

모자이크를 할 때는 전체의 구도를 아는 것이 중요합니다. 또한 전체를 이루는 작은 부분에 대해 아는 것도 중요합니다. 화가는 부분에서 시작해서 전체를 완성할 때까지 집중력을 잃지 않아야 합니다. 작은 조각들을 하나하나 섬세하게 붙여나가야 비로소 아름다운 전체를 완성할 수 있으니까요. 화가는 모자이크에 담긴 전체와 부분의 관계성을 알고 있습니다. 그를 본받는다면 당신은 결코 부분에 머무르지 않을 것입니다. 동시에 소우주와 대우주의 관계에 관한 통찰력도 잃지 않을 수 있을 것입니다.

성숙한 사랑의 자세

夥

과 많다, 넉넉하다.

백년해로하는 부부가 있습니다. 그들의 사랑도 처음에는 불타오르는 열정과 정열로 시작됐을 것입니다. 그런 관계는 점점 편안하고 안정된 동료 관계로 변해갑니다. 모든 부부가 다 이렇게 자연스럽게 변해가는 것은 아닙니다. 서로 끊임없이 노력하면서 새로운 관계를 만들어가는 경우에만 가능합니다. 헌신적인 사랑은 작은 결점들을 감싸줍니다. 두 사람 모두 결점이 많고 불안정하지만 서로를 감싸주는 방법을 찾아내는 것이지요.

성숙한 사랑은 참고, 자기를 주장하지 않고, 온화하고, 친절합니다. 사랑하는 사람이 자기 자신보다 중요해집니다. 사랑에는 혼자서는 얻을 수 없는 초월과 일치가 있습니다.

神秘 326

당신을 이끄는 무언가

비 숨기다, 깊다, 신비하다.
신 귀신, 정신.

명상은 한 문화에만 고유한 것이 아닙니다. 모든 문화에는 정신의 순화와 명상을 통해서 거대한 우주와 일치를 이루는 것을 핵심으로 하는 신비스러운 전통이 있습니다. 나는 그 거대한 우주를 도가라고 부르고, 다른 곳에서는 다른 이름으로 부를 것입니다. 그러나 사람들이 붙이는 이름이 뭐가 그리 중요할까요. 사람들은 성스러운 것을 느끼면 그들의 역사와 문화에 따라 다른 이름을 붙이지만, 그들이 느끼는 것은 같습니다. 인생에는 하나의 근원만이 있을 뿐입니다.

사람들은 말이 필요 없는 단계에 이르면 말하지 않고 같은 본질의 중심에 도달했다는 것을 깨닫게 됩니다. 당신이 이 지구상 어디에 있든 당신을 순수한 깨달음으로 이끄는 신비로운 무언가가 분명 있을 것입니다.

투명한 마음으로

327 無色

색 빛、낯、색채。
무 없다、아니다。

영성과 성애는 이 세계의 다양한 색깔 속에서 강렬하게 몰입해가는 것을 의미합니다. 그러나 모든 것이 성스러움 자체가 되는 더 높은 질서가 있습니다. 거기에서는 이 세계의 어떤 색깔도 중요하지 않게 됩니다. 침대에서의 기쁨도 별 의미가 없고, 고행자가 느끼는 영광도 아무것도 아닌 게 됩니다. 다만 그 순수한 무색의 세계로 들어감으로써, 눈부신 빛으로 인하여 그 두 가지의 몰입으로부터 자유로워집니다.

명상이 당신의 의식을 변화시킵니다. 떠오르는 의식은 명상에 달려 있습니다. 변화하는 의식이 당신을 둘러싼 세계에 관한 지각을 물들입니다. 객관적인 실체라는 것은 없습니다. 당신이 모든 것에 색깔을 부여할 뿐입니다. 그러므로 가장 높은 존재로 서기를 바란다면 무색투명한 의식을 지향해야 합니다.

328

그럼에도 노력하는 이유

어떤 사람들은 왜 마음을 다스리기 위해서 노력해야 하느냐고 묻곤 합니다. 굳이 그러한 노력을 기울일 필요가 없을지도 모릅니다. 우리는 누구나 쉬운 길을 갈 수도 있습니다. 그러나 그때에도 우리는 여전히 피뢰침 상태일 것입니다. 우리가 받아들이는 힘이 하늘의 힘이냐, 악마나 불행이나 부정적인 힘이냐가 다를 뿐입니다.

깨달음을 얻기 위해 반드시 순화가 필요한 것은 아닐 수도 있습니다. 하지만 중요한 것은 어떤 사람이든 자신의 본질에 따라 특정한 기운이 모인다는 점입니다. 그리고 그 기운이 어떤 것인지는 우리가 자신의 본질을 얼마나 순화시키려고 노력하느냐에 따라 결정됩니다.

단전으로부터 얻는 에너지

329 臍

제 배꼽。

우리 몸 안에 잠자고 있는 중심점이 있습니다. 사람들은 이 점으로의 집중을 통해서 특별한 힘이 생기고, 병을 고치고, 의식을 맑게 하고, 마음의 평정을 이룰 수 있다는 사실을 알지 못합니다. 성스러운 폐허에 숨겨져 있는 보물과 같이 이 점도 우리에게 신비로운 힘을 주기 위하여 우리가 발견해주기를 기다리고 있습니다.

그 점은 아랫배 근처에 있습니다. 단전에 힘을 모으면 엄청난 기가 생겨납니다. 당신이 배꼽으로 어머니와 연결되었듯이 아랫배로 힘을 모으면, 육체적인 힘과 정신적인 행복 모두와 이어질 수 있을 것입니다.

330

지식보다 지혜가 필요할 때

식 지식, 식견。
견 보다, 예측하다。

학자 사 형제가 있었습니다. 어느 날 그들은 스스로에게 물었습니다. “만약에 왕이 우리를 기용하지 않으면 우리 학문이 무슨 소용이 있으랴?” 그리고 그런 생각이 들자 그들은 수도를 향하여 길을 나섰습니다.

사 형제 중 셋은 특출나게 똑똑했습니다. 다만 막내는 학문의 깊이는 형들에 비해 부족했지만, 그 대신 지혜로웠습니다. 길을 가다가 그들은 사자의 해골을 발견했고, 사자에게 생명을 불어넣어주자고 가장 학문이 뛰어난 첫째가 제안했습니다. 사자를 살린다면 명성을 드높일 수 있을 거라며 둘째와 셋째도 찬성했습니다. 그러나 막내는 반대했습니다. “사자를 살려주면 분명 우리를 공격할 거야.” 막내의 경고에도 형들은 사자에게 숨결을 불어넣었습니다. 막내는 한 발 물러서며 말했습니다. “그럼 나는 나무에 올라가 있을게. 만약을 위해서 말이야.”

사자는 다시 생명을 얻었고, 똑똑한 세 사람을 먹어치웠습니다. 살아남은 사람은 지혜로운 막내뿐이었습니다.

삶의 아이러니 속에서

331

篩

사체, 거르다.

마음의 안정을 추구하는 삶에서 아이러니는 점점 더 민감해지고 예민해진다는 점입니다. 그러므로 당신은 크고 굵은 것들을 견딜 수 없을지도 모릅니다. 작고 미묘한 것들을 붙잡고 싶으면 스스로를 다듬으면 되지만, 명심할 것은 크고 굵은 것들이 더 빨리 쌓인다는 사실입니다. 흐르는 물에 성긴 체를 갖다 대면 잡히는 것은 큼직한 자갈과 돌멩이들뿐입니다. 그러나 올이 촘촘한 망사를 들이대면 큼직한 것들뿐 아니라 작은 모래알까지도 잡을 수 있습니다.

크고 굵직한 것들로부터 작고 미묘한 것들까지 삶이 주는 모든 것을 놓치지 않으려 해야 합니다. 하지만 이 과정에서 다층화하면 너무나 복잡해서 원하는 것으로부터 멀어지게 될지 모릅니다. 많은 것을 잡으려고도, 놓으려고도 하지 말고 삶의 흐름을 따라가길 바랍니다.

契合 332

다듬어나가는 삶의 지침

합 합하다, 맞다.
계 맺다, 약속하다.

목수는 말합니다. 두 번 재고 한 번에 자르라고. 옛날에 가구를 만드는 목수에게 가장 중요한 것은 나무와 나무를 완벽하게 이어서 충격에도 잘 견디고 습기에도 뒤틀리지 않도록 하는 일이었습니다. 만약 가구의 이음매가 벌어지면 서랍이 열리지 않거나 문이 제대로 닫히지 않기 때문이죠.

가구의 이음매는 나무와 나무가 똑같은 비율로 늘어나거나 줄어들어야 변화에 견딜 수 있습니다. 따라서 이음을 확실하게 하는 것은 고도의 기술이 필요한 작업입니다. 우선 나무판자에 원하는 치수를 정밀하게 재어 신중하게 선을 긋고, 톱으로 정확하게 잘라야 합니다. 그런 다음 두 나무판자가 서로 꼭 들어맞을 때까지 가장자리를 정성스레 다듬고 또 다듬습니다.

이렇게 모든 나무판자가 정확하게 맞물릴 때, 비로소 아름다우면서도 견고한 결과물을 얻을 수 있습니다. 세심한 계획과 정교한 기술과 정성스러운 인내가 필요한 작업이 아닐 수 없습니다. 당신 삶의 지침도 이와 같이 다듬어나가길 바랍니다.

정상에서 만나는 하나의 진리

333

驢

려 당나귀。

우리는 모두 각자의 삶의 여정을 떠납니다. 우리가 가지고 있는 원칙들이 우리를 정상으로 인도해주는 한 어떤 원칙이 더 좋다고 말할 수는 없습니다. 당신의 원칙은 선禪이고, 나의 원칙은 도가일 수 있습니다. 기독교와 이슬람교, 유대교와 심지어는 불교가 당신의 원칙일 수 있습니다. 어떤 것이나 당신을 정상으로 데려다줄 것입니다. 당신의 원칙만을 고집해 다른 사람을 비웃어서는 안 됩니다. 당신도 당신만의 원칙이 있지 않나요.

그러나 일단 우리가 정상에 올라서면 우리가 가져온 원칙과 임시적인 경험을 버려야 합니다. 어렵게 올랐건 쉽게 올랐건 그것은 중요하지 않습니다. 우리가 거기 있다는 사실만이 중요합니다. 성스러운 정상에 오르는 길에서는 모든 종교가 다른 이름을 가지고 있습니다. 정상에 오르면 더 이상 이름은 필요 없습니다. 우리는 모든 것을 직접 경험할 수 있기 때문입니다.

勺

334

언젠가 다 사라질 것들

작 구기, 잔, 떠내다.

어떤 사람들은 국자와 같습니다. 그들이 무엇을 담건 결국은 버려야 합니다. 그런 사람들은 삶의 어떤 것을 모으기가 극히 어렵습니다. 만약 당신이 국자라면, 당신이 떠내고 있는 것들에 관하여 더 관심을 가져야 합니다. 어떻게 부를 이용할지를 안다면 가난도 당신에게는 방해가 되지 않습니다. 당신의 운명을 끌어안고, 그것과 함께 일하고 그것을 이용하여야 합니다.

궁극적으로 우리는 인생에서 영원한 것을 얻을 수 없습니다. 우리는 빈 몸으로 왔다가 빈 몸으로 가며, 정확히 얘기하면 빈 몸으로 살아가고 있습니다. 우리가 걸치고 있는 옷, 부, 관계는 모두 외적인 것입니다. 난폭한 운명이 언제든 그것을 앗아갈 수 있습니다.

우리는 경험과 깨달음을 내면화하도록 힘써야 합니다. 경험과 깨달음은 억압, 노쇠, 나쁜 기억, 잘못된 생각, 마약, 충격 등에 의해 언제든 사라질 수 있습니다. 인생이 우리에게 주는 것은 다 없어지게 마련입니다.

용맹으로부터 얻는 경험

335 勇氣

기 기운、기질。
용 날래다、용감하다。

인생의 어떤 시점에서는 용맹한 본성이 드러날 때가 있습니다. 당신에게 그러한 본성이 있다면, 그것을 자랑으로 여기고 현명하게 동정심을 가지고 그것을 발휘하세요. 그러나 그것이 당신의 것이라고 생각하지 마세요. 당신은 그 힘을 빌려온 데 지나지 않습니다. 그 힘은 운이 좋을 때만 사용할 수 있는 선물이고, 운이 다하면 다른 사람과 같은 몸과 마음으로 돌아갈 뿐입니다.

용맹을 당신의 것이라고 생각하지 않고 사용하는 방법을 배우지 못했다면, 당신은 옛날에는 할 수 있었던 일을 지금은 하지 못한다는 고통만을 느끼게 될 것입니다. 용맹을 자기의 것이라고 생각한 사람은 비참한 노년을 맞게 됩니다. 그들은 인생을 저주할지 모릅니다. 자기의 능력에만 가치를 두고 자기 자신에게는 가치를 두지 못하기 때문입니다. 이런 사람에게는 명상이 필요합니다. 그리고 승리 자체가 아니라 승리에 관한 경험을 쌓아가는 것이 필요합니다. 경험만큼은 아무도 빼앗아 가지 못합니다. 가치 있는 것은 용맹 자체가 아니라 용맹으로부터 얻을 수 있는 경험이니까요.

智慧 336 황혼 녘의 공기

지 슬기、지혜。
혜 슬기롭다。

백발의 노부부가 공원 벤치에 앉아 있습니다. 신문을 읽고 그 날의 뉴스에 관하여 토론하는 중이지요. 남자는 젊었을 때 배운 시를 되뇌고, 여자는 기쁨으로 고개를 끄덕이며 운을 맞춥니다. 황혼 녘의 공기는 낮보다 훨씬 깨끗합니다.

아마 수학 공식이나 성경 구절, 고전의 한 대목 혹은 한 편의 시를 외고 있는 어른들을 만나본 적이 있을 것입니다. 현명한 사람은 많은 것을 암기하고 있고, 그것을 삶에 적용해봅니다.

젊은 사람들은 광적으로 많은 정보에 매달립니다. 그러나 단순히 쌓아가기만 하는 것은 의미가 없습니다. 모은 정보를 관리할 줄도 알아야 합니다. 그렇지 않으면 당신은 백과사전을 갖고 있는 것에 불과할 뿐 지혜를 가질 수가 없습니다. 진정한 지혜는 양적인 바탕 위에 세운 질적인 가치 개념입니다. 단순히 많은 걸 기억하고 있기 때문에 나이 든 사람들이 존경받는 것이 아닙니다. 지식에다가 경험과 실험과 명상을 더하여 튼튼한 체계를 만들어야 합니다. 지혜를 단순한 정신 능력이 아니라 인간 능력의 종합으로 보는 것도 이 때문입니다.

과불급이 없는 중용의 도

337

中庸

용 쓰다, 떳떳하다.
중 가운데, 마음, 곧다.

도가에서는 쓰라린 고행을 통해서만 자신을 알 수 있다고 생각하는 사람들이 있습니다. 또 어떤 사람은 대중적인 모임을 통해서 온전한 자신을 만날 수 있다고 합니다. 그러나 혼자만 있어서도 안 되고, 다른 사람과 어울리기만 해서도 안 됩니다. 지나치거나 모자라지 아니하고, 한쪽으로 치우치지도 아니한, 중용의 도가 필요합니다.

혼자만 있는 시간은 적당해야만 하지만 지나치게 은둔하는 생활은 불행과 미망을 낳게 됩니다. 마찬가지로 너무 많이 타인과의 관계를 형성하면 순응과 갈등, 억압을 낳게 됩니다. 하지만 우리는 혼자 있는 시간보다 더 많은 시간을 다른 사람들과 보내려고 합니다. 혼자 있고, 혼자 명상하고, 혼자 잠을 자는 일정한 시간을 확보하여야 마음을 정화할 수 있습니다. 오롯이 혼자만을 위한 시간을 보내면 결국에는 사회관계도 좋아집니다. 우리가 절제의 미덕을 깨우치면 우정 또한 좋아지니까요. 아무런 문제 없이 혼자만의 시간과 사회생활의 조화를 이루어갈 수 있게 됩니다.

表明 338

내면에서 찾는 창조의 불씨

명 밝다, 나타나다, 빛。
표 겉, 바깥, 도표。

표현이 진부해져버린 세상에서 창조성을 유지하기란 어려운 일입니다. 그러나 창조성은 우리의 기본적인 충동이지요. 그 옛날 동굴에 사는 사람들은 벽에다가 자신들의 경험을 그림으로 그렸고, 지금 우리는 매일 밤 하루를 돌아보며 일기를 씁니다. 계속 새로운 것을 만들어내는 것이 힘들어 보일지라도 일상에서 창조성을 포기하지 말아야 합니다.

새로운 표현은 내면에서 찾아야 합니다. 극단적인 다원주의가 팽배하는 오늘날에는 다른 사람과 같은 것을 표현해야 하는 의무는 없습니다. 화가, 성직자, 작가, 음악가, 기술자들도 봉건적인 질서에 복종할 필요가 없습니다.

그렇게 할 때 우리는 세상에 대한 이해와 관점을 더욱 깊이 있고 새롭게 열어갈 수 있을 것입니다.

배움을 멈추지 말자

339

學

학
배우다、학자、학문。

창조성은 화가나 작가, 음악가에게만 필요한 것이 아닙니다. 창조성은 모든 사람에게 필요하지요. 그림을 그리거나 문제를 해결하거나 글을 쓰는 것과 같은 외적인 창조성과 달리, 모든 사람이 추구해야 하는 창조성은 바로 배움입니다.

우리가 계속 배우고, 새로운 관념과 기술을 받아들이고, 우리 자신과 우리를 둘러싼 세계에 대한 이해를 넓히는 것은 우리의 창조성을 발휘하는 일입니다.

계속 발전해나가고, 활기차게 인생에 참여하는 어른들의 공통점은 끊임없이 배움을 찾아 나선다는 것입니다. 그들은 배우는 행위를 하는 데 끊임없이 새로운 방식을 찾아내고 있습니다.

삶의 새로운 국면으로 접어들면 많은 것들이 변합니다. 나이 예순에 십 대처럼 행동할 수는 없겠지요. 우리는 상황에 따라 자신을 변화시켜야 합니다. 계속된 창조력의 발휘는 우리를 젊게 하는 힘이 됩니다.

繫 340

관계에서 중심을 지키는 일

계매다, 이어지다。

모든 사물은 환경과 사람 사이에서 끊임없이 연결됩니다. 정확하게 말하면 한편으로는 우리와 관계된 사물이 다른 한편으로는 다른 사람과 관계되어 있다는 것입니다. 이러한 깨달음으로 우리는 무엇을 해야 할까요.

첫째, 모든 것이 관계되어 있다는 것을 알아야 합니다. 관계의 양상이 변하고 우리들 각자에게 다르게 나타날 수 있겠지만, 우리는 그 실질적인 관계들을 깨닫고 이용할 줄 알아야 합니다.

둘째, 그 관계가 일시적인 것이라는 사실을 알아야 합니다. 그리고 변화하는 인생의 별자리에 따라 우리를 끊임없이 적응시켜야 합니다.

셋째, 우리가 가지고 있는 관점의 중요성을 깨달아야 합니다. 이렇게 변화하는 가운데 주어진 상황에서 행동할 때 자신만의 좌표를 정해놓아야 합니다.

우리는 또한 이러한 조건들 속에서 편안함을 찾아야 합니다. 우리가 인생에 완전하게 참가하고 있는 한, 변화하는 흐름으로부터 소외될까 봐 두려워할 필요는 없습니다.

단순한 삶을 느끼다

341 單純

순 순수하다、순박하다。
단 오직、혼자。

진리를 탐구하는 얘기들은 지루하게 느껴질지 모릅니다. 그렇지만 왜 이런 지루한 이야기가 필요할까요? 왜 우리는 끊임없이 경전을 읽고, 오래전에 죽은 성인의 행적과 이미 죽어버린 문자에 연연해 할까요? 우리에게는 말보다는 경험이, 권위보다는 우리들 자신이 더 중요한데 말이죠.

진리를 배우는 목적은 단순한 한 가지 결론에 이르기 위해서입니다. 바로 이 존재에 대한 깨달음입니다. 아니, 더 단순하게 말하면 우리가 있을 뿐입니다.

도가를 따르는 사람들은 복잡한 것들을 줄여서 더 이상 줄일 수 없을 때까지 단순화시킵니다. 당신이 아무런 갈등 없이 자신과 하나가 될 때 당신은 진정으로 위대한 단순함에 이를 수 있습니다.

시 보이다。
현 나타나다、드러나다。

많은 이는 옛날의 전통을 중요시합니다. 긴 강의 흐름과 같이 전통은 오늘날에도 살아 흐르며 신선함과 부유함, 비옥함을 낳습니다. 그렇다면 무엇이 전통을 살아 있게 만드는 것일까요?

전통적인 의학 전문가라면 사람들을 치료하는 데 그 기술을 사용해야 합니다. 서예에 능한 사람이라면 오늘날에도 감동을 주는 아름다운 글씨를 써야 합니다. 신비로운 영적 전통을 이어받았다고 주장하려면, 그 정신의 힘을 드러내 보일 수 있어야 합니다.

하지만 단순히 전통이라는 이름으로 이미 오래전에 죽은 사람들의 이론과 습관을 흉내 내는 것은 무의미합니다. 전통이 오늘날에도 그 힘을 발휘하지 못한다면, 그것을 굳이 고수할 이유가 없습니다. 진정한 전통은 현재와 미래를 잇는 다리가 되어야 합니다.

진정한 땅은 마음속에 있다

343 隔離

리 떠나다, 떼어놓다。
격 막다, 가리다。

유대인과 티베트인은 고향에서 쫓겨난 적이 있습니다. 몇몇의 중국인들도 중국 바깥의 새로운 땅에 정착했고, 몇몇 유럽 민족 중에도 전쟁과 국경의 변화 때문에 태어난 곳에서 쫓겨난 민족이 있습니다. 미국 원주민들도 그들 선조의 땅에서 소외되었고, 아프리카 노예의 후손들은 지금까지도 편견과 불평등 밑에서 신음하고 있습니다.

도가에서는 장소와 민족과 국가의 중요성을 알고 있습니다. 그러나 개인의 책임을 더 중시합니다. 우리 자신이 민족이나 국가의 소외 혹은 재난으로 인하여 고통받게 해서는 안 됩니다. 마음으로 극복하는 것일지라도, 이러한 고통을 극복하는 것은 개인의 책임입니다.

도가는 우리가 더 큰 정신적인 질서 속에 편입되도록 합니다. 장소와 국가에 묶여 있지 않은 어떤 것의 일부로 편입되는 느낌 속에서 안락을 찾을 수 있을 것입니다. 집이 아닌 다른 곳에서 있을 때도 도는 우리와 함께 있습니다.

절제의 비밀

방 놓다, 넓히다.
개 열다, 피다, 깨우치다.

아무것도 금지하지 마세요. 마음이 원하는 것을 막는다면 당신은 쓰라린 좌절감에 싸일 것입니다. 당신을 마음껏 표현하지 못하면 당신의 창조력은 굳을 것입니다. 행동하지 못하게 하면, 소심함으로 인하여 당신은 무력해질 것입니다. 아무것도 멈추지 마세요. 당신 전체가 자유롭게 흐르게 하세요.

개방적인 상태에서 자연스럽게 행위를 할 수 있을 정도로 적절한 깨달음의 수준에 이르기까지는 고수해야 할 구조가 인위적으로라도 필요합니다. 세심한 구속을 경험하지 않고 처음부터 제멋대로 행동하려고 하면 우둔한 어릿광대처럼 되어버립니다. 구조가 필요 없을 때까지 어느 정도의 시간은 구조를 공부하기 위하여 투자해야 합니다. 그리하여 절제의 비밀을 깨닫게 되면 그때에는 자연스럽게 옳은 방법으로 행위를 할 수 있게 됩니다. 진정한 개방은 확신에 찬 창조적 행위의 산물입니다.

나의 내면은 종일 조용하다

345 値得

득 얻다、손에 넣다。
치 값、걸맞다。

가끔은 마음의 소리를 듣는 데 오랜 시간이 걸리는 경우도 있고, 어떤 날은 마음의 소리 자체가 나타나지 않는 날도 있습니다. 당신은 더 많이 사랑하려고 할수록 더 큰 증오가 유혹하기도 하고, 순수해지기를 원할수록 더 많은 부정이 쫓아다니기도 할 것입니다. 더 많은 평정을 원하는데도 오히려 혼란이 가중되기도 할 것입니다. 보통 사람들도 같은 문제들을 가지고 있습니다. 인정하고 참는 것 외에 무엇을 할 수 있을까요. 당신이 초조해하면 자신으로부터 멀어진 채 하루를 허망하게 보내는 것은 물론이고, 감정적인 동요 속에 그날을 망쳐버리게 됩니다.

어떤 때는 하루가 끝날 때가 다 되었는데도 깨달음을 알아차리지 못할 수 있습니다. 그때는 좀 더 편안하게 집착하지 않고 기다리는 게 낫습니다. 삶은 변덕스러운 것인지도 모릅니다. 정확하게 말하기는 어렵습니다. 그러나 깨달음을 알 때는 당신은 진실한 소리를 이제 막 듣는 것 같은 느낌에 사로잡힐 것입니다. 깨달음을 얻을 때는 평정의 기분이 종일 있었던 모든 소음을 잠재울 것입니다.

目的

346

발걸음이 모여 삶을 이룬다

적 과녁、목표。
목 눈、눈빛、견해。

한 사람의 운명은 쉽게 드러나지 않습니다. 운명은 너무나 거대합니다. 처음에는 확실히 당신의 눈앞에 나타난 것처럼 보이지만, 진정한 목적이 명확해지기까지는 많은 변화와 조정이 필요합니다. 운명이 진정으로 다가오게 되면, 당신은 확신에 차서 느낄 수 있을 것입니다. 당신이 한 걸음 한 걸음 옮길 때마다 운명의 확신이 울려 퍼질 것입니다.

운명을 마주하는 과정은 끊임없는 성찰과 용기가 필요합니다. 실수와 실패가 있다고 하더라도 그것은 운명의 일부일 뿐입니다. 좌절하지 않고 앞으로 나아간다면, 그 모든 경험이 운명을 완성하는 조각이 되어줄 것입니다. 당신의 삶의 여정에서 하나하나의 걸음이 소중하며, 그 발걸음들이 모여 당신만의 특별한 길을 만들어낼 것입니다.

운명은 스스로를 믿고 움직일 때 비로소 그 모습을 드러냅니다. 끊임없이 성장하며 도전하는 당신에게 운명은 더 큰 선물로 다가올 것입니다.

자신에게 묻는 질문

347 闡明

명 밝다、밝히다。
천 밝히다、열다。

매일 스스로에게 물어보세요. "내 속에 표현되지 않은 것이 무엇이 있을까?" 그게 무엇이든 간에 끄집어내보세요. 자기표현은 자기에 대한 깨달음을 낳고 무지와 환경으로부터의 자유를 낳습니다.

당신의 장점과 특징을 꺼내봅니다. 그렇지 않으면 당신은 성장을 멈추게 될 것입니다. 더 좋은 시기를 기다리려고 하지 마세요. 당신의 장점은 우물 속에 있는 물과 같습니다. 많이 퍼낼수록 더 많은 물이 고이게 마련입니다. 퍼내지 않으면 물은 더 이상 솟아나지 않으니까요.

어둡고 사악한 면도 적당한 방법으로 표현되어야 합니다. 욕망과 잔인함, 분노와 증오 같은 것들은 마치 폭탄을 찾아내듯이 끄집어내서 더 이상 해가 되지 않게 제거해야 합니다. 당신의 마음은 광산과 같습니다. 거기서 수확을 얻고 유쾌함이 넘치기를 바란다면 항상 깨끗하게 유지해야 합니다.

脊 348

우리 삶을 관통하는 길

척
등골뼈.

진리는 만질 수도 있고, 만져지지 않을 수도 있습니다. 만질 수 있는 것은 우리 등을 타고 흐르는 척추와 같은 것일 테고, 그것은 우리 몸에 있는 중심의 길입니다.

철학적인 의미에서 얘기하면 도는 우리의 삶을 관통하는 길입니다. 그것은 한 단계에서 다른 단계로의 변화이며, 상황들 사이의 관계이며, 자연과 사회에 맞서는 내적인 특성의 표현입니다. 형이상학적으로 말하면 도는 우주 자체의 운동이며 진화입니다.

척추를 통한 기의 운동, 삶의 여정에 관한 철학적인 깨달음, 우주 자체의 진화, 이렇게 세 가지 수준에서 도를 정의한 다음에 그것들을 하나의 통합된 개념으로 모아보세요. 당신은 진리를 깨닫기 위한 깊은 탐구의 여정을 시작하게 될 것입니다.

매일 조금씩 흐른다

349

水

수
물。

지혜로운 고전은 말합니다. 가장 약한 물이 모이면 으르렁거리는 파도처럼, 계곡을 가르며 흐르는 강처럼, 거대한 힘이 된다고. 구부러진 것이 딱딱한 것을 이긴다고.

그러나 다른 시각으로 보자면, 물은 구부러져 있기 때문에 그 안에 숨겨진 잔인한 특성인 정복하는 힘을 발휘하지 않습니다. 물이 흐름은 그침이 없지만, 바위는 수천 년 동안 물을 가두어놓을 수 있습니다. 어째서 이런 경우에는 구부러진 것이 단단한 것을 이기지 못할까요? 그것은 바위가 움직이지 않고 견고하게 버티기 때문입니다. 물이 잔인한 특성을 발휘하려면 흐름 속에서 있어야 하듯, 정복하려는 의지 역시 그 조건이 마련될 때 빛을 발합니다.

그렇다면 우리는 어떻게 이런 인내와 끈기를 배울 수 있을까요? 답은 간단합니다. 작은 것부터 시작하는 것입니다. 빗방울이 한 방울 한 방울 모여 강을 이루듯, 우리도 작은 노력과 실천을 쌓아가야 합니다. 매일 조금씩, 꾸준히 흐르다 보면 어느 순간 우리의 힘은 단단한 벽을 넘어 새로운 길을 만들어 낼 것입니다.

砂漏 350

인생은 모래시계와 같다

루 새다, 틈이 나다.
사 모래.

모래시계의 모양은 영원함의 상징입니다. 위와 아래는 각각 극점을 나타냅니다. 한쪽에 모래가 가득하면, 다른 한쪽에는 모래가 없습니다. 삶의 양면성을 보여주는 것처럼 뜨거움과 차가움, 긍정과 부정, 다른 이중성들이 존재합니다.

모래는 흐름을 따라 움직입니다. 그 흐름은 당신의 척추를 따라 흐르는 기의 흐름과 같고 인생의 길과도 같습니다. 모래의 흐름은 삶의 여정과도 닮았습니다. 우리의 의식은 모래시계가 나타내는 국면을 따라서 움직이게 되지요. 모래의 흐름을 알아채기는 쉽지 않습니다. 마찬가지로 사물에 대해 꼬치꼬치 따지는 것은 어리석은 일입니다. 물질에 관심을 두는 것은 지혜롭지 못한 일이지만 그 운동을 이해하는 것은 지혜로운 일입니다.

긴 호흡을 통한 깨달음

351 氣

기 기운, 기백.

도가의 중심 개념은 '숨'입니다. 숨이 없이는 생명도 없습니다. 당신은 숨을 쉼으로써 산소를 공급받습니다. 숨을 쉼으로써 생명이 유지되고, 심장박동이 일정해지고, 뇌에 영양을 공급하고, 피가 붉게 됩니다. 한층 깊이 들어가면 숨을 쉼으로써 당신 몸의 여러 가지 기들이 유지되고, 움직이기 시작합니다. 숨과 밀접하게 관련된 그 기들이 당신 마음으로 모임으로써 영성을 얻게 됩니다. 숨을 쉴 때, 단지 기체를 받아들이는 것으로만 생각하지 말기를 바랍니다.

우리가 숨을 쉬는 것처럼 우주도 숨을 쉽니다. 실제로 숨은 모든 생명의 매개체입니다. 세계가 숨을 쉴 때 모든 사물이 살아납니다. 날씨가 변하고, 식물이 자라며, 동물들이 힘을 얻게 됩니다. 사람의 몸에서 일어나는 것보다 더 큰 변화가 숨을 통해 일어나며, 자연의 이치는 그 기장氣場과 연결되어 있습니다. 삶의 의미를 깨닫고 싶다면 숨을 깊이 들이마시고, 깊이 내뱉어보세요.

模板 352

내면의 눈으로 본 세계

판 널빤지。
모 법、본보기、무늬。

당신이 지각하는 대로 세계가 보입니다. 당신의 지각은 소위 말하는 객관적인 세계로부터 형성되는 것이 아닙니다. 해석의 습관은 상호작용의 산물인 것이지요. 우리는 가설에 따라 사물들을 시험해서 복잡한 감각의 그물을 만들고, 그것을 바탕으로 세계를 봅니다. 우리가 '성숙하다'고 말하는 것은 여러 가지 해석의 기준을 만들고, 생명을 보는 틀을 만들어 삐뚤어진 지각을 갖게 되었다는 것을 의미합니다. 우리는 물론 이런 조건들을 잘 이용할 수도 있습니다. 세계와의 상호작용에 따라 우리 틀을 바꿀 수도 있기 때문입니다.

우리가 과학 대신 시詩라는 기준을 사용하면 어떨까요? 정치학 대신 영성을 적용하면 어떻게 될까요? 이러한 실험 결과는 때로 상쾌하고, 행복하고, 특별한 것일 수 있습니다. 그러나 불행하게도 단순히 논리적인 결론으로 끌고 가고자 하면, 그것마저도 다른 방법들처럼 공허하게 될 위험이 있습니다. 진리를 따르는 사람들은 모든 기준과 편견들을 포기합니다. 그들은 어린아이와 같은 행동으로 돌아갑니다. 세계를 내면의 눈으로 바라본다면, 삶의 모든 슬픔을 초월할 수 있는 것입니다.

잃어도 멈출 수 없는 길

353

允諾

낙 허락하다、대답하다。
윤 맏、진실。

살면서 강렬한 환영을 본 적이 없고, 천재보다 뛰어난 지능을 가져본 적도 없습니다. 거대한 힘이 솟아난 적도 없고, 사랑하는 이들을 끌어당길 만큼 아름답지도 않습니다. 신의 초대를 받은 적도 없으며, 걱정에서 완전히 자유로워지지도 못했습니다. 혼란스러운 번민이 끝난 적도 없고, 부와 명성을 손에 쥔 적도 없습니다. 다른 이들에 대한 무한한 이해심이나 초인적인 힘도 없고, 사람을 자유롭게 고치는 기술도 얻지 못했습니다. 나는 아무것도 얻지 못했지만, 이 내면을 탐구하는 길을 버릴 수 없습니다.

영성을 찾으려는 당신에게 온갖 약속들이 들릴 것입니다. 더 큰 힘, 더 큰 행복, 더 큰 깨달음이 기다리고 있다는 말들. 하지만 그런 것들을 얻지 못한다면 그 길을 포기해야 하는 것일까요?

무엇도 얻지 못했다고 해서 괴로워하지 마세요. 누가 힘과 능력에 연연하나요? 그런 것들은 단지 유혹일 뿐입니다. 진리를 찾는 사람은 내면의 깨달음에 집중할 뿐입니다. 그 길 위에서 무엇을 얻거나 잃는지는 중요하지 않습니다. 중요한 것은 그 길을 가는 삶 자체입니다.

屎 354

삶의 거름, 성장의 힘

시 똥、분비물。

거름은 땅을 비옥하게 합니다. 생명에는 어디나 배설물이 있습니다. 식물에 물을 주면서 양분도 공급해주어야 합니다. 거름은 식물을 자라게 하는 아주 중요한 양분입니다. 우습지 않은가요. 신발에 묻으면 끔찍하게 싫은 것이 생명을 유지하는 데 중요한 힘이 되는 것이라니 말입니다.

들에서는 버릴 것이 없습니다. 우리는 식물을 기르고, 식물을 먹고, 식물을 배설합니다. 그리고 그 배설물을 다시 거름으로 주어 식물을 자라게 합니다. 그렇습니다. 모든 것은 단지 빌린 것일 뿐이라는 말이 진리입니다.

인생의 불행과 실패와 낙담도 마찬가지입니다. 우리가 거름의 중요성을 알고 있다면 아무것도 쓸모없는 것이 없다는 사실을 이해할 수 있을 것입니다. 모든 것은 제대로 사용하면 다 유용합니다. 그러므로 인생에서 좋지 않은 일도 우리를 자라게 하고 우리에게 힘을 주는 밑거름이 될 수 있습니다.

가장 깊은 어둠에서 싹트는 봄

355

동지는 낮이 가장 짧고 밤이 가장 긴 날입니다. 동지는 쓰라린 추위의 시간입니다. 바람은 앞에 있는 모든 것을 넘어뜨리면서 잔인하게 불어옵니다. 눈과 얼음이 죽음처럼 쌓이고 집이 없는 자는 얼어 죽게 됩니다. 튼튼한 나무조차 기온이 떨어지면 쪼개져버립니다.

아무리 많은 불행이 닥쳐올지라도 이것이 바퀴의 가장 아랫부분이라는 사실을 기억하세요. 더 이상 아래로 내려갈 수는 없습니다. 모든 것에는 한계가 있기 마련입니다. 추위와 어둠, 바람과 죽음에도 한계는 있습니다.

사람들은 이제 겨울이 시작되었을 뿐이라고 생각하지만 실제로는 겨울의 죽음이 시작된 것입니다. 이제부터 우리는 따뜻하고 밝은 날을 기대해도 좋습니다.

攀 356

삶의 집착 속에서

반 잡아당기다、의지하다。

어느 한 수도사는 세상살이에 너무 지쳐 탈속의 상징으로 머리를 깎았습니다. 그러나 지금 그는 작은 모자를 쓰고 어디론가 떠났습니다. 자기의 하찮은 소유물을 버리고 부름을 받았다고 말하는 사람을 보면 우습게 느껴집니다. 왜 실제로는 그러지 못하면서 세계를 포기하는 것일까요. 머리를 자르기 전에 우선 집착을 버릴 수 있는지 스스로에게 물어보길 바랍니다. 영적인 길에 들어섰다고 말하기 전에 세속적인 욕망을 포기할 수 있는지 물어보세요.

나는 지금 수도사들을 비웃으려는 것이 아닙니다. 다만 인생의 어떤 길에나 희생과 고난이 있다는 사실을 말하고 싶은 것입니다. 어떤 길을 가기 전에 우선 당신 자신과 그 길에 관해서 심사숙고하길 바랍니다. 그렇게 함으로써 실수를 줄이고 위선자가 될 위험에 빠지지 않게 됩니다.

당신이 누구든 인생을 충실하게 살아가세요. 배관공이면 최고의 배관공이 되면 되고, 보통 사람이면 보통 사람으로, 특별한 사람이면 특별한 사람으로 살아가면 됩니다. 자기가 아닌 사람이 되려고 할 때 사람들은 실수를 저지르게 됩니다.

계절의 기쁨에 참여하는 시골살이

357

田園

원 동산, 밭. 전 밭, 경작지.

시골에 간 도시 사람이 시골 사람들의 단순성을 비웃는 소리를 들은 적이 있을 것입니다. 시골뜨기, 촌놈, 촌뜨기…. 그러나 잠깐 생각해보세요. 이런 말들이 신경질적이고, 충동적이고, 억압되어 있고, 야심에 차 있고, 사악하고, 약삭빠르고, 망상에 사로잡혀 있고, 돈에 굶주려 있는 졸부라는 말보다 더 나쁜 말인지.

도를 따르는 사람들은 도시에서의 여러 가지 삶보다는 시골 생활을 더 좋아합니다. 우리가 모든 것을 버리고 농사를 지으러 당장 내려갈 수는 없더라도 농부의 이상은 항상 마음속에 새겨놓고 있어야 합니다. 도시 생활은 벗어나고 나면 금세 무너지고 마는 정신적인 구조에 지나지 않는 것입니다.

당신의 영혼을 지키기 위해서는 시골 생활이 가장 좋다는 것을 명심하길 바랍니다.

358

조화에서 경쟁으로

집체
몸, 형상。
모으다, 편안히 하다。

전통사회는 서로 생각해주는 완전한 문화 속에 살았기 때문에 덜 복잡한 삶을 살 수 있었습니다. 사람들은 맡은 역할에 따라 전체와 조화를 이룰 수 있었습니다. 개인은 자기의 맡은 바에만 충실하면 되었고, 그렇게 함으로써 다른 사람들의 필요에 부응할 수 있었습니다.

전문화된 현대사회에서는 개인은 전체가 지정해준 역할을 반드시 수행하지 않아도 됩니다. 심지어 우리는 전체가 무엇인지도 모르고 살기도 합니다. 우리에게 충고를 해주고 비판을 해주는 사람은 있지만 지도자는 없는 것입니다. 우리는 평등과 합의라는 원칙들을 숭앙하지만 실제로 그것들은 다 껍데기일 뿐입니다. 민주주의보다는 자기 주장을 내세우는 목소리들이 크고, 대중들은 전체의 이익보다는 자기 욕심을 더 중히 여기고 있습니다.

각자에게는 여러 가지 기능들을 담당해야 할 과중한 부담이 지워집니다. 우리는 더 많은 선택을 해야 하고, 더 많은 정보를 갖추어야 하고, 더 많은 영역에서 활동해야 합니다. 단순히 우리가 맡은 역할만 하는 것만으로는 충분하지 않습니다. 우리의 역할은 다른 사람과 경쟁하는 것이기 때문입니다.

빛과 어둠 사이에서

359 神明

명 밝다, 밝히다。
신 귀신, 정신。

저주도 당신 마음속에 있고 구원 또한 당신 마음속에 있습니다. 당신은 어둠의 사람이면서 빛의 사람입니다. 당신을 버리지 마세요. 이중성과 당당하게 맞서야 하는 것이 존재가 겪고 있는 고통입니다.

타성은 어둠의 편입니다. 영광은 빛의 편입니다. 아무것도 하지 않고 있으면 어둠으로 미끄러져 갑니다. 빛을 향하여 한 걸음이라도 나아가려고 노력하면 구원받을 수 있습니다. 빛을 향하여 나아가세요. 그렇지 않으면 몸과 마음과 영혼과 인간성의 파멸을 값으로 치르게 될 것입니다.

결국 이러한 노력의 열쇠는 온전한 정신입니다. 정신을 온전하게 유지하기 위하여 싸워야 합니다. 그것이 빛과 어둠 사이를 중재할 것입니다.

당신의 이중성을 없애고 싶으면 당신을 풀어 헤쳐 우주의 흐름과 하나가 되어보세요. 아무런 노력도 하지 않음으로써 자신을 흩뜨려버리는 것과 가장 위대한 영혼의 행위를 이루기 위하여 자기 자신을 풀어 헤치는 것과는 엄청난 차이가 있습니다.

終結 360

언젠가 다가올 마지막의 순간

종 끝、열두 해。
결 맺다、묶다。

그림자의 테두리에는 테두리가 없습니다. 끝에 관하여 생각하는 것은 끝 바로 앞에 서 있을 때입니다. 이제 올해도 5일밖에 남지 않았습니다. 끝은 있고, 새로운 시작도 있습니다.

어둠에는 가장자리가 없는 것처럼, 우리도 가장자리에 이르기 전에 미리 그 한계와 끝을 가늠해두어야 합니다. 한계와 끝이 없이는 우리는 아무런 일도 할 수 없습니다. 한계와 끝이 우리의 노력을 정의해주기 때문입니다. 그러나 우리가 그것을 잘 이용하려면 어떻게 그것들과 만날 것인지에 관하여 계획을 세워야 합니다.

끝을 품위 있게 맞을 수 있는 사람이 가장 존경스러운 사람 가운데 하나입니다. 과거에 학자나 황제, 성스러운 사람들이나 자기 자신에 관하여 충분히 알고 있는 사람들은 죽음의 순간을 알고 있었기에 그들에게 아직 생명이 남아 있을 때 그들은 작별의 시를 썼습니다. 그들은 마지막에 이르기 전에 어떻게 대처할지 알고 있었습니다. 그리하여 그들에게는 이미 지나간 것에 대한 미련과 후회가 없습니다.

순결함을 찾아서

361 純潔

결 깨끗하다。
순 순수하다、순박하다。

우리는 순결의 가치를 너무나 오랫동안 잊고 살아왔습니다. 편리함이라는 이름 아래, 우리의 순결함을 조금씩 타협하며 더럽혀왔습니다. 상업적 이익을 위해 산과 바다는 오염되었고, 하찮은 즐거움을 위해 우리의 영혼은 훼손되었습니다. 전쟁은 생존의 선택지로 정당화되었고, 원칙은 타협으로 희석되었으며, 아이들은 무관심 속에 방치되었습니다. 심지어 음란은 예술의 이름으로 포장되기도 했습니다.

이제 우리는 순결함을 되찾아야 합니다. 그것은 결코 쉬운 일이 아닐 것입니다. 흔히 찾을 수 있는 것도 아닐 것입니다. 하지만 순결함은 어떠한 타협도 없이, 반드시 이루어야 할 가치입니다.

순결함은 단지 도덕적 순결에 국한되지 않습니다. 그것은 우리가 삶과 세상을 대하는 방식입니다. 순결함은 본질적인 정직과 투명함 그리고 내면의 조화와도 연결됩니다. 그것은 우리의 마음속 깊은 곳에서 비롯되는 존엄성과, 타인을 존중하며 살아가려는 진심 어린 태도입니다.

362 세상에서 찾는 진정한 순수함

어떤 사람들은 순수함을 때 묻지 않은 완전한 거울에 비유합니다. 그러나 어떤 사람들은 처음부터 거기에 거울이 없었다면 때가 낄 일도 없었을 것이라고 반박합니다.

이 세계에 살면서 이 세계의 때가 묻지 않는 것은 불가능합니다. 아무리 자주 닦아내도 먼지가 묻게 마련입니다. 순수함을 위해서 노력하는 것은 좋지만 순수함을 이 세계의 먼지와 얼룩에 맞서는 싸움이라고 생각한다면, 당신을 환상에 젖게 하고 허탈하게 만드는 것에 지나지 않습니다.

진짜로 순수함을 얻는 방법은 당신이 모든 것과 일체라는 사실을 깨닫는 데 있습니다. 당신이 모든 것과 일체라면 얼룩조차도 순수한 것입니다. 이러한 생각을 가지면 당신은 모든 차별을 초월하고 모든 갈등으로부터 자유로워질 것입니다. 경계를 없앰으로써 거울처럼 밝은 영혼과 먼지들이 모두 하나의 순수로 용해될 수 있을 것입니다.

363

밤의 바다 안에서

광막한 밤의 바다에서는 태양도, 달도, 땅도 한 줄로 섭니다. 둥그런 땅을 끌어안고, 파도를 일게 하는 밤의 힘을 보세요.

당신은 우주 전체를 떠받치고 있는 배경이자 구조입니다. 당신 안에는 심오한 신비가 있고, 깊은 물보다도 더한 어둠이 있으며, 밤의 잠보다도 더한 칠흑이 있습니다. 당신은 무한한 다산의 여신이며, 낯섦과 힘과 창조와 변화와 생명이 용솟음치는 어찌할 수 없을 만큼 거친 영역입니다. 탄생의 신비와 죽음의 공포가 모두 당신에게서 나오게 됩니다. 당신이 우리를 안락하게 하고 두렵게 하는 것도 이 때문입니다.

행성과 신성이 폭발할 때의 에너지는 헤아릴 수 없을 만큼 강합니다. 인간의 지능과 도구가 백 배나 더 발달한다고 해도 그 위대한 폭발의 힘을 잴 수 없습니다. 그러나 그 불꽃들은 터지고 지글거리다가 희미한 화석으로 변하면서 당신의 넓은 품 안으로 가라앉게 됩니다.

밤의 바다처럼 당신도 내면에 무한한 신비와 가능성을 품고 있음을 기억하세요.

364 기쁨이 넘친다

우리에게 필요한 것은 아침입니다. 태양이 떠오르는 한 우리에게는 불행을 이겨내고, 축복을 즐거워하며, 최선을 다하면서 살아갈 가능성이 있습니다. 마음 다짐은 이 험난한 세계에서 살아가는 데 필요한 그 무엇입니다. 그러나 그것도 본질적으로는 허망한 것에 지나지 않습니다. 우리는 자기를 깨닫고, 강화하고, 통합하고, 완성할 필요가 있습니다. 우리가 단지 밤의 신비와 아침의 영광만이라도 알 수 있으면 문명도 영성도 필요치 않을 것입니다.

새벽을 맞이하세요. 당신이 보아야 할 신비가 거기 있습니다. 그것은 최고의 아름다움입니다. 그것은 또한 성스러움이며, 하늘이 주신 선물이며, 생명이 헛되지 않다는 것을 알게 해주는 깨달음입니다. 삶의 의미이며, 삶의 방향이며, 안락함입니다. 장엄한 의무이며, 동정에 관한 열망이고, 궁극적인 빛입니다.

가장 단순하게 말하면 생명은 새벽과 함께 시작됩니다. 새벽은 충만한 축복과 넘칠 듯한 행복이 있습니다. 모든 생명이 잴 수도 없을 만큼 완전해집니다. 매일매일 반복되는 아침은 가장 큰 축복입니다.

새로운 탄생 365 新生

생 나다, 살다, 생존하다.
신 새로운, 처음.

완결과 함께 성취가 오고 성취와 함께 해방이 옵니다. 해방은 당신을 계속해서 전진하게 하고, 죽음이라도 당신을 막지 못합니다. 인생이란 끝없이 흐릅니다. 시작한 것은 항상 끝을 맺으세요. 그것이 삶의 지혜입니다. 이 원칙을 따른다면 모든 사람보다 앞서게 될 것입니다.

한 순환의 끝에 이르면 새로운 순환이 시작됩니다. 실제로 순환이 완결되는 것은 순환의 중심에서 일어나는 일이며, 새로운 시작은 그 전의 행위로부터 힘을 얻게 됩니다.

한 순환이 끝나는 것은 성취를 의미합니다. 성취는 당신이 자기를 인식하게 되었고, 충분한 훈련을 쌓았으며, 당신을 둘러싼 세계와 새로운 깨달음의 길이 시작되었음을 의미합니다. 물론 당신은 거기서 멈출 수 없습니다. 새로운 지평선은 또 열려 있으니까요. 당신은 확신과 지혜를 가지고 그 새로운 전망을 향하여 나아가야 합니다.

바퀴가 돌아갈 때마다 당신은 더 발전해나갈 것입니다. 바퀴가 돌아갈 때마다 당신은 더 자유로워질 것입니다. 그렇게 바퀴는 끊임없이 돌아갈 것입니다.

365 Tao: Daily Meditations

누구나 그렇듯이 돌아보면 '유난히도 바빴구나'라는 생각이 든다. 《슬픈 열대》의 저자이자 유명한 구조주의자인 레비스트로스의 말을 빌리면, 문명사회는 본래 뜨거운 곳이라서 자기 속도를 유지하기가 쉽지 않다고 한다. 덩달아 열심히 살지 않으면 안 되는 세상, 그것이 우리가 자랑해 마지않는 이 삶이 아니었을까 싶다. 먼 길을 떠나기 전에 잠깐 쉬는 지금 생각해보면, 모든 게 다 아무것도 아닌데 말이다.

나는 방향을 모르는 길을 가려고 한다. 그 준비를 하면서 이 책을 번역했고, 마음속에 끓어오르는 불안한 감정을 많이 죽일 수 있었고, 분노와 조바심과 광기에서 조금 자유로워졌다. 고마울 따름이다. 대단한 고요에 이르지는 못했지만 이 책에서 많은 위안을 얻었다. 무엇보다, 사람은 이 세계의 통치자가 아니라 부속품이나 질료에 불과하다는 깨달음을 얻었다. 이루려고 할 때 바쁘고 외롭지만, 이루어지려고 하면 그만큼 외롭지 않다는 것, 이제 내가 품고 가고자 하는 믿음이다.

지금으로부터 삼십여 년 전에 이런 역자 후기를 쓰고 떠났다가 돌아와, 오늘 복간하는 책을 기쁜 마음으로 들춰보고 있다. 그때 받은 번역비로 작은 노트북을 샀고, 맨체스터로, 빈으로, 시칠리아로, 여러 군데를 돌아 무사히 살던 곳으로 돌아왔다. 이 책을 번역하면서 주워섬긴 몇 마디, 몇 문장이 늦은 밤 홀로 걸어가는 길에서도 큰 힘이 되었던 기억이 난다. 조금 늦게 돌아오는 바람에 몇몇 식구들과 살가운 대화를 많이 못 나누고 보낸 것이 못내 아쉽기는 하지만 말이다.

슬픈 열대로 떠나는 사람들과 슬프지만 떠나보내는 사람들에게 이 책이 큰 위로가 되기를 바란다.

태양이 떠오르는 한 우리는 불행을 이겨내고,

축복을 즐기며, 최선을 다하며 살아갑니다.

마음 다짐은

이 험난한 세상을 살아가는 데 필요한 그 무엇입니다.

우리는 자신을 깨닫고, 성장시키며 완성해나갑니다.

밤의 신비와 아침의 영광만으로도

삶은 충분히 풍요로울 것입니다.

성난 파도 다스리기

© 덩 밍다오, 2025

초판 1쇄 발행 2025년 1월 22일
초판 2쇄 발행 2025년 2월 12일

지은이 덩 밍다오
옮긴이 김희균

책임편집 김아영
콘텐츠 그룹 배상현, 김다미, 김아영, 박화인, 기소미
북디자인 rr_book

펴낸이 전승환
펴낸곳 책 읽어주는 남자
신고번호 제2024-000099호
이메일 bookpleaser@thebookman.co.kr

ISBN 979-11-93937-43-3 (03840)

• 북플레저는 '책 읽어주는 남자'의 출판 브랜드입니다

• 책값은 뒤표지에 있습니다.